Eli Easton

Le prétendant volé

PUBLISHED BY

Publié par
DREAMSPINNER PRESS

5032 Capital Circle SW, Suite 2, PMB# 279,
Tallahassee, FL 32305-7886 USA
www.dreamspinnerpress.com

Ceci est une œuvre de fiction. Les noms, les personnages, les lieux et les faits décrits ne sont que le produit de l'imagination de l'auteur, ou utilisés de façon fictive. Toute ressemblance avec des personnes ayant réellement existé, vivantes ou décédées, des établissements commerciaux ou des événements ou des lieux ne serait que le fruit d'une coïncidence.

Le prétendant volé
Copyright de l'édition française © 2017 Dreamspinner Press.
Titre original : The Stolen Suitor
© 2016 Eli Easton.
Première édition : février 2016
Traduit de l'anglais par Myriam Abbas.

Illustration de la couverture :
© 2016 Paul Richmond.
http://www.paulrichmondstudio.com
Les éléments de la couverture ne sont utilisés qu'à des fins d'illustration et toute personne qui y est représentée est un modèle

Édition e-book en français : 978-1-63533-848-5
Édition imprimée en français : 978-1-63533-847-8
Première édition française : mai 2017
v 1.0

Édité aux Etats-Unis d'Amérique.

— Tu en as envie ? demanda Chris sérieusement, le désir sur son visage ne laissant planer aucun doute sur ce qu'était ce « en ».

Jeremy hocha de nouveau la tête, plus vivement.

— Bien.

Chris se rapprocha, lentement, et plaça sa bouche sur celle de Jeremy. C'était comme si toute la rivière commençait à bouillir autour de lui.

Chris Ramsey l'embrassait.

Jeremy en laissa presque tomber sa canne à pêche dans l'eau. Mais il lui restait une once de bon sens et il réussit à la maintenir d'une main, même s'il aurait voulu enrouler ses deux bras autour du cou de Chris. Au moins, il parvint à en passer un autour de ses épaules pour qu'il se rapproche de lui et pour s'assurer qu'il ne s'arrête pas. Il s'entendit pousser un geignement embarrassant.

Ils faisaient sensiblement la même taille, et le torse de Chris réchauffé par le soleil écrasait le sien. Le haut de leurs cuissardes craqua alors qu'ils se pressaient l'un contre l'autre, ce qui aurait pu être comique, mais ne l'était pas parce que la langue de Chris était tout contre sa bouche, et c'était la meilleure chose que Jeremy ait jamais sentie.

Ayant été, à différents instants de sa vie et sous différents noms, une fille de pasteur, une programmeuse informatique, une conceptrice de jeux, l'auteure de mystères paranormaux et de fan fictions, une agricultrice biologique et une dormeuse profonde, **ELI** se lance joyeusement dans encore une autre incarnation en tant qu'auteure de romance m/m.

En tant que lectrice avide de ces derniers, elle est enchantée quand un auteur réussit à combiner dans une histoire, la valeur littéraire, de vastes réserves d'humour, de l'excitation brûlante et de la douceur à vous en faire tamponner les yeux. Elle promet de s'efforcer d'atteindre ce but autant que possible et le plus souvent possible. Elle vit actuellement dans une ferme en Pennsylvanie avec son mari, trois bulldogs, trois vaches et six poules. Tous (excepté son mari) sont des femelles, ce qui explique les hommes nus qui ont élu domicile dans ses écrits de fiction les plus récents.

Merci à mes amis écrivains qui m'aident à rester motivée. En particulier : Jamie Fessenden, Kim Fielding, RJ Scott, et Shira Anthony.

Remerciements

MERCI à mes bêta-lecteurs : Kate Rothwell, RJ Scott, Veronica Harrison, Jamie Fessenden, Nico Sels, et Karen Ostrowski.

« A Prairie Dog's Love Song » et « Le Prétendant Volé » ont tous deux été inspirés par une de mes auteurs préférées de romance, Pamela Morsi, et sa série « Marrying Stone », et par l'émission de radio « A Prairie Home Companion ». Clyde's Corner, dans le Montana, n'existe pas, mais espérons que des endroits y ressemblent.

Note de l'Auteur

MÊME s'il ne fait techniquement pas partie d'une série, « Le Prétendant Volé » prend place dans la même ville (Clyde's Corner, dans le Montana) que ma nouvelle de Noël 2013 « A Prairie Dog's Love Song ». Si ça vous intéresse de lire l'histoire de Ben et Joshua, vous la trouverez dans ce livre.

Chapitre Un

LA balance de la santé mentale avait complètement penché du côté de la folie chez Mabeline Crassen. C'était évident.

— Quoi ? dit Eric d'une voix traînante.

— J'ai *dit*, commença Mabe sur un ton direct, que toi, Eric Crassen, tu vas changer d'attitude, arrêter de boire, de fumer et de faire la bringue, et faire en sorte que Trix Stubben se marie avec toi. Et *toi*, Jeremy, tu vas séduire ce Chris Ramsey.

Il devait y avoir de la brise en enfer, parce qu'elle soufflait sur Jeremy en cet instant. Une chaleur lui picotait le cou même sous la protection de ses longs cheveux.

— Quoi ? répéta Eric.

Jeremy, cependant, trouva enfin l'indice manquant qui donnait du sens aux paroles de sa mère.

— C'est au sujet du Big Basin Ranch ! Putain, Maman, c'est impossible…

— N'utilise pas ce mot dans cette maison ! le réprimanda Mabe.

— Bien, dit Jeremy entre ses dents. Zut, Maman, c'est impossible que ça fonctionne.

— Pourquoi faut-il que j'arrête de faire la fête ? se plaignit Eric.

Comme d'habitude, il avait un kilomètre de retard dans la conversation et il n'était pas pressé de les rattraper.

— Et qu'… c'est quoi ce truc avec Chris Ramsey ? souffla Jeremy comme si c'était ridicule, comme si ses organes ne s'étaient pas transformés en gelée de piments Jalapeño.

Est-ce que sa mère était vraiment sérieuse dans ce qu'elle venait de dire ? Qu'il allait devoir séduire un homme ? Si c'était le cas, il fallait qu'il trouve un énorme autocollant qui disait *Ironie* et se le coller sur le front pour la journée.

Mabe ne répondit pas immédiatement, mais son expression était purement et simplement suffisante. Quel que soit son plan, ce n'était pas un feu de paille. Et cela rendait Jeremy très nerveux.

— Je suppose que je pourrais aussi bien te faire un dessin. Tu sais que John Stubben a été tragiquement tué l'été dernier…

Mabe avait l'air vraiment désolée. Toute la communauté avait été durement frappée. John était si jeune et on ne peut plus prometteur et honnête.

C'est-à-dire qu'il n'avait été en rien comme les Crassen.

— Enfin, ça laisse sa veuve, Trixie, et leur petite fille, Janie, toutes seules. Bon, je sais de source sûre que Billy Stubben prévoit d'laisser le Big Basin à Trix et Janie. Il pense que c'est ce que John aurait voulu.

— Ça tombe sous le sens, dit Jeremy en haussant les épaules. Mais ce sont les affaires de Stubben, pas les nôtres.

— N'importe quoi ! Trixie Stubben *va* se remarier. Elle est suffisamment jeune et jolie pour ça. Alors pourquoi ne devrait-elle pas se marier avec Eric ? Aucune raison sur la Terre de Dieu, voilà pourquoi !

Jeremy regarda son frère aîné, Eric. Il pouvait trouver une douzaine de raisons pour lesquelles cela ne fonctionnerait jamais. Trix avait été trois classes au-dessus de Jeremy à l'école, mais de ce qu'il savait d'elle, elle était intelligente et réaliste, une travailleuse, et responsable. C'était une bonne fille et d'une famille de ranchers respectés en plus. Bon sang, elle avait été reine du bal. Jeremy adorait son frère, mais il savait aussi que n'importe quelle femme avec une once de bon sens resterait très, très loin d'Eric Crassen.

— Maman, Trix Stubben est beaucoup trop bien pour Eric, expliqua Jeremy patiemment. Sans vouloir te vexer, Eric.

Eric se redressa, abandonnant sa mauvaise position habituelle.

— Jer a raison, Maman. Il est impossible qu'une femme pareille choisisse un gars comme moi. Tout ce que j'ai, c'est mon physique, et Trix n'est pas comme ça. De plus, j'ai déjà une petite copine.

Mabe agita une main d'un air dédaigneux.

— Toutes les femmes sont comme ça. Maintenant, écoute-moi, Eric Crassen. Tu as le physique pour charmer un serpent, et il est temps que t'utilises ce que

Dieu t'a donné pour arriver quelque part dans la vie. Tu ne seras pas aussi beau pour toujours ! Tu fais croire que tu es un homme qui a changé. Plus d'alcool. Plus une fille différente sur tes genoux chaque semaine. Et ne me sors pas cette foutaise au sujet d'une petite copine. Cette Darla, ou quel que soit son nom, ne durera pas plus longtemps qu'un éternuement, pas plus qu'aucune de tes autres femmes.

— Mais, Maman… essaya Eric.

— Chut ! Tu te trouves un travail. Traîne dans la ville tout propre et sobre. Tu fais ça, tu y vas tout doux avec Trix Stubben, et elle tombera comme une pomme mûre d'un arbre frappé par une mule.

Eric retroussa les lèvres d'un air dubitatif.

— Mon chou, je ne te demande pas de faire semblant pour toujours, dit Mabe d'un ton adouci avant de tapoter la main d'Eric. Joue juste le jeu pendant quelques mois. Une fois que tu seras marié avec Trix, tu pourras retourner à la normale.

— Oh, c'est sympa, dit Jeremy avant de renifler.

Il pouvait tout à fait s'imaginer l'équilibrée Trix Stubben se farcir son grand frère bruyant et ivrogne. Son imagination forma une image : Trix habillée comme une femme de la prairie avec un bonnet, se tenant sous le porche de Big Basin avec le bras levé d'un air dramatique alors qu'elle cherchait son mari infidèle, avec derrière elle les nuages qui s'amoncelaient avant une tornade imminente… Il émit un petit rire.

Eric frappa Jeremy à l'arrière de la tête et lui lança un regard mauvais.

— Nous n'aurons aucunement besoin de tes méthodes prétentieuses là-dedans, Jeremy Monroe Crassen ! dit Mabe.

Il leva les mains en reddition.

— Ne t'inquiète pas. Je ne m'en mêlerai pas.

Ne pas s'en mêler était ce qu'il faisait de mieux. De plus, il ne croyait pas une minute qu'Eric réussirait à piéger Trix Stubben.

— Oh si, tu vas t'en mêler, dit Mabe, une lueur diabolique dans le regard. Nous avons besoin de toi pour que ça fonctionne ! Je ne suis pas la seule personne à avoir des yeux dans cette ville. Le vieux Berk Ramsey a déjà son fils, Chris, qui traîne autour de Trix. Enfin, Trix n'épousera pas de Ramsey. Pas alors que j'ai deux fils séduisants !

Jeremy étudia le visage de sa mère, essayant de comprendre d'où ça venait. Elle était fière et n'avait jamais accepté une once de charité de sa vie. Maintenant, elle en avait après un des ranchs les plus beaux du coin ? Ça n'avait pas de sens. Il y avait quelque chose qu'elle ne disait pas. Peut-être qu'elle essayait simplement de changer Eric en lui donnant une motivation indispensable.

— Bon, ce garçon, Chris, n'est pas moche, même s'il n'arrive pas à la cheville d'Eric, continua Maman. Mais il a l'avantage d'avoir un diplôme universitaire, et les Ramsey possèdent le Merc. Donc nous devons écarter Chris de la course. *Heureusement...*

Elle marqua une pause pour un effet dramatique.

— ... je crois bien que Chris est plus exotique qu'un billet de trois dollars. Et toi, Jeremy, tu vas le prouver. Tu vas séduire cet homme et montrer à tout le monde dans cette ville ce qui tartine son pain.

— Quoi ? s'exclama Jeremy en s'éjectant de sa chaise, repoussant presque leur table de cuisine. C'est... c'est dingue !

— Oh non, ça l'est pas, dit Mabe en gardant son calme.

Elle reprit son mug de café et en prit délicatement une gorgée.

— Dis donc, je croyais que c'était grave pour moi ! dit Eric en pouffant de rire. Je suis content de ne pas être toi !

Jeremy donna un coup de pied fraternel sur le côté de sa chaise.

— D'abord, Maman, qu'est-ce qui te fait penser que Chris Ramsey est gay ? Tu viens juste de dire qu'il sort avec Trix.

Mabe fit une grimace signifiant « oh bah ».

— Tout le monde sait que les gays peuvent se marier et le font. Tu te rappelles la manière dont Gibbon Adams s'habillait comme un Liberace [1] cow-boy ? On dit qu'il avait même des paillettes sur sa chemise de nuit. Sa femme a tout de même réussi à avoir six rejetons. Vous savez ce qu'on dit : la nuit tous les chats sont gris.

— Oh mon Dieu, gémit Jeremy, en se frottant les yeux.

Il n'arrivait pas à croire que sa mère avait en fait une philosophie sur les hommes gay. Une qui impliquait du sexe et… le noir… et des paillettes. Il se sentait sali.

— Enfin bref, ce Chris a toujours été plus soigné que n'importe quelle fille que j'aie jamais vue, continua Maman avec enthousiasme. Ses dents sont si blanches, elles pourraient t'aveugler. Ce n'est pas naturel.

— Maman, être tatillon sur son apparence ne le rend pas gay, dit Jeremy avec exaspération. Et même

---

1 Liberace : pianiste américain de music-hall, reconnu pour sa virtuosité démonstrative. Il cultivait une image très kitsch, autant sur scène que dans sa vie privée. Un de ses objets fétiches était le candélabre.

s'il l'était, il me serait absolument impossible de séduire Chris Ramsey.

Elle s'avança sur sa chaise avec enthousiasme.

— Bien sûr que tu peux ! Tu n'es pas aussi beau qu'Eric, mais quand tu enlèves ces satanés cheveux de tes yeux, tu es plutôt charmant.

Il y avait une touche d'amusement dans ses yeux alors qu'elle le regardait. Ce que ça, c'était, Jeremy n'en avait aucune idée. Elle manigançait quelque chose. Et il ne s'agissait pas simplement de Big Basin Ranch.

— Maman, dit Eric doucement. Jeremy est trop timide, et tu l'sais.

Elle émit un « pfft ».

— Jer, c'est toi qui de vous deux es le cerveau, dit-elle en faisant un geste entre lui et Eric. Je sais que tu peux le faire si tu t'en donnes les moyens. Prétends simplement que tu es – comment appelles-tu ça ? – un personnage d'une de ces histoires que tu gribouilles tout le temps. Joue un rôle. Garde tes cheveux en arrière et laisse-le voir ton doux sourire, et tu n'auras pas du tout de problèmes.

Jeremy repoussa timidement sa longue frange derrière ses oreilles, même si ce qu'il aurait vraiment voulu faire c'était se cacher encore plus derrière. Il échangea un regard avec Eric. Dieu tout puissant, frangin, comment se sort-on de cette histoire ?

Elle leur lança un regard déterminé par-dessus la table.

— Maintenant, écoutez-moi. Nous allons faire ça ensemble, comme une famille, et nous allons réussir. Eric, tu ne deviendras jamais quelqu'un, donc tu dois te caser avec une femme active qui peut s'occuper d'toi. Et je ne peux pas continuer à nettoyer la maison et à laver le linge pour toujours. Vous savez que notre nid n'a pas un seul œuf dedans. Quant à toi, Jeremy, tu veux aller à l'université, nan ? Tu aides ton frère à se marier avec Trix Stubben, et tu n'auras plus jamais à t'inquiéter de nous soutenir financièrement.

Elle lui sourit alors, comme si elle savait qu'elle avait gagné. Et bon sang, elle le connaissait sur le bout des doigts, tous les dix. Jeremy sentit quelque chose en lui plier, en tout cas un peu.

Il ne dit pas qu'il le ferait, pas même à lui-même. Mais peut-être, juste peut-être, qu'il pourrait au moins jeter un coup d'œil plus appuyé à Chris Ramsey.

JEREMY dut sortir de la maison après avoir entendu le plan dingue de sa mère, donc il se rendit chez Nora en avance. Il s'assit dans son box favori, celui qui donnait sur le mur du fond où les employés traînaient quand ils avaient le temps.

Nora lui apporta un café et une part de tarte à la myrtille.

— Tu es en avance, petit piment, fit-elle remarquer, soulevant un sourcil inquisiteur vers lui.

— Maman, dit Jeremy, ce qui était une explication suffisante pour Nora.

— Tu veux en parler ?

— Sûrement pas.

Nora sourit.

— Très bien, mon sucre. Je suis là si tu changes d'avis.

Elle retourna à son service, qu'elle faisait essentiellement seule jusqu'à ce que Francie arrive à quinze heures, quand l'école finissait.

Nora était ce que Jeremy préférait dans son travail au *diner*. Il était sacrément chanceux qu'elle lui ait donné une chance. Étant le troisième Crassen à se présenter dans cette ville, Jeremy avait été considéré comme un bon à rien avant même de commencer.

L'usine d'emballage de viande, par exemple. C'était le plus grand employeur dans la région qui ne requerrait pas un diplôme universitaire. Mais après que son père, puis Eric, les eurent laissé tomber auparavant, ils avaient jeté un coup d'œil au nom de Jeremy et lui avaient dit « merci, mais non merci ».

Pas que Jeremy mourait d'envie de travailler à l'usine d'emballage de viande. L'idée le dégoûtait, en fait, et il était certain qu'il détesterait ça autant que son père et son frère. Mais c'était le travail qui payait le mieux en ville, et il avait besoin de gagner autant d'argent que possible s'il voulait aider sa mère à payer ses factures et économiser aussi pour l'université.

À la place, Nora l'avait embauché. Il avait travaillé en tant que commis et plongeur durant le lycée, et même serveur à l'occasion. Quand elle avait appris pour le refus de l'usine d'emballage de viande, elle lui avait demandé s'il voulait se former en tant que préposé aux petites commandes. Eduardo n'allait pas en rajeunissant et n'aimait plus travailler sur de longs services, alors il avait formé Jeremy, et maintenant il faisait le service du matin et Jeremy gérait la cuisine de treize heures à la fermeture à vingt heures.

Ce n'était pas comme si Jeremy avait le rêve de devenir chef, ou un talent particulier pour ça. Mais les repas du *diner* n'avaient rien de sophistiqué et l'endroit était suffisamment fréquenté pour le forcer à rester concentré la plupart du temps. Et quand c'était plus calme, il pouvait penser à des intrigues, des scènes et des personnages tout en retournant des steaks hachés. Ça lui plaisait.

Mais alors qu'il savourait l'incroyable tarte aux myrtilles de Nora, il ne pensait pas à ses histoires. Il pensait à sa mère et à Chris Ramsey.

Il pensait au fait que lui, Jeremy, était gay, même si pas une seule personne de Clyde's Corner ne le savait. Ce devait être une pure coïncidence que sa mère ait trouvé cette idée. Pas vrai ? Elle n'avait pas de soupçons. Personne n'avait de soupçons.

Mais bon, personne ne pensait vraiment à Jeremy Crassen.

Pourrait-il le faire ? Pourrait-il séduire Chris Ramsey ?

C'était une idée stupide. Jeremy était puceau, pour l'amour de Dieu. Il ne connaissait aucun autre gay en ville – enfin, aucun qui n'était pas déjà en couple, comme Joshua et Ben. Et il n'avait pas eu assez d'audace ou n'était pas assez désespéré pour passer par une rencontre en ligne. En plus, il était du genre à rester dans son coin. De plus, il était un préposé aux petites commandes sous-payé et un Crassen – pourquoi qui que ce soit serait-il intéressé par lui ? Et encore en plus, Chris Ramsey pourrait ne même pas *être* gay. Ce n'était pas comme si sa mère pouvait le savoir.

Chris avait été dans la classe de Trixie et de John. Ils étaient en dernière année lorsque Jeremy était en troisième au Lycée de Clyde's Corner [2]. Jeremy se souvenait que Chris était très mignon, avec des cheveux bruns et une carrure svelte, toujours classe, bien habillé et populaire aussi. Il aurait tout aussi bien pu être un dieu comparé à Jeremy, qui était un solitaire à cet âge-là. Bon sang, à n'importe quel âge. Il n'avait même pas eu son frère aîné dans le coin pour lui tenir compagnie

2 Aux États-Unis, le lycée dure 4 ans, et non 3 comme en France.

à ce moment-là, puisque Eric avait été diplômé l'année avant que Jeremy commence le lycée.

De ce que Jeremy se souvenait, Chris avait été ami avec John Stubben. John et Trix étaient un couple vedette, faisaient partie de la « bande des vaches » – les enfants des ranchers. Mais le père de Chris n'était pas un rancher. Non, Berk Ramsey possédait le plus grand magasin de la ville, le Merc. Ce qui signifiait que les Ramsey étaient riches.

Jeremy n'avait jamais perçu de vibrations gay chez Chris, mais bon, ce n'était pas comme s'ils s'étaient déjà parlés. Ou si Chris savait que Jeremy existait.

Prétends que tu es un personnage d'une de ces histoires que tu gribouilles tout le temps.

Le pouvait-il ? Si Jeremy pouvait être n'importe qui, il serait Gary Prince, un magnifique blond sociable de son premier roman, un roman qui nourrissait maintenant les termites dans le tiroir du bas de son bureau. Gary avait été basé sur Ben Rivers. C'était un cow-boy, très masculin, sûr de lui, et élégant. Gary Prince était *sexy*.

Il s'imagina Gary Prince, en bottes et avec un Stetson, flânant dans le Mercantile avec un sourire à mille watts et saisissant Chris autour du cou. Ils feraient quelques pas en traînant les pieds, comme dans *Brokeback Mountain*. Puis Gary embrasserait Chris tellement fort qu'il se retrouverait couché sur le tapis de la caisse.

Jeremy se toucha les lèvres. Que ressentait-on à embrasser un homme ? Sa seule expérience avait été d'embrasser Mary Lou Hengler à une fête de terminale. Il avait fermé les yeux et fait semblant que c'était un garçon, mais son rouge à lèvres avait un goût désagréable et sa poitrine refusait de respecter son espace personnel.

Nora vint remplir sa tasse, et Jeremy lui lança un sourire de Gary Prince.

— Merci, chérie. Tu es rudement jolie aujourd'hui !

Nora le regarda comme s'il était devenu fou.

— Qu'est-ce qu'tu fumes ? Peu importe. Quoi que ce soit, ça me plaît.

— Je ne fais que planer sur ta beauté na-tu-re-lle.

Les yeux de Nora s'écarquillèrent de manière comique.

— Vraiment ? Eh bien, cette nouvelle tunique violette est ravissante, si je peux me permettre. Tu as encore une heure avant ton service. Tu veux prendre ton déjeuner ? Puis tu pourras me complimenter encore un peu.

— Non. Je pensais à faire une promenade jusqu'au Merc.

— Ah, oui ? Tu as besoin d'aller chercher quelque chose ?

— Pas encore. Je ne fais que tâter le terrain, dit Jeremy sérieusement.

Il lissa sa longue frange de ses doigts et la repoussa derrière ses oreilles. Il se frotta le visage à la recherche de miettes de tarte errantes et leva les yeux vers Nora d'un air interrogateur.

— Bien ?

Nora lui prit légèrement le menton entre ses doigts, et ses yeux devinrent tendres.

— Mon sucre, tu es joli comme une peinture. Ce n'est pas toujours ce que je dis ? Qui est la chanceuse… enfin ?

Gary Prince fit un clin d'œil à Nora et se glissa hors du box sans répondre. Derrière la façade, Jeremy Crassen tremblait comme une feuille.

Chapitre Deux

CHRIS remplaçait une ampoule dans la guirlande clignotante au-dessus du coin pause-café quand Jeremy Crassen entra nonchalamment dans le Merc.

Le Merc, alias le Mercantile de Clyde's Corner, était la source principale d'articles d'épicerie en ville. Il était petit en comparaison des chaînes géantes de magasins de la grande ville, mais suffisamment grand pour Clyde's Corner. En dehors de la nourriture, ils avaient aussi en stock de la bière, du vin, des spiritueux, et une petite sélection du genre de vêtements dont un travailleur ou une travailleuse du Montana pourrait avoir besoin. Et ils étaient situés en plein milieu de la pittoresque vieille ville, dans Westerny Main Street. Donc les gens qui travaillaient dans le magasin voyaient pratiquement tout le monde en ville régulièrement et presque tous les touristes aussi.

Sauf Jeremy Crassen. Chris lui lança un deuxième coup d'œil évaluateur. Il ne se souvenait pas l'avoir vu au Merc depuis qu'il était entré pour acheter des bonbons à un cent ou une boisson gazeuse quand il était enfant. Tout de même, Chris sut immédiatement qui c'était.

Ces épais cheveux brun-roux, brillants et raides comme des piquets ne pouvaient appartenir qu'à un Crassen. Et Chris connaissait assez bien Eric. Il venait souvent pour acheter de la bière et des en-cas, et il était toujours aussi grand, beau et superficiel comme lorsqu'il allait au lycée. Donc, ce devait être Jeremy, son frère cadet. La dernière fois que Chris l'avait vu, Jeremy était en troisième – pas très bien proportionné, avec une énorme tignasse de cheveux brun-roux. Chris se souvenait de la longue frange qui lui couvrait le visage comme un chien hirsute, comme si le gamin se cachait.

Enfin. Jeremy ne se cachait pas aujourd'hui. Il portait ses cheveux acajou lâchés, d'une seule longueur, et bien en dessous de ses épaules. L'avant était dégagé nettement derrière ses oreilles, révélant un visage qui fit que Chris se demanda pourquoi il l'avait caché. Il avait de hautes pommettes anguleuses et des traits larges et réguliers, et il n'était pas aussi bestialement beau qu'Eric. Il fallait une évaluation plus longue pour remarquer son apparence. Il était plus fin, plus délicat, comme de la porcelaine comparée à de la terre cuite.

Bon sang. Chris avait regardé trop de catalogues de vaisselle récemment. Et cela lui rappelait qu'il devait commander des mugs touristiques pour le magasin cette semaine.

Jeremy jeta un coup d'œil vers Chris, et celui-ci baissa précipitamment les yeux sur l'ampoule et le fil électrique qu'il tenait dans ses mains. Il remplaça deux ampoules suspectes avant d'oser lever les yeux de nouveau.

Jeremy se trouvait devant la vitrine des boissons fraîches, la porte ouverte, à en examiner le contenu.

Son corps avait suivi ses membres, remarqua Chris. Il portait une veste en cuir abîmée et un jean. Il était grand, et ses hanches – visibles lorsque la veste se souleva alors qu'il appuyait un bras sur la porte avant de la vitrine – étaient étroites, et pourtant fermement arrondies sur son…

Jeremy tourna la tête et regarda droit vers Chris.

Celui-ci s'étouffa avec sa salive, toussant comme un idiot. Il retourna précipitamment à ses ampoules et à son fil électrique. Merde ! Surpris à mater le derrière de Jeremy Crassen qui affichait aussi un air signifiant « aha ! » sur le visage. Branleur. C'était un Crassen, après tout, et sans aucun doute stupide et méchant.

Avec un soupir de dégoût envers lui-même, Chris brancha la guirlande électrique et ne fut pas surpris de voir que la moitié ne fonctionnait toujours pas. Il réglerait ça plus tard. Il poussa les ampoules de rechange sous le placard à café pour s'en débarrasser et alla vers l'arrière-boutique. Il ferait venir Minola pour s'occuper de la caisse pour Jeremy. Il n'allait pas…

— Hé, dit la voix d'un homme, profonde et calme, venant de très près, ne permettant pas de l'ignorer.

Chris se retourna et trouva Jeremy à quelques pas de lui.

— Oh, bonjour. Puis-je vous aider ? dit Chris sèchement, en fronçant un peu les sourcils pour lui faire savoir qu'il ne tolérerait pas de bêtises.

Les yeux de Jeremy étaient écarquillés et innocents.

— Je cherchais juste de la crème, mais, dis, c'est toi, Chris ? J'ai entendu dire que tu étais de retour en ville.

Jeremy sourit d'un air amical.

— Oh, oui, hé, hum…

— Jeremy Crassen, dit-il en tendant la main, que Chris prit à contrecœur. Je ne te blâme pas si tu ne te souviens pas de moi. J'étais quelques classes derrière toi à l'école.

— Oh, d'accord, je me rappelle maintenant.

Jeremy était si gentil, cela semblait mesquin de continuer à prétendre qu'il ne savait pas qui il était.

— Tu es le petit frère d'Eric, continua-t-il. Comment vas-tu ?

— Super, dit Jeremy, avec un autre sourire charmant. Et toi ? Tu reviens en ville de manière permanente ? Tu vas reprendre le Merc après ton père ?

C'était une question raisonnable. Ce n'était pas la faute de Jeremy si Chris n'était pas tout à fait prêt pour cet engagement.

— Eh bien, c'est ce que je fais pour l'instant en tout cas. Mon père a subi une opération du genou, donc j'aide mes parents. Bon, laisse-moi te montrer où trouver cette crème, dit-il en allant à grands pas vers la vitrine du lait puis ouvrant la porte, Jeremy sur ses talons. Nous avons de la crème normale, de la crème entière bio, et du *half and*, hum, *h-half* [3]…

Sa langue buta lorsqu'il tourna la tête et plongea directement dans les yeux de Jeremy.

Merde alors.

---

3 Au Canada et aux États-Unis, fait en général référence à une crème légère, mélange à 50 %% de lait et à 50 %% de crème.

Eric était connu pour ses yeux bleus. Le grand tombeur avait un menton vrai de vrai à fossette et des yeux d'un ciel bleu profond, comme un héros de Disney. Les femmes devenaient folles à cause de ces yeux. Il était dans la classe supérieure de celle de Chris à l'école, et au summum de ses hormones adolescentes, Chris lui-même n'y avait pas été immunisé.

Mais les yeux de Jeremy étaient différents. Ils étaient d'un marron doré avec une teinte rougeâtre, quelques nuances plus claires que ses cheveux et dix fois plus lumineux dans la lumière réfléchie de la vitrine réfrigérée. Chris déglutit.

— Tu es sûr que tu n'as pas un autre genre de crème ? Derrière, peut-être ?

Les paroles de Jeremy étaient caressantes. Ses yeux tombèrent vers les lèvres de Chris, puis vers son entrejambe.

Chris sentit son visage s'enflammer, et dans le même instant, son sexe commença à gonfler. Son fichu sang se liguait contre lui.

Jeremy releva les yeux avec une expression neutre, comme s'il ne venait pas de… L'avait-il fait ?

— Désolé, j'étais en chemin vers l'arrière-boutique, dit Chris rapidement. Pour les affaires. Je dois m'occuper de quelque chose. Excuse-moi. Si tu as d'autres questions, Minola pourra t'aider.

Il hocha brusquement la tête et prit la fuite.

— **TU** peux prendre en charge l'accueil pendant quelques minutes ? demanda-t-il à Minola.

Elle déballait et triait le stock dans l'arrière-boutique, une tâche sans fin à laquelle il lui avait demandé de s'atteler une demi-heure plus tôt.

— Bien sûr, dit-elle aimablement.

Dans la quarantaine et célibataire, elle était toujours heureuse de faire tout ce qu'on lui demandait, du moment que c'était pendant ses heures de travail. Elle s'essuya les mains et entra dans le magasin.

Chris alla dans le petit bureau qui avait été celui de son père durant toute son enfance et était maintenant, en tout cas temporairement, le sien. Il ferma la porte, la verrouilla pour faire bonne mesure et s'affala dans la vieille chaise à roulettes derrière le bureau.

Il se passa une main sur le visage. *C'était quoi ça ?*

Il se sermonna. *Ça*, c'était lui qui était attiré par un homme séduisant. Il s'était promis qu'il n'allait pas se le permettre. Pas ici à Clyde's Corner, et surtout pas maintenant. En fait, si son futur se passait comme prévu, plus jamais.

Chris était lucide sur lui-même. Quand il s'agissait de sa « bisexualité », il savait qu'il était plutôt d'une tendance 80/20. Il était sorti avec quelques filles au lycée, avait couché avec elles. C'était bien. Ce n'était pas comme s'il éprouvait de la répugnance ou trouvait ça dégoûtant. C'était simplement que ça ne tenait pas la comparaison avec l'euphorie qu'il avait avec des hommes, une envie purement physique-hormonale-bestiale avec laquelle il était né.

Mais en fin de compte, le sexe n'était que du sexe. Tout le monde devait grandir un jour, penser au long terme. Il avait eu sa part d'hommes à l'université. Il avait enchaîné des douzaines de coups d'un soir et même une « relation » franchement atroce. Il avait maintenant vingt-quatre ans, et il avait pris sa décision. Il allait s'installer, avoir une vraie famille et un vrai foyer. Trix et Janie avaient besoin de lui, et il les aimait. Vraiment.

Seigneur, John. Quelle putain de tragédie ! Tu me manques, mon pote. Je suis vraiment désolé que tu aies été enlevé à tes femmes. À moi.

C'était la place de John d'être avec Trixie et Jane. John, le meilleur ami de Chris, ne l'avait jamais jugé, pour quoi que ce soit. Tous deux avaient parlé de tous les sujets possibles et imaginables, et souvent de ce qu'ils voulaient dans la vie. Ce que John voulait, c'était rester à Big Basin pour toujours, épouser Trix, avoir une kyrielle d'enfants, et vivre la vie d'un rancher. John était un homme simple et heureux. Chris avait été plus partagé, moins sûr d'où il allait. Mais John l'avait toujours écouté et encouragé. Il aimait entendre parler de la vie de Chris à Denver, l'avait appelé chaque semaine, jusqu'au moment où cet appel n'était pas venu.

Chris avait pris un vol afin de rentrer pour l'enterrement de John. C'était purement le destin, car les choses s'écroulaient à Denver à ce moment-là. On réduisait les effectifs dans son travail de marketing, et sa relation avec Sebastian s'était autodétruite dans une dernière dispute spectaculaire et infernale. Pendant ce temps-là, le père de Chris avait une opération du genou de prévue, ce qui l'immobiliserait pendant des mois.

En se tenant là, dans le cimetière en haut de la colline de Clyde's Corner, à regarder autour de lui tous les visages familiers, toute l'herbe verte, les arbres et les montagnes environnantes, et surtout Trix, si perdue et brisée, et Janie, qui était à peine assez grande pour comprendre, Chris avait eu un moment de lucidité pour une des premières fois de sa vie.

Il savait ce qu'il voulait. Il allait épouser Trix, être un père, et s'installer dans un foyer permanent. Il ne serait peut-être jamais un *vrai* rancher, mais Trix était douée pour toutes ces choses-là, et lui était assez intelligent pour l'aider dans les affaires du ranch d'une autre manière. De plus, il serait là, à Clyde's Corner, où il pourrait aider son père et garder un œil sur ses parents alors qu'ils vieillissaient.

Ça, c'était ce que Chris voulait.

Et il n'allait pas permettre à Jeremy Crassen, ou n'importe quel autre homme, de bousiller ça.

Chapitre Trois

JEREMY se regarda dans le miroir dans la faible lumière de sa chambre et pencha la tête sur le côté, retroussant les lèvres pour former un baiser, puis fit un clin d'œil.

— Hé, dit-il, d'une manière aussi gutturale que sa gorge le pouvait produire.

Comme il l'avait fait ce jour-là au Merc, il prétendit être Gary Prince. Il arrivait à peine à croire qu'il était vraiment allé jusqu'au bout – surtout cette réplique à propos de la *crème*, qui était venue de nulle part. Ensuite, en repensant à ce qu'il avait fait, il avait été pratiquement mort de honte. Mais le point important était qu'il l'avait fait. Maintenant, il devait simplement s'entraîner et s'habituer à flirter comme ça.

— Hé ! réessaya-t-il avec davantage d'assurance, à la Gary/Ben.

Il poussa ses épaules en arrière et bomba le torse.

Les filles font ça, espèce de ringard. Tu n'as rien à afficher.

D'accord. Il redressa les épaules et bomba les fesses à la place. On aurait dit qu'il avait besoin d'aller aux toilettes.

Il se laissa tomber sur son lit avec un grognement.

Putain, quelle différence cela peut-il faire de quoi j'ai l'air ? Chris Ramsey ne le verra jamais.

Chris l'évitait. Jeremy était retourné au Merc trois fois cette semaine, et chaque fois, peu après qu'il fut entré dans le magasin, il avait cherché Chris et découvert qu'il avait disparu. Minola, cette femme plus âgée, était toujours à la caisse à la place.

Pourquoi ? Il n'avait pas été méchant ou impoli la première fois. D'accord, il avait un peu tâté le terrain, et il n'avait probablement pas été subtil. Mais cela n'avait sûrement pas été à ce point traumatisant !

Cela dit, il avait tâté le terrain et avait reçu une grosse motte de terre en plein visage. Il y avait vraiment eu de l'intérêt dans les yeux de Chris. Et peut-être aussi en dessous de son tablier ? Peut-être que c'était le problème. Peut-être que Chris soupçonnait que Jeremy savait qu'il était gay ? Et il n'avait pas dû aimer ça ?

Il se redressa, ressentant une minuscule pointe de plaisir à l'idée que Chris Ramsey se souciait de ce que Jeremy Crassen pensait. Généralement, les gens l'ignoraient tout simplement. Faire vraiment l'effort de l'éviter signifiait que… signifiait qu'il avait de l'importance. N'était-ce pas un progrès ?

Son imagination dérapa… Chris le coinçant désespérément dans le rayon du maïs en conserve, le suppliant de ne pas s'approcher du Merc parce qu'il ne pouvait pas supporter l'insoutenable tentation, en quelque sorte à la manière dont Edward avait évité Bella dans ce film de vampires, sans toutefois la partie sur la perception de l'odeur.

Il renifla et sortit son carnet pour l'écrire.

La porte de sa chambre s'ouvrit violemment et Eric entra nonchalamment.

— Frappe ! dit Jeremy, sans relever les yeux.

— OK, dit Eric aimablement, même s'il ne l'avait jamais fait et ne le ferait jamais.

Il s'affala sur le lit de Jeremy, faisant grincer le matelas avachi sur le vieux sommier à ressorts.

— Qu'est-ce que tu veux ? demanda Jeremy en levant les yeux de son carnet.

— Je m'ennuie, dit Eric. Tu veux fumer un bong ?

— Non, répondit Jeremy automatiquement.

Ce n'était pas qu'il était catégoriquement contre l'herbe. Mais il se sentait fatigué et mal dans sa peau quand il redescendait, et il ne serait bon à rien pour le reste de la journée. Eric était suffisamment bon à rien pour eux deux.

— Tu es si ennuyeux, dit Eric avec un soupir.

— Est-ce que « ennuyeux » est le seul mot que tu connais ? Où sont tes complices ? Henry et Mike ?

— Oh, ils travaillent.

Eric sortit son cran d'arrêt pliable de sa poche, le lança en l'air comme une balle, et le rattrapa.

— Quels idiots !

— Je sais, renifla Eric.

Il relança le couteau et le rattrapa à nouveau.

— Je croyais que tu étais censé changé d'attitude de toute façon.

Eric haussa les épaules.

— Hé, qu'est-ce que tu penses de Trix Stubben ?

Jeremy posa son carnet et regarda son frère. Le visage d'Eric était soigneusement neutre.

— Je pense qu'elle est jolie. Et classe. Et gentille. Et à environ un million de kilomètres de n'importe laquelle de tes petites copines.

Pas facile, dévergondée ou stupide.

Eric lança de nouveau le couteau et l'attrapa.

— Tu penses qu'elle *pourrait* m'apprécier ?

Jeremy n'avait pas de réponse à ça, du moins pas celle qu'Eric voulait entendre en tout cas.

— Est-ce que toi tu l'apprécies ? demanda-t-il à la place.

Eric leva les yeux au ciel.

— Ouais. Je veux graver son nom dans un arbre et choisir ma robe de mariée.

— Maman sera ravie de l'entendre.

Jeremy gribouilla au dos de son carnet.

— Et à propos de *Chriiiis* ? dit Eric d'une voix chantante qui donna envie aux doigts de Jeremy de le gifler.

— Quoi à propos de lui, Haleine de Chien ?

Eric arrêta de lancer le couteau et regarda Jeremy.

— Tais-toi. Je les ai vus, lui et Trix, au cinéma hier soir.

Le visage d'Eric fit ce truc bizarre, comme si ça le dérangeait vraiment, mais qu'il ne voulait pas que Jeremy le sache.

— Vraiment ? demanda Jeremy, pas très heureux de ses nouvelles non plus. Est-ce qu'ils agissaient comme un couple ? Peut-être que c'était juste un truc amical. Parce qu'ils étaient amis au lycée.

— Totalement pas juste des amis. Ramsey avait le bras autour de sa taille, et il a payé pour son ticket de cinéma, et ensuite, il lui a ouvert la portière.

La vache. Et ce rapport détaillé venait d'Eric, un gars qui était tellement insouciant qu'il n'aurait pas pu vous dire si le facteur était passé, même s'il avait été assis sur le porche tout l'après-midi. Un gars qui, une fois, n'avait pas remarqué que sa botte était en feu.

— Donc ? Même s'ils sortent ensemble, ça n'est pas une affaire. Ça ne veut pas dire que Trix va l'épouser.

— Trix n'est pas du genre à sortir avec n'importe qui sans raison. Surtout maintenant qu'elle a une petite fille à laquelle penser.

Jeremy ne pouvait pas discuter cette évaluation étonnement sensible.

— Donc, tu penses vraiment que c'est un pédé ? Ramsey, je veux dire ? demanda Eric avec espoir. Parce que s'il n'est pas complètement gay… Eh bien. Impossible que je le batte avec Trix. Je ne vois même pas pourquoi je devrais essayer.

Pourquoi est-ce qu'Eric *devrait* seulement essayer ? Pourquoi Jeremy le devrait-il ? Pourquoi Chris lui jetterait-il un deuxième coup d'œil ? Les habitants de la ville avaient leur avis sur les Crassen depuis longtemps.

De ce que Jeremy savait, Mabeline Crassen – Mabe Stucky, à ce moment-là – avait été un sacré chat sauvage quand elle était jeune. Elle n'avait pas fait un secret du fait qu'elle aimait les hommes, et une large variété. Elle était très jolie à l'époque. Il y avait un album dans le salon avec des photos d'elle à dix-huit ans. Elle avait des cheveux brun-roux jusqu'à la taille et était mince comme un roseau. Elle venait d'une famille pauvre et vivait dans un lotissement de mobile homes au bord de la ville – dans le même mobile home où Mabe, Eric, et Jeremy vivaient maintenant, et cela depuis que leurs grands-parents étaient morts. Les hommes n'avaient pas hésité à tirer avantage de sa générosité et avaient fait passer le mot à travers la ville. En tout cas, c'était ce que Jeremy avait compris.

Mais ensuite, Mabe avait épousé Frank Crassen. Jeremy aimait son père, mais on ne pouvait pas nier que cet homme avait été un rêveur et avait pris quelques décisions stupides. Détestant son travail à l'usine d'emballage de viande, il avait suivi une combine pour « devenir riche rapidement » qu'un de ses amis avait concoctée – et il s'était retrouvé avec vingt ans de prison. Il y avait été enfermé quand Jeremy n'avait que sept ans.

Ton vieux est un taulard. Taulard ! Taulard ! Sale criminel.

Le fait que Frank Crassen était mort en prison quelques années après, tué pour – d'après le directeur – avoir défendu un jeune nouveau, ne semblait pas avoir de l'importance pour les gens. Cela en avait cependant pour Jeremy. Son père n'avait pas été parfait, mais il était mort en héros.

Personne à Clyde's Corner ne s'attendait à grand-chose de la part des deux frères. Et Jeremy ne désirait rien davantage que de quitter cette stupide ville et déménager quelque part où les gens ne connaissaient pas son passé, où il pourrait être seulement Jeremy et pas Jeremy *Crassen*. Il ne pouvait même pas entendre son propre nom dans sa tête sans le mépris qui l'accompagnait habituellement.

— Alors tu penses qu'il est homo, ou quoi ? demanda Eric en donnant un petit coup de coude au genou de Jeremy.

— Bien sûr qu'il est homo. Il a les dents blanches, dit Jeremy avec amertume.

Il ouvrit son carnet sur une page blanche et commença à écrire de potentiels noms de personnages pour un concierge dans son nouveau livre. Il laissa sa frange tomber en avant pour lui bloquer la vue. Il ne pensait pas qu'Eric n'aimait pas vraiment les gays. Il parlait juste comme un ignorant. Mais cela le blessait quand même.

— Mec ! dit Eric en se mettant à rire. Je sais, d'accord ? Mais… sérieusement. Je sais que ces trucs que Maman a dits ne font pas de lui un gay, mais… pourrait-il l'être ?

— Je ne sais pas, Eric.

Oui, je pense qu'il l'est.

— Est-ce que tu vas le découvrir ? Est-ce que tu vas faire ta part ? insista Eric.

Jeremy ne répondit pas. *Ferdinand. Frank. Fossie. Frances.*

— Jer !

Eric saisit le stylo de Jeremy et le lui arracha.

— Arrête ça !

Jeremy savait qu'il avait l'air d'avoir huit ans au lieu de vingt, mais il s'en moquait. Il écarta ses cheveux de ses yeux dans l'espoir de repérer le stylo, mais Eric l'avait déjà rangé quelque part.

— Tu crains ! Qu'est-ce que tu veux que je te dise ? continua-t-il.

— Est-ce que tu vas le faire ? répéta Eric, l'air très sérieux et attentif. Tu peux au moins découvrir pour moi si Chris est vraiment gay. Il faut que je le sache.

Jeremy poussa un soupir exaspéré.

— Oui, je vais le faire. Ou en tout cas essayer. Tu sais à quel point je veux aller à la fac. Et si le plan de Maman fonctionne, vous pourrez vous débrouiller tout seuls tous les deux.

Eric eut une expression bizarre sur le visage, comme si quelqu'un avait mis la culpabilité, la joie, et la peur dans un shaker et l'avait secoué comme un fou.

— Je suis conscient que je ne fais pas ma part de travail. C'est juste que… je ne supporte pas de travailler à l'usine d'emballage de viande.

— Je sais.

— Pourquoi veux-tu aller à la fac à ce point d'ailleurs ? Tu peux être auteur ici, non ?

Jeremy lui lança un regard signifiant « tu es cinglé ? ».

— Personne ne va me prendre au sérieux en tant qu'auteur si je ne suis qu'un plouc du Montana avec un diplôme du lycée. Même si j'ai quelque chose à dire, qui va m'écouter ? Et je ne pourrai pas écrire pour toujours à propos d'un adolescent pauvre du Montana. Je dois *voir* plus de choses. Je dois rencontrer des gens d'ailleurs, connaître des choses différentes. Et je le fais totalement à l'instinct quand il s'agit de l'écriture. Pense à quel point ça serait cool d'apprendre de quelqu'un qui sait vraiment ce qu'il fait.

— Ouais, acquiesça Eric, avant de se gratter une aisselle. Tu le mérites, frangin.

Jeremy haussa les épaules.

— Les gens méritent un tas de choses qu'ils n'obtiennent pas. Papa méritait une seconde chance. Et Trix méritait que John vive. Pas vrai ?

Eric eut l'air de vouloir ajouter quelque chose, mais s'en empêcha.

— Fais-moi savoir pour Ramsey, OK ?

Il se leva, lança le stylo volé sur le lit, et sortit d'un pas nonchalant de la chambre.

Jeremy le saisit et se remit à gribouiller, griffonnant intensément. Chris Ramsey était trop bien pour lui, tout comme Trix l'était pour Eric. Mais Jeremy n'avait pas besoin de faire en sorte que Chris l'épouse. Il devait seulement lui donner envie de coucher.

Mabe avait indubitablement réussi à séduire les hommes quand elle était dans la fleur de l'âge, alors, pourquoi pas Jeremy ?

C'était un truc dégueulasse à faire, d'essayer de révéler l'homosexualité d'un homme qui voulait épouser une veuve, mais Chris n'avait pas besoin du Big Basin Ranch. Il avait le Merc. Et il était parti à la fac et était diplômé. Il avait eu tous les avantages que Jeremy n'avait jamais eus. De plus, s'il était gay, il ne devrait pas épouser une femme de toute façon. Jeremy rendrait service à tout le monde.

Mais s'il était honnête, c'était complètement égoïste. Ce n'était pas pour Trix ou Eric ou même sa mère. Il avait des rêves. Il avait des projets. Il voulait partir de Clyde's Corner, obtenir un diplôme universitaire et être écrivain.

C'était ce qu'il voulait.

— **NON,** Chris ! s'écria Trix. Ne le laisse pas s'approcher de…

Un martèlement brutal traversa tout son corps lorsque le cheval se mit à galoper. Chris s'agrippa aux rênes, à la corne de selle – partout où il pouvait poser ses mains. Mais soudain, ils furent dans les airs, le cheval et Chris ensemble, puis, tragiquement, ils furent séparés. Chris fut conscient que le cheval sautait par-dessus une clôture en pierre basse en périphérie de sa vue puis – *vlan !* – il heurta le sol.

Un « *Arg !* » lui échappa avec son dernier souffle d'air, apparemment pour toujours. Il était couché dans la poussière sur le dos, fixant le ciel bleu du Montana et essayant de refaire fonctionner ses poumons.

— Chris ! cria Trix en accourant avant de se pencher sur lui, le visage inquiet. Tu vas bien ? Désolée, j'aurais dû te prévenir. Manchester adore les trèfles sur la pelouse. Il vaut mieux ne pas le laisser s'approcher trop près de la clôture, ou il est tenté de la sauter.

Chris cligna des yeux vers elle. *De l'air, par ici ? À l'aide ?*

— Tout ce que tu avais à faire, c'était le détourner. Je croyais que tu avais dit que tu savais monter ! dit-elle d'un ton en partie confus, en partie indigné, et entièrement trop amusé au goût de Chris. Mais c'était une chute spectaculaire. Je lui donnerai un neuf.

— À l'aide ! réussit-il à dire lorsque ses poumons se remirent enfin à fonctionner.

Il roula sur le côté et testa ses bras et ses jambes. Ils fonctionnaient, Dieu merci.

— Oh, pour l'amour de la terre, tu vas bien ! sermonna Trix en riant à moitié, en prenant un de ses bras pour l'aider à s'asseoir. Je ne peux pas te dire combien de fois j'ai mordu la poussière comme ça. Papa disait que c'est pour ça que le Montana a une terre aussi douce et agréable.

— Douce ? réussit à dire Chris d'une voix rauque.

Il avait l'impression qu'il méritait un peu plus de compassion. C'était effrayant de ne pas pouvoir reprendre son souffle, et il avait l'impression d'avoir été frappé par une mule.

— Lève-toi. Tu te sentiras mieux.

Trix le tira à nouveau, l'encourageant à se mettre sur pieds, ce qu'il fit. À contrecœur.

— Piétine un peu. Assure-toi que tu n'as rien de cassé, suggéra gaiement Trix.

— Oh bien sûr, piétiner. Et espérons simplement que ma tête ne tombe pas de mon cou brisé, plaisanta Chris, même s'il était en quelque sorte sérieux.

— Gros bébé. Allons, teste ces jambes !

Chris tapa une botte puis l'autre. Ses jambes semblaient aller bien.

— Bien, maintenant remue les fesses !

— Pour voir si mon dos est blessé ? Ou veux-tu juste un frisson ? la taquina Chris, pourtant il remua les hanches malgré tout.

Son dos était sensible, surtout au niveau des épaules qui avaient percutées le sol en premier. L'un de ses coudes était sérieusement endolori. Mais rien ne semblait cassé.

— Tu dois apprendre à mieux monter. Comme *moi*, intervint Janie aimablement.

Elle était assise sur son poney gris pommelé, Annabelle, et le regardait comme si aucun endroit ne pouvait être plus sûr que le dos d'un cheval. Malgré ses grands yeux bleus et ses nattes blondes, c'était clairement un petit démon.

— Janie ! Ce n'est pas très gentil, dit Trix. Oncke Chris a clairement des compétences de fou avec les chevaux.

— « Fou » étant le mot clé, marmonna Chris.

— Donc tu vas bien ? On sort toujours pour notre pique-nique ? demanda Trix en l'examinant avec un sourcil soulevé.

Chris regarda le grand cheval brun qui mangeait calmement du trèfle, la clôture en pierre, le visage incertain de Trix, et Janie, la petite critique, assise sur son poney. Il devrait remonter sur le cheval et partir. Il le devrait vraiment. Il ne voulait surtout pas décevoir Janie, qui n'avait pas encore commencé à l'apprécier autant qu'il le voudrait.

Mais. Le cheval. Il regarda à nouveau l'animal, et chaque nerf de son corps cria : « Oh sûrement pas ! »

Chris tourna le dos à Janie et parla à voix basse à Trix.

— Désolé, mais mon dos me fait mal après cette chute. Je ne pense pas être d'attaque pour une chevauchée. Et si je prenais le panier pique-nique pour marcher jusqu'à l'étang ? Il y a un endroit sympa là-bas, près de l'arbre. Tu peux emmener Janie en promenade et me retrouver là-bas dans un moment ?

Trix regarda Janie, puis Chris, et soupira.

— Chris, tu sais que tu n'as pas à monter à cheval pour moi. Si tu n'aimes vraiment pas ça.

— Si, j'aime ça ! Je ne peux simplement pas… me permettre de manquer le travail cette semaine. Papa récupère toujours de son opération. D'accord ?

— Bien sûr, répondit Trix en lui faisant un sourire sincère puis tirant sur sa frange, qu'il portait relevée en pointes. Chris-corico.

— Sympa, Trixie Twix. Moque-toi d'un homme quand il est à terre, râla Chris, mais il souriait.

À L'ÉTANG, Chris étendit la couverture, posa le panier à pique-nique dessus, et s'assit à côté dans le chaud soleil de juin, attendant Trix et Janie.

Une partie de lui était vraiment soulagée de ne pas devoir remonter sur ce cheval. Et une partie de lui savait que ce n'était pas bon du tout. Trixie aimait les chevaux depuis aussi longtemps que Chris la connaissait. Au lycée, elle faisait toujours une quelconque compétition équestre. Et bien sûr, le Big Basin Ranch abritait et produisait des chevaux. C'était le rêve de Trix. Et Janie avait l'air de suivre les traces de sa mère.

Janie avait raison. Elle avait quatre ans et était déjà une Lone Ranger comparée à Chris.

Il n'allait jamais être un cow-boy, mais il devait au moins ne pas être complètement nul, pas s'il voulait épouser Trix Stubben. Le problème était qu'il ne voulait pas avoir l'air idiot devant Trix et Janie. Peut-être que s'il pouvait trouver un autre endroit pour s'entraîner, il pourrait se détendre et se concentrer pour apprendre. Puis il pourrait impressionner Trix une fois qu'il serait plus à l'aise.

On était dans le Montana. Il devait y avoir des endroits où il pourrait suivre des cours d'équitation. Il se promit qu'il ferait des recherches dès qu'il arriverait au magasin.

Trix et Janie arrivèrent et attachèrent leurs chevaux à un arbre près de la couverture. Trix semblait détendue après la chevauchée, et le visage de Janie brillait d'excitation. Chris se leva pour aider, même s'il n'y avait pas grand-chose à faire.

— Oncke Chris, devine ce qu'on a vu ? Devine !

Chris fit semblant de réfléchir intensément.

— Humm. Un lapin ?

Janie secoua la tête.

— Un cerf ?

— Non, on a vu un bébé opossum ! Il ne faisait que cette taille ! dit Janie en écartant les mains sur environ trois centimètres.

Chris pensa que c'était affreusement petit pour un bébé quelconque, sauf peut-être une cellule-œuf, mais il siffla comme s'il était impressionné.

— C'est vraiment petit. Il était mignon ?

— Uh-uh, acquiesça Janie en hochant la tête.

— Comment va ton dos ? demanda Trix.

— Bien. Juste sensible.

Chris se frotta l'épaule, qui lui faisait vraiment mal.

— Êtes-vous prêtes à manger ? Parce que je pourrais engloutir un… bébé opossum ! taquina Chris, en regardant Janie.

Janie le foudroya du regard, fronçant les sourcils.

Oh mon Dieu, je crains ! Bien joué pour traumatiser la petite. Purée.

— Ou mieux encore, du beurre de cacahuète et de la confiture ! dit-il pour se couvrir. Ça vous semble bien ?

— Oui, dit Janie.

Elle lui lança un regard méfiant avant d'aller vers la couverture, comme si elle ne se fiait pas tout à fait à lui pour croire qu'il ne lui *ferait* pas manger un bébé opossum. Elle s'assit en tailleur dessus et commença à sortir des choses du panier de pique-nique.

— Le sandwich avant le gâteau, Microbe ! lança Trix.

Janie trouva avec une précision sans faille le sandwich et commença à le déballer.

— Désolé, c'était un truc stupide à dire, s'excusa Chris. Je suppose que j'en fais trop.

Trix se mit à rire.

— Oh, ne t'inquiète pas. Janie est habituée à notre sens de l'humour stupide. John avait l'habitude de…

Elle s'interrompit, une expression de douleur apparaissant sur son visage. Elle déglutit.

— Enfin, tu sais comment était John. Morbide et un peu bêta.

— Oui. Il l'était.

Chris savait pourquoi elle avait hésité. Les mots *morbide* et *John* n'allaient pas facilement ensemble ces temps-ci. C'était vrai que John avait un sens de l'humour noir. Mais la manière dont il était mort, frappé à la tête par le cheval d'un étranger alors qu'ils essayaient de le sortir de la remorque, était bien trop réelle et trop effroyable.

Chris ne savait pas quoi dire, alors il posa ses deux mains sur les épaules de Trix et les massa. Elle se détendit sous sa prise ferme avec un soupir.

— Oh Seigneur, ça fait un bien fou après cette dure semaine.

— Oui ?

— Oui. Asseyons-nous ici une minute.

Trix s'assit pile où ils se tenaient, sur l'herbe luxuriante près de l'étang. Chris s'assit derrière elle, se mettant plus à l'aise pour lui faire un vrai massage des épaules. Ils étaient suffisamment éloignés afin que Janie ne prête pas attention à leur conversation, mais que Trix puisse garder un œil sur elle.

— Mardi, c'était le dernier jour pour Roger, dit-elle en grognant alors que les doigts de Chris s'activaient. Le pauvre homme est resté à mes côtés aussi longtemps qu'il a pu, même s'il voulait prendre sa retraite avant que John meure. Je dois vite trouver quelqu'un d'autre. Ça me tue d'essayer de garder le rythme pour tout et faire de même avec Janie. Hemmy n'est pas bon pour autre chose que tondre la pelouse ces temps-ci.

Chris quitta ses épaules pour passer ses articulations le long de sa colonne vertébrale.

— Y a-t-il quelque chose que je peux faire ?

Trix renifla.

— Je ne peux pas vraiment t'imaginer nettoyer les stalles des chevaux. En tout cas, j'ai besoin de quelqu'un à plein temps et tu as le Merc.

Chris ne répondit pas à ça. Est-ce qu'il continuerait à travailler au Merc après qu'ils se seraient mariés ? Où est-ce que Trix s'attendrait à ce qu'il travaille au ranch comme John l'avait fait ? Est-ce qu'il le voulait ? Il y avait tant de choses dont ils n'avaient pas discuté. Chris avait l'impression de devoir marcher sur des œufs de peur de faire de la peine à Trix. Il n'existait pas de manuel sur comment faire la cour à la veuve de son meilleur ami.

Mais ils faisaient des choses ensemble depuis que Chris était revenu pour l'enterrement de John, il y avait presque un an maintenant. Cela avait été amical au début, mais durant les derniers mois, c'était incontestablement devenu des rendez-vous. Il était sûr qu'ils avaient tous deux des attentes sur la direction où ça allait. Ils n'en avaient simplement pas parlé à haute voix de peur de piétiner la tombe de John.

Chris immobilisa ses mains.

— Tu sais que je veux être là pour toi et Janie. De manière permanente.

Trix couvrit une de ses mains de la sienne.

— Je sais, Chris. Je le veux aussi. Vraiment. Mais… pouvons-nous nous donner encore un peu de temps ?

— Bien sûr, répondit-il, soulagé.

Je le veux aussi. Ça y était, alors. Ils acceptaient tous deux le fait qu'ils allaient se marier. Il n'y avait aucune raison de se précipiter.

Chris se pencha en avant et embrassa le dessus de la tête blonde de Trix. C'était une belle femme. Bon sang, c'était Trix Stubben, la reine du bal. De toute façon, elle avait pratiquement la silhouette d'un garçon, avec ses hanches minces, ses longues jambes, et ses seins modestes. Et elle avait un visage mignon qui avait l'air plus jeune que son âge, même si elle était mère maintenant.

Elle pencha la tête en arrière en invitation, et Chris jeta un coup d'œil vers Janie. Elle avait le dos tourné, lançant des morceaux de son sandwich aux canards sur l'étang, alors il embrassa Trix sur la bouche. Ils permirent à leurs langues de jouer ensemble doucement, tranquillement. Ils n'étaient pas allés plus loin que ça, et cela lui convenait. Il savait que Trix faisait encore le deuil de John. Et de toute manière, cela lui enlevait la pression.

Trix rompit le baiser.

— Allons, Oncke Chris. Allons déjeuner avant que la gamine ne prenne tout.

Chapitre Quatre

JEREMY sirotait sa tasse de café noir au *Coffee in the Corner*, le café en face du Merc. C'était la troisième fois cette semaine qu'il s'était assis là avant son service chez Nora, à regarder les allées et venues du magasin et à essayer de rassembler son courage pour un autre essai.

Un pick-up Ford rouge s'arrêta devant le Merc, et deux beaux hommes en descendirent – Joshua Braintree et Ben Rivers.

Jeremy se redressa et jeta un coup d'œil par la fenêtre sans vergogne. Les voir était comme apercevoir un oiseau rare ou un élan blanc. Ils étaient légendaires dans l'esprit de Jeremy – le seul couple de ranchers ouvertement gay dans la petite ville de Clyde's Corner.

Les Braintree et les Rivers étaient toutes deux d'anciennes familles de ranchers du coin. Joshua et Ben vivaient ensemble dans le ranch de la famille de Joshua, « ouvertement gay » pour tout le monde. De ce que Jeremy avait entendu, Joshua en avait fait une affaire, l'annonçant au meeting pour le planning du Noël de la ville. Et Ben... merde, tout le monde savait que Ben avait passé un certain temps à faire du porno gay à Vegas.

Le couple pourrait tout aussi bien venir de la lune pour tout ce que Jeremy pouvait s'identifier à eux. Il les admirait énormément, même s'il n'oserait jamais être comme eux.

Ils étaient aussi tous les deux tellement beaux, ils donnaient envie à Jeremy de gémir et de tomber à genoux. Il se l'imagina pendant un instant : lui devant la porte d'entrée du Merc, gémissant et atterrissant à genoux comme un arbre abattu par le désir. Mais même dans son imagination fertile, Joshua et Ben l'ignoraient et allaient droit dans le Merc.

Jeremy soupira. À travers les fenêtres du Merc, il vit Chris arrêter Joshua et lui parler pendant que Ben s'éloignait dans le magasin. Sans se permettre de trop y réfléchir, il lissa ses cheveux derrière ses oreilles, jeta sa tasse, et se dirigea vers la porte du café.

—... **UN** nouveau cours pour adultes commence ce week-end. Tu es le bienvenu.

La voix profonde et rauque de Joshua était amicale alors qu'il parlait à Chris.

Les oreilles de Jeremy se redressèrent alors qu'il marchait vers eux. Son regard dériva vers Chris, et le regard de celui-ci papillonna vers son visage. Ses yeux s'écarquillèrent comme s'il était surpris de voir Jeremy, mais il hocha la tête en « salut » avant de reporter les yeux sur Joshua.

— Inscris-moi, dit Chris. J'ai vraiment besoin d'aide. J'ai peur que « lamentable » soit en dessous de la vérité.

— Eh bien, Ben aime les défis.

Jeremy les dépassa et fit quelques pas dans l'allée avant de tourner la tête pour voir si Chris le regardait. Ce n'était pas le cas, pourtant la joue tournée vers Jeremy rougissait, et il semblait regarder Joshua très… attentivement, comme s'il essayait de *ne pas* regarder Jeremy. Bien sûr, c'était peut-être prendre ses désirs pour des réalités.

Il s'arrêta à mi-chemin dans l'allée et fit semblant de parcourir la sélection de comprimés d'aspirine. Il laissa ses cheveux retomber en un rideau sur son côté droit pour pouvoir jeter des coups d'œil furtifs sans que ce soit flagrant. Chris était beau. Jeremy n'avait pas été aussi près de lui depuis ce jour devant la vitrine de crèmes deux semaines auparavant. Beaucoup de fantasmes avaient coulé sous les ponts depuis. Et peut-être qu'il le voyait d'un autre œil, car Chris avait plus l'air d'un gars avec lequel il pourrait s'imaginer être que d'un gars trop beau et tatillon auquel Jeremy ne s'intéresserait pas.

Une lente vibration d'excitation se fit ressentir dans son ventre. Probablement pas une bonne idée de s'imaginer être avec Chris *tout de suite*, dans le rayon médicaments du Merc. Il prit une boîte de paracétamol et fit semblant d'en étudier l'arrière.

Tu penses qu'elle pourrait *m'apprécier ?* Les paroles pleines d'espoir d'Eric résonnèrent dans la tête de Jeremy.

—… six semaines ? Je devrais porter quoi ? disait Chris.

Avant que Jeremy ne puisse entendre la réponse de Joshua, quelqu'un parla par-dessus son épaule.

— Jeremy ?

Celui-ci se retourna pour trouver Ben Rivers qui se tenait là, lui souriant.

— Jeremy Crassen ! Je ne t'ai pas vu depuis longtemps. Comment vas-tu ?

Ben avait toujours été amical avec tout le monde à l'école, même avec Jeremy, qui avait fait de son mieux pour disparaître. Et Jeremy avait indubitablement remarqué Ben. Blond, beau, exubérant, et drôle. Il avait été la vedette d'un certain nombre de ses fantasmes lycéens. Mais comme toujours, ce qui se passait dans sa tête restait dans sa tête. Dans la vraie vie, ils s'étaient dit bonjour dans les couloirs et c'était à peu près tout.

Maintenant, Jeremy sentit l'envie automatique de baisser le menton afin que ses cheveux tombent en avant. Mais il se rappela que Chris le regardait peut-être. Il ferma les yeux un instant, appelant l'assurance de Gary Prince. Puis il passa les deux côtés de ses cheveux derrière ses oreilles, redressa le dos, et leva le menton.

Il regarda Ben dans les yeux.

— Salut, Ben. Je vais bien. Comment ça se passe pour toi ?

Ben leva les yeux au ciel.

— Je suis sûr que tu as tout entendu à propos de comment ça se passe pour *moi*. Toi et tout l'état du Montana. Hé, tu as l'air super ! J'aime bien tes cheveux comme ça.

Il les avait juste placés derrière ses oreilles, pour l'amour de Dieu. Ce n'était pas comme s'il les avait coiffés ou les avait teints en bleu. Mais tout de même, Ben tendit la main et tira sur une mèche qui pendait sur l'épaule de Jeremy.

— C'est sympa de voir tes yeux.

Avant que son corps désorienté puisse réagir, Ben lui prit le bras.

— Hé, viens une minute. Je veux te présenter à mon homme.

Jeremy était trop stupéfait pour résister lorsque Ben le tira vers Chris et Joshua.

Je veux te présenter à mon homme. Seigneur, comment quelqu'un pouvait-il être aussi sûr de lui ? Ben ne savait même pas qu'il était secrètement gay ou qu'il n'avait aucune objection à son style de vie. Il ne semblait n'avoir rien à faire de ce que les gens pouvaient en penser. En fait, le sourire sexy sur son visage alors qu'il regardait « son homme » n'était rempli que de fierté.

— Hé, Josh, as-tu déjà rencontré Jeremy Crassen ? Je suis allé à l'école avec lui. Jeremy, voici Joshua, l'homme le plus sexy à s'être jamais assis sur un cheval, et il est tout à moi, alors ne va pas te faire des idées, d'accord ?

Ben se mit à rire à sa propre blague tandis que Jeremy sentait son visage s'échauffer.

Sois cool. Sois sexy et sophistiqué, bon sang. Comme s'il reconnaîtrait la sophistication si elle le frappait au visage avec un gant blanc.

— Hé, Joshua, dit Jeremy en tendant la main, si reconnaissant qu'elle ne tremble pas. Je ne crois pas que nous nous soyons rencontrés. C'est un honneur.

OK, c'était un peu trop. Même si c'était un honneur, honnêtement.

Joshua lui serra la main.

— 'Lut, Jeremy.

Sa voix et sa poignée de main étaient toutes deux bourrues dans le bon sens du terme. Joshua regarda Ben.

— Tu as trouvé ce que tu cherchais ? lui demanda-t-il.

— Oh, pas encore, répondit Ben, serein. Dans une minute. Hé, Chris, tu connais Jeremy, pas vrai ?

— Bien sûr. Salut, Jeremy.

Chris lui lança un sourire tendu, comme s'il n'était pas heureux de le voir, mais ses yeux s'attardèrent comme pour le contredire.

— Est-ce que je viens de t'entendre dire que tu pourrais rejoindre notre cours d'équitation pour adultes ? demanda Ben à Chris.

— Oui, je pense que je vais le faire. Tu sais que je, hum… dit Chris, ses yeux retournant vers Jeremy pendant un instant avant de s'éloigner à nouveau. Je vois Trix Stubben, et j'aimerais ne pas me ridiculiser complètement quand nous allons faire du cheval.

— Oh Seigneur ! Cette femme est à moitié cheval ! Enfin, nous pouvons sûrement t'arranger le coup. Si tu ne peux pas apprendre à chevaucher avec moi et Josh, tu ne pourras apprendre de personne. Et, hé, c'est bien que tu voies Trix ! C'est tellement dommage pour John…

Ben continua à parler de John Stubben, évoquant leur rivalité dans les rodéos locaux, comme les fils privilégiés de ranchers qu'ils étaient. Mais Jeremy s'arrêta d'écouter quand Mme Rollingswell entra dans le Merc.

D'ordinaire, il serait parti furtivement et se serait faufilé dans une autre allée, aurait trouvé son chemin jusqu'à la porte, puis serait sorti du magasin pour l'éviter. Mais il était inclus dans une vraie conversation pour une fois dans sa vie, avec trois personnes, et il était presque sûr que s'il s'en allait furtivement ce serait impoli. Ou en tout cas, ça aurait l'air stupide. Il devait s'excuser, mais avec Ben qui continuait à parler, il était impossible d'en placer une.

Avant qu'il puisse l'interrompre, Mme Rollingswell les aperçut. Sa bouche se pinça étroitement et ses yeux s'enflammèrent dangereusement. Elle marcha vers eux comme une maman ourse furieuse.

Pendant un instant, Jeremy pensa qu'elle allait s'en prendre à Joshua et Ben, que c'était un truc gay. Et, Seigneur, il ne voulait sérieusement pas assister à ça. Il voulait conserver ses idoles intactes. Mais lorsqu'elle les rejoignit, son œil mauvais était fixé droit sur *lui*.

— Jeremy Crassen ! dit-elle d'un ton cassant, interrompant le monologue de Ben sur un événement de prise de veau au lasso.

Mme Rollingswell passa d'une épaule entre Ben et Joshua pour se rapprocher.

— Oh, hum, hé, Mme…

— Ne me donne pas du « hé » ! l'interrompit-elle de sa voix de professeur la plus stricte.

Maintenant, Ben s'était arrêté de parler, et Joshua, Chris et lui le regardaient tous avec perplexité. La bouche de Chris s'était figée en une ligne désagréable. Jeremy savait qu'ils pensaient tous qu'il avait fait quelque chose de terrible. Il était un Crassen, après tout. Il se creusa la tête, mais ne trouva pas pourquoi Mme Rollingswell était tellement en colère. Avait-il massacré sa commande au *diner* ?

— Chapitre dix-sept ! dit-elle en donnant une série de coups sur son bras avec un catalogue qu'elle avait à la main. J'attends ce truc depuis presque six mois ! Comment as-tu pu me faire ça ?

— Oh. Euh…

Jeremy *avait* ignoré Mme Rollingswell. Elle avait appelé à la maison une douzaine de fois. Il avait écrit la fin du livre des mois auparavant, mais il n'en était pas satisfait et devait la réécrire avant de laisser qui que ce soit la voir. C'était ce qu'il obtenait de l'avoir ignorée. C'était ce qu'il obtenait pour lui avoir demandé son opinion sur son livre à la base.

— Et après tout ce temps que j'ai passé sur les seize premiers chapitres ! Pas que c'était pénible, mais je t'ai bien donné un tas de remarques, non ? J'espère qu'elles ont été utiles. Et les virgules ! Mon cher garçon, j'ai honte d'avoir été ta prof d'anglais pendant deux ans !

— Oui, dit Jeremy en se tassant sur lui-même, ses épaules se voûtant. Je ne suis pas très doué pour…

— Mais pour l'amour du ciel, je dois savoir comment ça se termine ! Ce n'est simplement pas juste, Jeremy. Si tu demandes à quelqu'un d'éditer un livre, aie au moins la décence de ne pas le laisser suspendu au dernier chapitre !

Mme Rollingswell semblait vraiment contrariée. Ses yeux marron, derrière ses énormes lunettes le foudroyaient.

Les trois autres hommes le regardaient tous fixement comme s'il était un extra-terrestre. Jeremy aurait honnêtement aimé avoir été légèrement blessé dans un accident de voiture ce matin-là, avoir eu un accrochage avec un lion échappé, ou n'importe quoi qui lui aurait permis de ne pas être dans le Merc à ce moment précis.

— J'y travaille toujours, chuchota Jeremy.

Il baissa les yeux au sol, et un côté de ses cheveux se défit et pendit sur son visage. Gary Prince avait disparu.

— Eh bien, j'espère que tu me l'enverras dès que tu auras terminé ! Mais écoutez-moi donc, je ne m'arrête pas ! Et dire que je me tiens avec les meilleurs jeunes hommes de Clyde's Corner. Chris. Ben. Joshua. Ravie de vous voir les garçons.

Ils rendirent tous la salutation avec le plus grand respect pendant que Jeremy fixait ses chaussures, les cheveux sur le visage.

— Quelle coïncidence, continua Mme Rollingswell. Tiens, juste là ensemble se trouvent l'étudiant le plus discret que j'ai jamais eu, le plus bruyant, le mieux habillé, et le plus intelligent. Je devrais prendre une photo !

— 'Scusez-moi, marmonna Jeremy. Je dois aller travailler.

Il savait que c'était évident qu'il mentait, mais il avait terriblement besoin de s'échapper. Il tourna les talons et alla au bout de l'allée puis bifurqua, et enfin réussit à sortir par la porte de devant du Merc.

L'ÉTUDIANT le plus discret que j'ai jamais eu, le plus bruyant, le mieux habillé, et le plus intelligent.

Chris ruminait ses paroles après que Ben et Joshua furent partis et alors que Mme Rollingswell continuait son shopping. Il n'avait aucun doute sur lequel il était. Il avait toujours été taquiné à l'école sur le fait d'être quelqu'un qui s'habillait élégamment. *Chris-corico.* Le coq de la promenade. Mais la taquinerie était bon enfant, et en ce qui le concernait, flatteuse. Cela lui convenait d'être connu pour être quelqu'un qui prenait soin de son apparence. C'était sacrément mieux que le contraire. Et Clyde's Corner était tellement une ville de moutons que ce n'était pas difficile de rester au-dessus du troupeau, pour ainsi dire. Il en était fier.

Il n'y avait pas non plus de doute que « le plus bruyant » était Ben Rivers.

Mais lequel était le plus discret et lequel le plus intelligent ? Joshua ne parlait certainement pas beaucoup, mais Jeremy non plus. Et qu'est-ce que c'était que ce chapitre dix-sept ? On aurait presque dit que Jeremy écrivait un livre. Sérieusement ?

Chris essaya de débarrasser son esprit de ces pensées. Quelle différence est-ce que ça faisait ? Il n'était pas curieux au sujet de Jeremy Crassen.

OK, il était curieux au sujet de Jeremy. Curieux n'était pas la même chose qu'intéressé. Mais c'était bizarre comme même le nom « Jeremy Crassen » ait pris un étrange poids dans son esprit, comme s'il était important.

Il *ne l'était pas*, et c'était tout.

Mme Rollingswell arriva à la caisse avec un petit panier contenant de la glace Chunky Monkey, des oursons en gélatine, des pommes vertes, un mélange de cacao allégé et un tube de Préparation H.

C'était amusant à quel point on devenait bien informé sur les gens de cette ville quand vous travailliez à la caisse du Merc.

Mme Rollingswell avait un air inquiet sur le visage, les yeux lointains dans ses pensées.

— Avez-vous tout trouvé ? demanda Chris alors qu'il passait les achats au scanner.

Elle cligna des yeux vers lui.

— Quoi ? Oh, oui, bien sûr ! Dieu sait que je fais mes achats ici depuis si longtemps que je pourrais les faire les yeux bandés.

Chris sourit.

— Nous apprécions votre fidélité.

Elle émit un « hum », ses pensées à l'évidence distraites.

— Tu sais, je suis professeur depuis vingt ans. Le plus dur c'est d'accepter les choses qu'on peut changer et celles qu'on ne peut pas.

— Oh ? fit Chris en pesant les pommes.

— Je pense que c'est tellement dommage quand des élèves vraiment doués ne peuvent pas se permettre d'aller à l'université – et que leurs familles ne font aucun effort pour les soutenir ou les encourager ! Pendant ce temps-là, tellement d'enfants vont à l'école avec l'argent de leurs familles et gâchent cette opportunité en faisant la fête tous les soirs puis en ne faisant rien de leur diplôme quand ils l'obtiennent ! C'est une tragédie attestée, c'est tout.

Chris se sentit se hérisser et une sensation écœurante de colère brûla dans ses tripes.

— J'ai fait quelque chose de mon diplôme de marketing, Mme Rollingswell. J'ai travaillé pendant trois ans dans…

— Oh, non ! dit-elle en mettant une main devant sa bouche, horrifiée. Oh, là là ! Je ne parlais pas de toi, Chris ! Enfin, j'espère que tu me connais mieux que ça, pour ne pas croire que j'insulterai un élève en face. Non, mon cher, je parlais en général. Oh, mon Dieu. Je suis sûre que c'est un formidable défi de diriger le magasin le plus important de la ville, et tu as toujours été tellement doué pour donner du style aux choses ! Je peux déjà voir les améliorations que tu as faites ici. Tiens, je suis enchantée que tu sois de retour en ville, et bien sûr je suis fière que tu aies eu ton diplôme, diantre !

Maintenant, Chris se sentait bête d'avoir eu une réaction disproportionnée.

— Désolé. Je ne voulais pas… enfin, ça n'a pas d'importance. Merci.

Il glissa sur le comptoir le sac avec ses provisions vers elle et fit apparaître un sourire contrit.

Elle lui toucha la main, les yeux chaleureux.

— Tu as toujours été un bon garçon, Chris. Tu n'as jamais persécuté ceux qui étaient moins chanceux. Les élèves pensent que les professeurs ne voient pas ces choses-là, pourtant si, dit-elle en lui tapotant la main deux fois. Prends soin de toi maintenant.

Et là-dessus, Mme Rollingswell prit son sac et sortit du magasin, laissant une douzaine de questions derrière elle.

Le père de Chris arriva en boitillant à la caisse sur ses béquilles. Il était habillé d'un survêtement, qu'il ne portait jamais dans le magasin. Son visage rubicond semblait souffrir.

— Papa, qu'est-ce que tu fais debout ? Tu es censé garder ce genou surélevé.

Son père grimaça.

— Je suis juste descendu pour prendre du jus de cranberry.

— Tu aurais pu m'envoyer un SMS. J'en aurais monté.

Ils vivaient dans les deux étages au-dessus du Merc depuis que Chris était né. C'était un large espace, et le vieux bâtiment était doté de hauts plafonds et de moulures de couronnement. La mère de Chris l'avait rénové pour le rendre très accueillant. Chris, enfant unique, avait eu sa propre chambre *et* une grande salle de jeux. Mais sa position juste au-dessus de la boutique était plus souvent une malédiction qu'une bénédiction.

— Est-ce que j'ai vu la camionnette de Joshua Braintree devant ? Lui et Ben étaient-ils là ? demanda son père avec désinvolture.

Ah. Voilà qui expliquait le passage pour le jus.

— Oui, ils étaient là.

Son père souffla d'un air désapprobateur.

— Ne les encourage pas à traîner ici. Je n'ai jamais refusé de servir qui que ce soit, mais ils n'ont pas besoin de devenir des habitués.

— Comme s'ils avaient le temps pour ça !

Les hommes en ville qui traînaient *vraiment* sur les bancs de devant ne travaillaient pratiquement pas.

— La seule raison pour laquelle ils vivent en toute impunité comme ils le font, c'est leurs noms, Braintree et Rivers. S'ils n'étaient pas les deux meilleures familles de ranchers de cette vallée, la ville ne tolérerait pas ça.

Chris avait arrêté de débattre avec son père sur l'homosexualité longtemps auparavant, mais il ne put s'empêcher de dire ce qu'il pensait maintenant.

— Tu n'en sais rien, Papa. Ce sont des hommes bien. Tout le monde n'a pas l'esprit étroit sur le fait d'être gay comme toi.

À la vérité, Chris avait été sous le choc en rentrant de Denver d'apprendre que Joshua Braintree et Ben Rivers avaient commencé à se fréquenter et dirigeaient maintenant le Muddy River Ranch ensemble. En tant que couple. Il en était tombé des nues. Non seulement ils étaient deux des plus beaux hommes de la vallée, mais Joshua, en tout cas, avait toujours semblé un des plus masculins. Ben... eh bien, avait toujours été un petit coquin qui flirtait avec à peu près tout le monde.

Chris était heureux pour eux, quand il pouvait refouler son envie. Mais même eux ne s'en sortaient pas sans dommage. Son père n'était pas le seul à parler d'eux quand ils n'étaient pas dans les environs.

— Imagine si j'étais homo ! continua son père d'un ton sarcastique. Tu pourrais imaginer la ligne de gens qui attendraient de faire des achats dans mon magasin.

C'était une pique très délibérée – et un avertissement. Mais Chris ne mordit pas à l'hameçon.

— Oh, je ne sais pas, dit-il gaiement. Tu pourrais avoir toutes les femmes qui viendraient pour des conseils de maquillage et de vêtements.

Son père se mit vraiment à rire.

— Ouais, d'accord, dit-il avant de prendre un ton plus sérieux. Je veux juste dire… tu fais du bon boulot, Chris. Ne te laisse pas distraire.

Son père lui lança un regard éloquent et alla en boitillant vers la vitrine de jus de fruits.

Chris aurait pu avoir une prise de bec avec son père, mais quel en serait l'intérêt ? Il ne sortait pas avec Trix pour son père. Il supposait qu'il devrait simplement être reconnaissant que son père l'approuve et laisser couler le reste. Berk Ramsey ne changerait jamais, ni Clyde's Corner.

Puis il pensa à Joshua et Ben et aux gens de cette ville qui les *soutenaient*. Peut-être que Clyde's Corner changeait un peu après tout.

Chapitre Cinq

ERIC Crassen arrêta sa camionnette juste devant l'allée du Big Basin Ranch et s'examina. Il lissa le tissu de sa meilleure chemise en jean sur son torse, inspecta sa boucle de ceinture en argent pour s'assurer qu'elle était toujours aussi brillante que lorsqu'il l'avait polie ce matin, vérifia le dessous de ses bottes pour la crotte de chien, renifla ses aisselles, et pour finir, regarda son visage dans le rétroviseur.

Il arrivait à peine à croire qu'il avait déjà vingt-cinq ans. Seigneur, sa vie s'évaporait devant ses yeux. Mais même s'il se sentait vieux, son physique n'avait pas encore commencé à disparaître. Il se frotta la mâchoire. Il s'était rasé spécialement le soir précédent pour que ce matin il ait exactement le style de barbe que les filles semblaient aimer le plus – une ombre sombre qui rendait son visage rugueux, mais pas suffisamment pour cacher la fossette de son menton. Ses lèvres avaient l'air douces grâce au baume pour les lèvres qu'il avait mis ce matin, et ses yeux bleus n'étaient pas injectés de sang pour une fois. Il n'avait pas bu une goutte non plus, paranoïaque que l'odeur soit sur lui. Il avait arrêté les cigarettes depuis une semaine, et l'herbe aussi.

Il ébouriffa ses cheveux brun-roux. Contrairement à Jeremy, il se les coupait. On était presque en été maintenant, et il les gardait plus courts à cause de la chaleur, mais suffisamment longs pour obtenir cet air « juste sorti du lit ».

Normalement, Eric n'avait aucun problème à approcher une fille. Mais c'était Trix Stubben. Même si elle avait été dans une classe en dessous de lui à l'école, il semblait qu'elle était bien plus âgée. Elle avait été une épouse et une mère et dirigeait un business sérieux comme Big Basin, pendant qu'il avait essentiellement fichu en l'air les sept années passées depuis la remise des diplômes. Le simple fait de penser à elle avait l'art de le démolir et de lui donner l'impression de mesurer environ trente centimètres.

Déterminé à s'y mettre, il sortit lentement la camionnette de son stationnement, roula sur la route, et se gara à côté du Big Basin Ranch.

Le ranch ressemblait à un endroit où on irait en camp ou en retraite, tout le chic du Montana. Il y avait une clôture en bois courant le long de la route. Au-dessus de l'entrée vers l'allée en petits graviers se trouvait un panneau fait dans un style classe de cabane en rondins qui affichait « Big Basin ». Et en petit, dans un coin, « Propriété de. John et Trixie Stubben ».

Eric se rappelait quand ce panneau avait affiché « Propriété de. Billy et Polly Stubben », les parents de

John. Et la pensée qu'un jour prochain il serait repeint pour afficher quelque chose d'autre, comme « Chris et Trix », lui fit serrer fort le volant.

Sa mère avait raison : Trix allait sûrement se remarier. Quelles étaient les chances que son nom soit un jour sur ce panneau, lié dans la vie à Trix Stubben ? Aussi peu probable qu'une tempête de neige en juillet, estima-t-il. Mais c'était vraiment sympa de se l'imaginer malgré tout. Trix avait été avec John pendant si longtemps, personne d'autre n'avait jamais eu cette opportunité. Comme sa mère le lui avait rappelé, ce n'était plus le cas.

Il se gara devant le ranch en pierres et en bois et sortit de la voiture. Il s'essuya nerveusement les paumes sur son jean. Les fleurs rose et rouge vif devant le ranch soulignaient à quel point cet endroit était loin de son monde. Eric se rappelait vaguement une époque où il y avait des fleurs en pot devant leur mobile home. Mais après que son père fut allé en prison, sa mère avait travaillé tellement d'heures que ce genre de choses avait été abandonné. Lui-même n'avait jamais vu beaucoup d'intérêt à rénover leur maison, et Jeremy avait toujours eu la tête plongée dans un livre ou dans son carnet. Son frère vivait à peine dans le monde réel.

OK. Eric monta nonchalamment les marches du porche, essayant d'agir comme s'il avait sa place ici. Il donna un coup ferme sur la porte.

Trix l'ouvrit elle-même. Elle eut l'air surprise de le voir.

— Eh bien… salut, Eric.

— Trixie.

Si Eric avait eu un chapeau, il l'aurait enlevé, mais comme ce n'était pas le cas, il glissa à la place ses pouces nerveux dans les passants de sa ceinture.

— L'endroit est vraiment joli.

— Oh.

Elle avait attaché ses cheveux blonds en une queue de cheval, et elle repoussa une mèche rebelle derrière son oreille. Trix elle-même avait l'air charmante aussi, même si ce n'était probablement pas le moment de le dire. Elle avait toujours été mince et bronzée. Elle portait un jean de travail usagé et un débardeur à rayures immaculé blanc et or qui faisait ressortir la couleur de ses cheveux. Ses yeux marron se posèrent sur les siens avec méfiance.

— Merci, mais il n'est vraiment pas comme il devrait être. Les mauvaises herbes deviennent incontrôlables, et tu ne veux même pas voir l'étable.

Eric entendit un tambourinement de pas, et une petite fille se pressa contre l'arrière des jambes de Trixie et lui tint une cuisse. Elle avait des cheveux si blonds qu'ils étaient presque blancs, et elle le regarda avec de grands yeux bleus.

— Hé, rayon de soleil, dit Eric, sans y réfléchir.

Elle était si mignonne, elle le fit sourire.

— C'est ma fille, Janie, dit Trix.

Janie ne dit rien, mais son petit visage se transforma en un sourire timide de petite fille, et elle tourna le front contre les jambes de sa mère en jetant un coup d'œil à Eric d'un air presque aguicheur.

Cela le fit sourire davantage.

— Y a-t-il quelque chose que je peux faire pour toi, Eric ? demanda Trixie.

Bien sûr, elle avait probablement un million de choses à faire. Il souhaita encore avoir un chapeau qu'il puisse tenir.

— Oui, m'dame. J'ai vu l'annonce d'emploi que tu as déposée sur le tableau d'affichage de la mairie…

En fait, sa mère l'avait vue et s'était mise immédiatement sur le dos d'Eric à ce sujet.

—… et je voulais postuler. Pour le travail.

Il déglutit et se força à rester cool. Eric Crassen ne se troublait pour personne.

— Oh, fit Trix en clignant des yeux de surprise. Eh bien… je ne suis pas sûre que ce soit quelque chose qui t'intéresse, Eric. C'est beaucoup de travail manuel… nettoyer les stalles des chevaux, désherber, réparer les clôtures, des choses comme ça. C'est payé le salaire minimum.

— C'est ce que l'annonce disait. Ça ne me dérange pas.

Il sentit un rougissement d'humiliation et espéra qu'il n'était pas visible sur son visage. Vingt-cinq ans et à la recherche d'un travail qu'elle destinait probablement à un lycéen.

Elle l'examina à ce moment-là, probablement pour juger s'il était assez en forme, mais il ne manqua pas la manière dont ses yeux s'écarquillèrent lorsqu'elle baissa les yeux vers ses jambes et remarqua son service trois-pièces. Ce jean faisait du bon boulot pour le mettre en valeur. Quand ses yeux remontèrent vers les siens, elle avait l'air à la fois rouge et irritée.

— Où as-tu travaillé ? lui demanda-t-elle d'un ton ferme.

Elle se baissa, souleva Janie, et équilibra la petite fille sur une de ses hanches.

— J'ai travaillé deux ans à l'usine d'emballage de viande, mais j'ai détesté ça, donc j'ai démissionné, dit-il honnêtement. Je fais de la peinture et du travail de construction pour Bob Andrews et sa bande de temps en temps, quand ils ont besoin d'extras.

— As-tu déjà travaillé avec des animaux ?

Pas des vivants, voulut-il dire, en pensant à la puanteur de l'usine d'emballage de viande.

— Pas tellement, admit-il. Mais j'aimerais.

Trix regarda Janie et passa du temps à lui lisser ses cheveux. Il voyait par la position hésitante de sa bouche qu'elle se préparait à lui dire non.

— Tu peux me prendre à l'essai ? demandat-il brusquement. Peut-être une semaine ? Si je ne corresponds pas, sans rancune.

Quand elle le regarda, il lui lança son meilleur sourire « on me donnerait le bon Dieu sans confession ».

Trixie soupira.

— Eric, je ne veux pas avoir d'alcool ou quoi que ce soit qui y ressemble sur la propriété.

La honte qu'elle puisse même penser une telle chose lui donna envie de mourir.

— Je ne bois pas ces temps-ci, dit-il doucement, déterminé à ce que ce soit vrai.

Ou en tout cas, il ferait en sorte que ce soit vrai aussi longtemps qu'il serait à proximité de Trix Stubben.

— OK, alors, dit-elle en le regardant dans les yeux. Peux-tu commencer la semaine d'essai tout de suite ? Demain matin ?

— Oui, m'dame, dit Eric.

SAMEDI matin, Chris entra dans Muddy River Ranch et se gara sur le petit parking en terre près de la grange. C'était un magnifique matin de printemps, mais ils avaient prévu de la chaleur pour cette journée. Il portait un nouveau tee-shirt blanc pour réfléchir le soleil, avec un jean et sa plus ancienne paire de bottes de cow-boy, mais il n'avait pas pu s'empêcher d'ajouter un bandana rouge guilleret autour de son cou. Ça lui allait bien avec ses cheveux brun foncé.

Sa Jeep était la seule voiture sur le parking, et il se demanda s'il serait le seul dans le cours. Il avait demandé à droite et à gauche, et les cours de Muddy River avaient bonne réputation. Il avait aussi toujours apprécié Joshua, même s'il avait quelques années de plus et que Chris ne le connaissait pas si bien que ça.

Maintenant, il se demandait si les affaires de Joshua ne souffraient pas de sa relation démonstrative avec Ben. Clyde's Corner en elle-même était une petite communauté artistique, mais presque tout à l'extérieur de la ville était strictement un territoire Républicain [4]. L'élevage dans un ranch était un ancien mode de vie, et il s'adaptait lentement au changement.

Il n'y avait personne aux alentours, Chris avança donc vers les portes ouvertes de la grande grange rouge. Il entendit un petit rire discret et aurait dû s'arrêter, mais la curiosité le fit continuer.

À l'intérieur de la grange se tenaient Joshua et Ben. Ils étaient étroitement serrés l'un contre l'autre, les mains de Joshua sur les fesses du jean de Ben, et ils s'embrassaient. Joshua portait un chapeau de cow-boy, et le bord cachait l'acte lui-même, mais le langage corporel était caractéristique – et sexy.

Chris se figea. Il savait qu'il devait se retourner et sortir, mais il ne semblait pas pouvoir. La vue de deux cow-boys dans une étreinte aimante était trop inhabituelle et trop fascinante. Son cœur commença à s'emballer.

Joshua rompit le baiser et regarda droit vers lui.

4 Ici, Républicain fait référence au parti américain conservateur

— Désolé, dit Chris d'un air coupable, levant son pouce par-dessus son épaule. Je vais attendre dehors.

— Oh, hé, Chris ! Content que tu sois passé ! dit Ben, comme si rien ne s'était passé.

Il donna un dernier baiser rapide à Joshua, ramassa son chapeau posé sur une balle de foin, et vint à pas rapides vers Chris.

— J'ai de la paperasse que tu dois remplir. Premier cours et tout ça.

Il saisit un porte-bloc avec un papier dessus accroché à un clou sur le mur.

— OK, bien sûr.

Des pneus crissèrent dans l'allée.

— Tu peux aller t'asseoir dehors pour remplir les formulaires. C'est une si belle journée, dit-il gaiement.

Il attrapa d'autres porte-blocs sur le clou et sortit pour accueillir les nouveaux venus.

Chris n'aurait pas dû s'inquiéter du manque de travail de Joshua. Pendant qu'il était assis dehors sur un rocher plat près de la clôture du pâturage et remplissait le formulaire, quatre autres voitures arrivèrent. Il y avait un père et sa fille adolescente, et un couple marié ; il ne reconnut personne. Ils n'étaient probablement pas de Clyde's Corner. La jeune assistante-bibliothécaire-geek de la ville, Grace Gillepsie, se montra. Elle était habillée comme si elle allait à un cours de yoga. Puis une Ford déglinguée se gara, et Chris avala pratiquement sa langue quand Jeremy Crassen en sortit.

Les hormones de Chris et son cerveau eurent des réactions opposées. *Oh que oui ! Oh, non !* Qu'est-ce que Jeremy faisait là ? Pourquoi venait-il suivre un cours d'équitation pour adultes débutants ? Et les cours du Muddy Ranch n'étaient pas exactement donnés non plus.

Jeremy, cependant, ne regardait pas Chris. Il sourit à Ben qui, il le jurerait, avait gagné à la loterie une cargaison d'enthousiasme, et elle avait été déposée pile ce matin. Jeremy prit le porte-bloc pour le remplir et se souleva pour s'asseoir sur le capot de sa voiture.

Et Chris devait arrêter de le fixer.

Leur rencontre avec Mme Rollingswell avait pesé sur son esprit. Quelque chose avait été évoqué : était-il possible que ce soit au sujet de Jeremy, qui serait très intelligent, mais qui ne pourrait peut-être pas aller à l'université ? Peut-être aussi au sujet de Jeremy qui avait été persécuté à l'école ? Quelque chose sur Jeremy qui écrivait un livre ?

Peut-être que Chris reliait *A* avec *D* et s'emmêlait complètement les pinceaux au sujet de ce que Mme Rollingswell avait dit. Mais le fait est qu'il était presque sûr que Jeremy *avait été* embêté à l'école. Il s'en souvenait mieux maintenant qu'il y avait réfléchi – comme le jeune adolescent timide avec la tête baissée et les cheveux dans les yeux. Il se rappelait avoir pensé qu'Eric était une ordure parce que son père était allé en prison et que sa mère était facile. Tous les garçons le disaient. Et peut-être qu'ils insistaient tous sur cette idée parce qu'Eric était tellement beau, et c'était un moyen de casser la compétition. Chris se rappelait avoir eu pitié du petit frère d'Eric qui venait d'un foyer pareil. Mais il n'avait jamais essayé de communiquer ou même dit bonjour.

Il s'en sentait honteux maintenant.

Ce jour-là au Merc, Jeremy s'était tu lorsque Mme Rollingswell lui parlait. Il avait baissé les yeux vers le sol et laissé ses cheveux tomber dans ses yeux, comme s'il avait voulu disparaître. C'était le Jeremy dont Chris se rappelait au lycée, pas celui confiant qui avait flirté avec lui dans le rayon crémerie. Du coup, Chris se sentit un peu nul de l'avoir évité et de ne pas avoir été plus sympa.

Chris n'avait jamais eu de difficultés en grandissant. Bien sûr, il ne faisait pas partie de la bande des ranchers. Son père était dans le commerce, après tout. Il traînait quand même avec eux, mais il avait toujours eu l'impression de ne pas être tout à fait aussi bien qu'eux. Puis à l'université à Denver, il avait été choqué de se retrouver considéré comme un vrai plouc de Ploucville. Il lui avait fallu une année entière pour y trouver sa place. Donc il savait ce que c'était que d'être un outsider.

Et puis merde.

Il se leva, épousseta son jean, et alla nonchalamment vers la voiture de Jeremy.

— Hé, Jeremy, dit-il en serrant le porte-bloc contre son torse.

— Oh ! Hé !

Jeremy plaça les longues mèches de ses cheveux acajou brillants derrière ses oreilles et offrit à Chris un incroyable sourire. Ce n'était pas de la surprise. C'était davantage comme… du bonheur… il était heureux que Chris se soit approché pour lui parler.

Ce sourire lui tordit un peu les entrailles, alors il baissa les yeux, mais à ce moment-là il remarqua les doigts de Jeremy. Ils étaient longs et fins et tenaient le stylo sur le papier comme s'ils étaient habitués à être là. Les parties qu'il avait remplies comportaient des lettres majuscules soignées, le genre de caractères masculins qu'il avait toujours admirés, mais n'avait jamais pu reproduire.

Il leva les yeux et afficha un sourire forcé.

— Qu'est-ce qui t'a décidé à suivre un cours d'équitation ?

— Oh, tu sais, je me suis juste dit que je le devrais. J'espère déménager prochainement, et ça pourrait être ma dernière chance.

— Ah.

Chris se demandait où Jeremy irait. À l'université après tout ? Ou ailleurs ? Il ne posa pas la question.

— Je suppose qu'on n'apprécie pas quelque chose qui a été là toute sa vie. Pas avant qu'on ne soit sur le point de le quitter, dit Jeremy.

Sa voix était douce, mais chaude, et ses mots étonnamment philosophiques. Chris le regarda dans les yeux et sentit un bruit sourd dans son torse. Il avait vraiment un joli visage. Et ces yeux étaient comme un bain chaud de miel doux. Aucun doute, Jeremy lui faisait de l'effet. Si les choses étaient différentes…

Mais elles ne le sont pas.

Le rugissement d'un pot d'échappement bruyant brisa le fil de ses pensées. Une vieille Camaro gonflée avec des taches de rouille sur les côtés s'arrêta et se gara à côté de la voiture de Jeremy.

— Hé, frangin ! dit Eric en sortant du véhicule.

Jeremy n'avait pas l'air heureux de le voir. Il croisa les bras sur son torse et le foudroya du regard.

— Qu'est-ce que *tu* fais là ?

— Tu sais pourquoi, dit Eric en lançant un coup d'œil gêné à Chris. Je, hum, j'ai commencé à travailler au Big Basin cette semaine, et je me suis dit que je pourrais avoir besoin de leçons.

— Tu travailles au Big Basin ? demanda Chris, surpris.

Il savait que Trix avait affiché une annonce pour un nouveau travailleur au ranch, mais elle n'avait pas mentionné avoir engagé quelqu'un, encore moins Eric Crassen. Cela dit, il ne lui avait pas parlé depuis le dimanche précédent.

Eric lui lança un sourire désinvolte.

— Ouais. Effectivement.

Chris était sur le point de demander à Eric pourquoi il se donnait la peine – sans parler de la dépense – de prendre des leçons d'équitation pour un travail qu'il venait de commencer, et au salaire bas en plus. Mais il décida qu'il devrait à juste titre discuter de ce qu'Eric faisait au Big Basin avec Trix avant d'ouvrir la bouche. Malgré tout, il n'en était pas content.

— Mais, Eric, dit Jeremy doucement. Ce cours n'est pas donné.

Eric haussa les épaules.

— Maman avait de l'argent de côté.

— Probablement pour le loyer !

Jeremy avait l'air inquiet.

— Nan, ce n'était pas ça. C'était de l'argent pour les coups durs. Elle m'a dit de le prendre.

Brièvement, ses yeux retournèrent d'un air gêné sur Chris, même si celui-ci essayait de prétendre qu'il n'écoutait pas cette conversation familiale et n'était pas conscient de la différence de situation entre les Crassen et la sienne.

— Elle a dit que c'était un bon investissement.

Jeremy secoua la tête.

— Hé, vous tous, écoutez bien ! dit Ben d'une voix forte pour attirer l'attention du groupe. Bienvenue à la première semaine du cours d'équitation pour débutants adultes au Muddy River Ranch ! Je suis Ben, et dans le corral avec les chevaux se trouve Joshua…

Celui-ci inclina son chapeau.

—… et Charlie.

Le cow-boy plus âgé inclina son chapeau aussi.

— Aujourd'hui, pour la première heure, Joshua et Charlie vont vous montrer les bases sur les chevaux et vous parler de posture d'équitation et de choses comme ça. La deuxième heure, nous vous emmènerons pour une petite promenade autour du ranch et nous ferons une pause à la rivière. OK ?

Tout le monde convint que ça avait l'air bien, et Ben se frotta les mains l'une contre l'autre comme s'il était plein d'énergie et ne pouvait pas la contenir.

— Eh bien, c'est parfait ! Maintenant que tout le monde se disperse le long de la clôture du corral juste là et nous allons commencer.

Chapitre Six

JEREMY avait raison depuis le début : lui et les chevaux n'avaient jamais été une association que Dieu avait eu l'intention de combiner.

Il était difficile de croire qu'il avait vingt ans, avait grandi dans le Montana, et n'avait jamais été sur le dos d'un cheval avant aujourd'hui, mais c'était vrai. Ils avaient eu des excursions randonnées au lycée, mais elles n'étaient pas bon marché, alors Jeremy n'y était pas allé.

Il était actuellement quatrième dans la longue ligne de cavaliers se traînant sur une piste dans les bois dégagés. Il essayait de se rappeler tout ce que Joshua leur avait dit de faire – gardez les rênes lâches, ne frappez pas le flanc du cheval du talon, gardez le dos droit, et vos épaules détendues et basses. Mais il se sentait tellement *haut perché*. Et il pouvait s'imaginer une douzaine de catastrophes sans vraiment essayer.

— Ce vieux Josey, il regarde les buissons de fruits rouges.

Ça venait de Charlie, qui chevauchait juste derrière Jeremy, tous deux en plein milieu de la procession.

— Si jamais il commence à bouger la tête vers la droite, tu donnes un petit coup sur les rênes pour lui faire savoir que tu vas pas tolérer ses bêtises.

Quoi ? Vous voulez dire que je dois contrôler un cheval fou qui mange des fruits rouges lors de ma première sortie ? C'était en attendre un peu trop, sûrement.

Sans surprise, le cheval brun – le très *grand* cheval brun – tourna la tête vers la droite, regardant les buissons. Jeremy tira sur les rênes. Le cheval l'ignora.

—Allons, tire fort et vite une fois, dit Charlie, l'air un peu agacé.

Jeremy tira ce qui était, dans sa définition, une fois fort et vite. Le cheval secoua la tête comme pour dire que Jeremy ne savait clairement pas ce qu'il faisait et qu'il n'était pas le patron de ce beau spécimen équin. Un instant plus tard, le cheval regardait de nouveau les buissons.

Ça alors, comme c'était amusant.

Il n'avait suivi ce cours que pour passer du temps avec Chris, déboursant les frais de ses économies durement gagnées. Cela semblait fonctionner en plus. Chris s'était approché immédiatement de lui aujourd'hui et avait dit bonjour ! Le plaisir que cela lui procurait était embarrassant. Cela dit, Jeremy n'avait pas voulu être trop flagrant, donc il ne s'était pas rapproché de Chris à la clôture du corral durant le cours, ou dans la colonne de chevaux. Chris était quelque part derrière lui, mais Jeremy était trop nerveux de sa position sur le dos du cheval pour se retourner et regarder.

S'il vous plaît, mon Dieu, faites qu'on s'arrête bientôt. Faites que je survive au moins aussi longtemps.

— Hé, Jeremy ! Regarde !

Eric était juste devant lui. Il posa les rênes sur ses genoux puis leva les deux bras, serrant les mains derrière la tête dans une position exagérément détendue.

— Garde les rênes dans tes mains ! dit Charlie d'un ton cassant.

Eric, les mains toujours derrière la tête, tourna les épaules et la tête pour regarder Charlie, soulevant un sourcil. Il avait l'air d'un fana de la salle de gym super musclé pivotant le haut du corps.

— Mon cheval ne fait que suivre celui devant lui. Ça ne pourrait pas être plus facile si c'était sur des roues avec une poulie.

— Fiston, tu as d'jà entendu l'expression « c'est ce que tu crois » ? Si ce cheval s'emballe, tu n'as pas l'ombre d'une chance de tenir bon. De plus, c'est irrespectueux envers le fichu cheval. C'est pas un monocycle. Maintenant, prends les rênes à moins que tu brûles de rentrer en marchant à la grange.

Eric se retourna et récupéra les rênes. Jeremy fut surpris qu'il ait vraiment l'air contrit. Peut-être qu'il devrait demander des tuyaux à Charlie pour gérer Eric.

Puis il pensa : c'était une chose qui pouvait arriver ? Le cheval pouvait s'emballer ? Ses paumes commencèrent instantanément à transpirer.

— Donc, hum, c'est encore loin, l'aire de repos ? demanda-t-il, la voix un peu aiguë.

— « L'aire de repos » ? C'est un endroit près de la rivière, pas une sortie d'autoroute, le taquina Charlie. Et c'est plus très loin. Tu es censé en profiter, Vacher.

— Oh, c'est le cas ! Amusant !

Tellement. Amusant.

Josey tendit le cou vers un autre buisson de fruits rouges.

JOSHUA, qui menait la promenade, cria finalement halte. Ils étaient, en effet, à une rivière. Jeremy devina que c'était celle qui donnait son nom à Muddy River Ranch [5], même si elle n'avait pas l'air boueuse pour l'instant. Elle était claire comme du verre, l'eau coulant paresseusement, sans troubler les cailloux délicats au fond. Il vit des truites passer en un éclair et brûla immédiatement d'envie d'avoir sa canne à pêche.

Il se tenait sur le bord pendant que Charlie, Ben et Joshua installaient des rafraîchissements. Il songea à la douleur en haut entre ses cuisses alors qu'elles étaient écartées sur le dos du cheval – autant de douleur et même pas pour quelque chose d'*agréable*, comme du sexe ! Le sol semblait étonnamment solide aussi, lorsque lui et la gravité refirent connaissance. Maintenant qu'il n'était plus sur le satané cheval, il pouvait apprécier à quel point cet endroit était beau.

De l'autre côté de la rivière se trouvait une prairie verte fertile avec des fleurs violettes et blanches. De grands conifères de différents types étaient en concurrence avec le chêne et l'érable occasionnel, et ils étaient tous densément alignés, comme une foule curieuse à une scène de crime, autour du pré. Au-delà et au-dessus de toute cette verdure se trouvaient des montagnes vertes et un ciel bleu profond sans un nuage.

Même s'il ne regardait pas, Jeremy était très conscient d'où Chris se trouvait en permanence. Quand

5 Signifie littéralement le Ranch de la Rivière Boueuse.

Jeremy était descendu de son cheval, Chris parlait au couple plus âgé suivant le cours. Maintenant, Jeremy regardait la rivière sur sa droite et il pouvait sentir Chris se rapprocher dans sa vue périphérique. Il reporta son regard sur l'eau, le stress se faisant sentir.

Rester calme est une chose, mais reste trop calme et tu ne lui parleras jamais.

Et il le voulait. Il voulait vraiment reparler à Chris. Et cela n'avait rien à voir avec les plans de sa mère.

Jeremy plaça ses cheveux derrière ses oreilles et redressa les épaules. Il était mince et il savait que ses omoplates pouvaient vraiment dépasser quand il se voûtait. C'était particulièrement le cas avec le tee-shirt moulant qu'il portait. Il mettait normalement des hauts trop grands de quelques tailles, mais ça ne séduisait personne. Il avait dû chercher dans son placard le tee-shirt bleu chiné que sa mère avait récupéré lors de soldes quelques années auparavant. Il ne l'avait jamais porté parce qu'il le moulait trop étroitement et qu'il n'aimait pas ça, car cela montrait vraiment son corps. Mais c'était l'intérêt aujourd'hui. Il prit une inspiration fortifiante et regarda sur sa droite. Chris se tenait un peu plus bas sur la rive, regardant le paysage.

— Hé, dit Jeremy.

Ils étaient trop éloignés pour discuter, donc il s'aventura un peu plus près.

— Hé.

La voix de Chris était si détendue qu'il aurait pu parler à un chien errant. Il s'accroupit, ramassa des cailloux sur la berge, et les laissa couler entre ses doigts. Avec son tee-shirt blanc, son bandana rouge et ses cheveux bruns, il était si beau que ça faisait mal.

Jeremy essaya de trouver quelque chose à dire sur la vue. *Je n'arrive pas à imaginer avoir tout ça sur une terre qui m'appartient* fut la première chose qui lui vint à l'esprit, mais cela ne faisait qu'attirer l'attention sur le peu qu'il avait.

— Quand je vois des endroits pareils, je souhaiterais presque pouvoir rester dans le Montana, dit-il à la place, se rendant compte seulement après l'avoir dit à quel point c'était vrai.

— Ah oui ?

Chris le regarda avec curiosité, se leva et se rapprocha de quelques pas.

— Je pensais justement à quelque chose dans ce genre-là. Je pensais que, pour autant que j'appréciais Denver, ça ne me donnait pas cette impression.

— Comment était-ce différent ? demanda Jeremy, avançant d'un pas vers Chris.

Ce dernier sembla y réfléchir, regardant vers la rivière. Il était midi maintenant et il faisait chaud. Ils étaient tous les deux en sueur, mais il y avait une brise légère le long de la rivière, et elle ébouriffait la frange redressée que Chris portait.

Le vent, pensa soudain Jeremy, pouvait toucher Chris, mais pas lui. C'était comme une ancienne légende indienne ou une chose de ce genre, à propos d'un jeune homme qui passe un accord avec la Terre Mère pour être le vent pour pouvoir toucher sa bien-aimée…

— Je ne sais pas, dit Chris. C'est comme… il y a de l'herbe et des arbres partout, mais la texture est différente. Tu vois comme elle est longue, épaisse et verte, en quelque sorte douce ?

Chris fit un geste en direction de la berge de la rivière où l'herbe verte sauvage se blottissait tout près de l'eau.

— À Denver, l'herbe semble différente, possède une sensation différente. Je suppose que c'est à cause de l'altitude. Elle est plus clairsemée, plus épineuse, et peut-être pas aussi éclatante. Son odeur est différente aussi ici.

Ses paroles déclenchèrent des idées dans l'esprit de Jeremy, des choses auxquelles il n'avait pas pensé auparavant.

— Ça tombe sous le sens. Comme tu l'as dit, il y a l'altitude, les précipitations, le jour où arrive la première gelée, ainsi que la neige, et toutes sortes de choses qui font que la flore est exactement comme elle est, dit-il en souriant. Crois-tu que c'est vrai également pour les gens ?

Chris lui lança un regard perplexe.

— Tu es plutôt pensif pour un si jeune homme.

Jeremy souffla et croisa les bras.

— J'ai vingt ans.

— Je suppose que je penserai toujours à toi comme étant beaucoup plus jeune parce que tu étais en troisième lorsque j'étais en dernière année.

— Je n'aurais pas cru que tu savais qui j'étais à cette époque-là, dit Jeremy en haussant les épaules.

— Si.

Le sourire de Chris s'effaça, et Jeremy supposa que ce n'était pas un compliment. Eric était une classe au-dessus de Chris, donc il était probable que c'était *Crassen* qui avait attiré son attention, et pas dans le bon sens. Même au lycée, Eric traînait avec la bande qui faisait la fête.

— Alors comment trouves-tu le cours pour l'instant ? demanda Jeremy pour changer de sujet.

— C'est génial, dit Chris d'un ton peu expressif. Et toi ?

— Je pense que c'est épatant, mentit Jeremy, essayant d'avoir l'air sophistiqué.

Pas que ce n'était pas un bon cours. Joshua et Ben étaient d'excellents professeurs. Mais Jeremy n'aimait pas la partie cheval. Ce qui était essentiellement l'intérêt du cours.

— Épatant ? dit Chris, son sourire revenant. Tu dois être la seule personne dans l'état du Montana à utiliser ce mot.

Jeremy sentit ses joues chauffer et dut lutter contre l'envie de laisser ses cheveux tomber sur son visage.

— C'est bon, dit Chris rapidement. Je pense que c'est mignon.

Jeremy fronça les sourcils vers la rivière. *Mignon ?* Les porcs-épics nouveaux nés et les amitiés chien-cerf sur YouTube étaient mignons. Les hommes sexy comme Gary Prince méritaient de meilleurs adjectifs.

— Je lis beaucoup, marmonna Jeremy. J'apprends de drôles de mots parfois.

Il osa regarder Chris.

Ce dernier cligna des yeux vers lui, comme s'il essayait de comprendre quelque chose. Il s'éclaircit la voix.

— Donc ce que j'allais dire à propos du truc de l'herbe… c'est que ce ne sont pas l'herbe, les arbres, l'air et le reste qui sont *mieux* ici. Juste… ils sont chez moi. Tu sais ?

— Ouais.

Jeremy se demanda s'il ressentirait ça après qu'il serait parti. Une douleur interne pour une odeur spécifique ou une certaine texture, comme la manière dont il ressentait l'herbe contre ses bras quand il se couchait dedans, qu'il ne pourrait jamais satisfaire ailleurs. Cette pensée était déprimante, vraiment.

— Est-ce que tu étais souvent en extérieur à Denver ? Tu devais être occupé avec l'université et tout ça.

Il était soudain impatient de poser des questions sur l'université à Chris. Mais avant que celui-ci ne puisse répondre, la voix de Ben retentit.

— Hé, vous tous ! Venez prendre une assiette ! Nous avons des sandwichs au jambon, à la dinde ou végétariens avec du pain frais que Joshua a fait lui-même.

Jeremy et Chris se retournèrent pour regarder. Joshua déposait des sandwichs emballés sur une couverture, et il leva un sourcil vers Ben.

— Oui, c'est moi qui vous l'ai dit. Joshua Braintree est vraiment chaud dans la…

Ben marqua une pause dramatique.

—… cuisine.

Tout le monde se mit à rire.

Cet homme devrait faire de la scène, pensa Jeremy. Puis il se rappela que Ben *avait* été sur scène, ou devant une caméra en tout cas. Il valait mieux ne pas penser à Ben faisant du porno gay. Il avait l'impression que Joshua le sentirait à un kilomètre et n'apprécierait pas vraiment que des gens bavent sur son partenaire.

Jeremy n'avait jamais osé chercher les vidéos de Ben en ligne. Pas qu'il n'avait pas regardé sa part de porno gay sur Internet, mais regarder Ben ressemblait à une invasion de sa vie privée ou quelque chose comme ça. En fait, il s'en serait senti lamentable. Lui et Ben étaient dans la même classe au lycée, et Ben était parti pour avoir de folles aventures sexuelles *en vidéo* à Vegas alors que Jeremy était toujours vierge.

Chris et Jeremy allèrent prendre des sandwichs et des chips sur une assiette, puis Chris retourna où ils s'étaient tenus sur la rive. Jeremy le suivit, son estomac s'agitant. Chris s'assit dans l'herbe, et quand Jeremy s'assit à côté de lui, cela ne sembla pas le déranger.

C'était bien, non ? Si Chris voulait le fuir, il aurait pu facilement s'asseoir avec quelqu'un d'autre. Un nœud tendu d'excitation se serra dans le bas du ventre de Jeremy. Il regarda furtivement Chris. Il avait l'air à l'aise, assis dans l'herbe sur la rive, ses jambes allongées devant lui. Son tee-shirt blanc faisait ressortir le bronzage sur ses bras et son visage, et le bandana rouge autour de son cou était en sueur maintenant et lui donnait l'air d'un vrai cow-boy.

Jeremy avait toujours préféré les hommes aux cheveux bruns. Ils semblaient plus sombres… plus obscènes. Il déglutit.

Certaines personnes, comme sa mère, pensaient que Chris était guindé. Mais Jeremy appréciait qu'il pense par lui-même. Il portait ce qui lui plaisait, et il ne faisait pas de commérages sur ce que les autres personnes faisaient ou ne faisaient pas. Jeremy lui-même essayait toujours tellement de s'intégrer, donc il admirait ce genre de courage. De plus, Chris était à son avantage. Il avait l'air… distingué, comme s'il valait quelque chose. Même si Jeremy avait l'argent pour acheter de beaux vêtements, il n'était pas sûr qu'il aurait un jour cette apparence.

Comment serait-ce d'embrasser Chris ? Était-ce une chose qui pourrait arriver ? C'était une chose de dire qu'il essaierait de faire ce que sa mère voulait – séduire Chris Ramsey. Ce n'était pas réel. Mais, être assis là avec Chris, lui parler, c'était réel, et cela faisait se recroqueviller ses orteils dans ses chaussures, battre son cœur bruyamment dans ses oreilles, et disparaître son appétit comme un fantôme quand quelqu'un allume la lumière.

Chris prit une grosse bouchée de son sandwich, puis se lécha les lèvres à la recherche de miettes.

La tête de Jeremy se mit à tourner.

Il faudrait un ouragan pour distraire son attention de Chris, mais un ouragan était exactement ce qui fut offert. Ben décida de leur offrir à tous un spectacle pendant qu'ils mangeaient. Il avait une corde et il se tenait au milieu de la clairière, la maniant. Il y avait un nœud au bout, et il la balança au-dessus de sa tête avec des torsions souples du poignet. À la manière dont cette corde bougeait et dansait, on aurait pu jurer qu'elle était vivante. Ben semblait n'y mettre absolument aucun effort. C'était hypnotisant.

Tout le monde regardait, sans crier ni acclamer, mais sans faire le moindre bruit comme des souris avec leurs yeux fixés sur un chat se pavanant. Sauf – Jeremy émit un petit rire choqué – Joshua. Il était accroupi sur l'herbe près de la nourriture, les coudes sur ses genoux, et son chapeau incliné vers l'arrière. Il regardait Ben bouger avec des yeux à demi clos qui étaient purement en fusion. Ils étaient si emplis de passion qu'ils firent que le sang de Jeremy, qui avait déjà pris la direction du sud grâce à Chris, dépassa les limites en un soudain accès de compréhension.

Il n'allait pas penser à ce que Joshua et Ben fabriquaient dans leur chambre. Non, il n'allait pas le faire.

— Ton frère… il est vraiment intéressé par ces trucs de cow-boy ?

Jeremy renifla.

— Eric ? Non.

Puis il remarqua ce qui avait motivé cette question.

Eric se tenait aussi près de Ben qu'il le pouvait sans recevoir de coups de corde. Il avait dans la main un sandwich entamé et le regardait, la bouche ouverte, avec ce qui ne pouvait qu'être appelé de l'émerveillement.

Seigneur, Jeremy n'avait jamais vu Eric aussi alerte et concentré sur quoi que ce soit.

Ce qui était bizarre. Parce qu'Eric et ses amis, surtout Henry Atkins, ne faisaient que se moquer de la « bande des vaches ». Ils les appelaient les déblayeurs de merde, les fourreurs de cochons, les fanas du 4-H [6] et n'importe quoi d'autre que leurs petits cerveaux pouvaient imaginer. Enfin, davantage Henry, mais Eric était impliqué.

Jeremy pouvait à peine croire qu'Eric était monté sur un cheval aujourd'hui. Il devait vraiment être sérieux au sujet de Trix Stubben. Mais ça n'expliquait pas la manière dont il regardait Ben en cet instant. Et Jeremy et Chris n'étaient pas les seuls à l'avoir remarqué. Joshua aussi avait vu qu'Eric fixait Ben, et il n'avait pas l'air content. Son visage rappelait à Jeremy les sombres nuages orageux qui arrivaient par-dessus les montagnes.

— Ben, tu voudras manger avant qu'on reparte, dit Joshua.

Sa voix était basse, mais instantanément Ben enroula rapidement la corde sur elle-même, se dirigea vers Joshua et se laissa tomber à côté de lui. Il lui serra même le bras rapidement, ce qui ne sembla pas déranger Joshua du tout.

CHRIS aurait dû choisir un autre endroit où manger. Il aurait pu s'asseoir près de Joshua tout au moins. Être

---

6 Associations de jeunesse gérées par le ministère de l'agriculture américain.

poli avec Jeremy était une chose, mais il ne voulait pas qu'il se fasse de fausses idées.

Enfin si, il le *voulait*. Ce n'était vraiment pas raisonnable.

Mais Jeremy n'était pas menaçant ou insistant. Il était... gentil. Timide, sauf quand il commençait à parler de quelque chose qui l'intéressait et que ses yeux devenaient vifs et intelligents. Puis il y avait les bizarres éclairs de flirt qui allaient et venaient tout aussi vite, comme s'il essayait d'être hardi, mais ensuite oubliait d'essayer. Et bon sang, que ce qu'il portait lui allait bien. C'était seulement un tee-shirt bleu chiné, pour l'amour du ciel, mais il le moulait suffisamment pour mettre en valeur les lignes minces de son torse et de son estomac et même – lorsqu'il bougeait les bras – ses tétons. Et cette couleur bleue conspirait avec le soleil pour faire ressortir le rouge dans ses longs cheveux.

Chris prit une bouchée de son sandwich et se dit qu'il devait se reprendre. Il ne pouvait pas être attiré par Jeremy Crassen. Et s'il *était* attiré, jamais personne ne le saurait en dehors de lui. Il pensa à Trix et Janie. Une bouffée d'anxiété le refroidit considérablement.

Il termina son sandwich et fit une boulette du papier dans lequel il avait été emballé. Jeremy tripotait toujours le sien. Chris s'éclaircit la voix.

— Tu as demandé tout à l'heure si je passais beaucoup de temps en extérieur à Denver. C'était le cas. Je suis allé en randonnée et skier dans les montagnes avec des amis le week-end, et on peut faire aussi de la bonne pêche à la mouche près de Denver.

Les yeux de Jeremy s'illuminèrent.

— J'adore la pêche à la mouche.

— Vraiment ?

Les Crassen ne semblaient pas du genre à pêcher à la mouche, pensa Chris.

Jeremy tritura sa lèvre inférieure avec ses dents, un geste que Chris trouva bien trop aguicheur.

— Mon père avait l'habitude d'y aller. Il m'emmenait quand j'étais petit. Je lisais sur la rive pendant qu'il pêchait, mais il m'a montré comment lancer. Et depuis… dit-il en détournant les yeux. J'y vais tout seul. Ma technique ne gagnera probablement aucune récompense, mais ça me plaît et j'attrape du poisson. C'est ce qui compte, non ?

— C'est la partie importante. Que tout le monde ait du bon temps.

Grand Dieu, sa voix ! Est-ce qu'il pouvait avoir l'air de flirter davantage ?

Jeremy lui lança un coup d'œil oblique et entendu.

— Pas sûr que les poissons passent du bon temps.

— C'est vrai, admit Chris. Je suppose que ma métaphore a besoin d'être améliorée.

— Pourquoi pas : du moment que tu attrapes le poisson que tu veux, la technique n'a pas d'importance.

Chris se mit à rire.

— Ou : tout est dans le coup de poignet.

Jeremy eut l'air choqué, puis poussa un petit rire rauque.

— La tentation d'une mouche bien lancée.

— Je te jure, Maman, il était *gros comme ça*.

Chris écarta ses mains sur environ vingt-cinq centimètres et sourit.

Jeremy souleva les sourcils.

— Un vrai pêcheur sait que ce n'est pas la question d'avoir le poisson au bout de l'hameçon. Ça ne compte pas à moins de pouvoir le ramener.

La gorge de Chris se serra. Il laissa son regard tomber sur la rivière mouvante, où il vit filer une truite. Était-ce que c'était ? Est-ce que Jeremy était résolu à le ramener ?

Non, c'était stupide. Jeremy semblait… inoffensif. Et innocent. Et pourquoi cette idée l'excitait-elle encore davantage ?

— Tu penses que tu voudrais y aller un de ces jours ? À la pêche à la mouche, je veux dire ? Avec moi ?

La voix de Jeremy semblait rauque, comme s'il essayait d'être charmeur, mais la nervosité transparaissait.

Oui. Non. Seigneur, qu'est-ce qu'il faisait ? Il devait arrêter ce train avant qu'il déraille. Ou le faire dérailler avant qu'il aille trop loin. Quelque chose comme ça. Il ne pouvait pas avoir une aventure avec Jeremy Crassen.

— Je ne sais pas, dit-il calmement. Je suis très occupé au Big Basin quand je ne travaille pas. Tu sais, à aider Trix.

C'était l'arrêt complet. Il essaya de ne pas se sentir mal à l'aise en voyant la manière dont le visage de Jeremy se décomposait.

— Oh. Bien sûr.

— Écoutez bien, vous tous ! Il est temps de se mettre en selle !

C'était Charlie.

— Nous allons faire le tour et prendre quelques minutes supplémentaires pour nous assurer que tout le monde est à l'aise. Donc, n'hésitez pas à demander si vous avez des questions.

— Bonne promenade de retour, dit Chris à Jeremy avant de se lever et se diriger vers son cheval.

Pourquoi avait-il l'impression que quelque chose en lui venait de mourir ? *Peut-être que tu peux refuser Jeremy Crassen. Mais pourras-tu tout le temps refuser tous les hommes qui t'attireront, pendant toute ta vie ? Vraiment ?*

Il pourrait s'il le devait. Il le pourrait afin d'être un père pour Janie, un ami et un mari pour Trix.

Il remarqua qu'Eric fut le premier sur son cheval, et Ben était là avec lui, lui disant quelque chose au sujet de ses genoux. Il lui en toucha un, le pressant contre l'animal, pendant qu'il lui parlait. Chris secoua la tête.

Eric travaillait au Big Basin maintenant ? Il devait en parler à Trix. Et bientôt.

Chapitre Sept

MABELINE Crassen faisait ses courses au Merc lundi matin, prenant des produits de nettoyage pour ses clients. Sans avertissement, lors d'une journée parfaitement ordinaire, un éclair noir la frappa au cœur, du nom de Billy Stubben marchant soudain droit vers elle. Il ressemblait tout à fait à son père, ses cheveux bruns devenus gris et son beau visage marqué par le chagrin, le soleil et le temps. Il affichait un petit sourire tourné vers le bas, le genre que le pasteur portait quand il approchait la plus vieille dame de la congrégation pour lui dire bonjour. *La pauvre*.

— Dis, Mabe ! Content de te croiser. Je voulais te demander quelque chose.

Avec son ton décontracté, on aurait pu penser qu'ils s'étaient parlé la semaine précédente au lieu de plus de vingt-cinq ans auparavant.

Mabe leva le menton.

— Vraiment, Billy Stubben ?

Il sembla que Billy n'entendit pas son sarcasme. Il continua tout droit avec ce sourire tourné vers le bas.

— Eh bien, tu sais que ma femme est décédée, il y a presque trois ans maintenant…

Mabe sentit quelque chose s'éveiller en elle, quelque chose qu'elle n'avait pas senti depuis des années. Peut-être que Billy ne ressemblait pas du tout au pasteur. Peut-être que Billy allait… l'inviter à dîner ? Elle se toucha nerveusement les cheveux. Billy Stubben pouvait encore faire palpiter son cœur. Ses yeux bleus n'avaient pas du tout changé. Elle aurait souhaité avoir pris le temps ce matin de s'arranger les cheveux et d'avoir mis un peu de maquillage, ne pas porter ce qui était pratiquement une robe d'intérieur. Elle essaya de se mordre les lèvres sans que ce soit flagrant, espérant les rosir un peu.

Billy eut du mal pendant un instant. Il ne regardait pas tant ses yeux que ses joues.

— Et, eh bien, je suis un vieux grincheux têtu, je suppose. Je ne m'en sortais pas mal au début. Puis…

Puis John est mort, pensa Mabe. Elle-même avait ressenti assez durement la mort de John alors qu'elle lui parlait à peine. Elle avait imaginé perdre Eric comme ça, et cela avait oppressé sa poitrine d'un chagrin compatissant. Elle commença à tendre la main pour toucher le bras de Billy puis s'arrêta.

— Je n'ai jamais eu l'opportunité de dire combien je compatis à ta peine, Billy.

Son regard vacilla vers ses yeux. La douleur se répandit sur son visage et il cligna des yeux.

— J'apprécie, Mabe, dit-il avant de s'éclaircir la voix. En tout cas, je suppose que j'ai laissé les choses aller depuis, et mes filles me forcent la main à ce sujet. Elles disent que j'ai besoin que quelqu'un vienne faire le ménage une fois par semaine environ. Et, eh bien, je me demandais si tu avais du temps dans ton emploi du temps pour moi.

Le cœur de Mabe, qui s'était adouci à la pensée de Billy perdant son fils, se referma si durement et rapidement qu'elle chancela. Elle sentit son visage rougir. Ses paroles furent proches du chuchotement :

— Tu me demandes d'être ta *bonne*, Billy Stubben ?

Billy eut l'air désorienté par son ton, et probablement par ce qu'il voyait sur son visage aussi.

— Je… eh bien… je sais que tu fais le ménage pour un certain nombre de gens en ville. J'ai pensé… Est-ce que je t'ai offensée d'une manière ou d'une autre ?

Oh, ça faisait mal. C'était une piqûre familière, celle-là, tellement familière. C'était une douleur qu'elle n'avait jamais cru devoir ressentir à nouveau. Que Billy Stubben aille en enfer. Et le pire c'était qu'il ne semblait pas avoir la moindre idée de la raison pour laquelle elle était aussi en colère.

Enfin. Mabeline Crassen n'avait jamais été du genre à tenir sa langue.

Elle regarda autour d'elle et baissa la voix.

— Offensée ? Pourquoi devrais-je être offensée, Billy ? Juste parce qu'autrefois nous étions ensemble et que maintenant tu suggères que je récure ton sol de cuisine et tes toilettes ? Pour de l'argent ?

Billy eut l'air choqué.

— Mais je… Mabe, c'était il y a si longtemps. Et rien n'en est jamais ressorti.

Elle ne réfléchit pas ; elle le laissa échapper sous le coup de la colère.

— Ha ! Rien n'en est jamais ressorti ? C'est ce que tu penses, Billy Stubben ? À quel point tu te trompes !

Elle ressentait une joie vindicative face au degré de son ignorance, qu'*il ne sache pas*. Elle pinça fermement les lèvres sur le besoin d'en faire étalage et de le lui dire. Il y avait longtemps, elle avait juré qu'elle ne le ferait pas.

Il la regarda avec perplexité.

— Qu'est-ce que tu veux dire ?

Ses yeux scrutèrent son visage intensément. Billy n'avait jamais été un homme stupide, même s'il avait été prétentieux. Elle sentit un frisson d'avertissement. Elle n'avait pas eu l'intention de laisser cette conversation aller aussi loin. En fait, elle n'avait jamais voulu lui reparler !

— Peu importe, dit-elle doucement, se reprenant. Et non, M. Stubben. Malheureusement, mon temps est déjà réservé.

Elle affecta un air hautain, levant le nez.

— Bonne journée ! termina-t-elle.

Là-dessus, elle partit.

DIMANCHE, Chris était allé au Big Basin et avait passé l'après-midi avec Trix et Janie.

Eric, avait dit Trix, voulait le travail et avait demandé une période d'essai. Comme il travaillait dur, elle l'avait laissé rester. Elle en avait fait peu de cas et ne semblait pas encline à en discuter davantage.

Chris n'était pas content. Aucun homme avec une presque fiancée ne serait ravi qu'un Eric Crassen menton-à-fossette-yeux-bleus traîne dans le coin. Mais Chris faisait confiance à Trix pour faire preuve de jugement. De plus, elle était toujours en deuil. Ils n'avaient fait que s'embrasser, rien de plus, parce qu'elle n'était pas prête. Même si Eric essayait de la charmer, ça tomberait dans l'oreille d'une sourde… ou sur ses lèvres ou allez savoir où. Chris en était sûr.

Lundi, Jeremy vint dans le Merc vers midi. Chris ne courut pas à l'arrière cette fois, mais il se prépara à être poli et rien d'autre. Il échafauda des excuses dans sa tête au cas où Jeremy essaierait de s'attarder.

Mais Jeremy ne fit que lui dire bonjour à la caisse et ne lui accorda qu'une touche d'un sourire mystérieux. Il plaça son achat sur le comptoir.

— J'ai besoin d'une ampoule, dit Jeremy.

Chris regarda ce qui était sur le comptoir et réprima un sourire.

— C'est une chance pour toi alors, parce qu'il se trouve que j'ai une ampoule juste là.

Il saisit l'achat.

Jeremy se contenta de lui faire *un clin d'œil* et quitta le magasin.

Chris fut incapable de penser à autre chose pendant trois bonnes heures.

Mardi, quand Chris alla à la banque pour faire un dépôt, il se trouva en fin de queue derrière Jeremy. Celui-ci lui dit bonjour et lui sourit, mais ensuite il se retourna et ne le regarda plus, ce qui rendit Chris complètement dingue.

Mercredi, Chris alla chez Nora pour déjeuner plus tard que d'habitude et se rendit compte que Jeremy cuisinait à l'arrière. Il ne vint pas le saluer, mais quand le steak haché de Chris arriva, il trouva deux *chocolate kisses* sur l'assiette entre son steak haché et ses frites. Et le plus sidérant, c'était que cela le rendit tellement *heureux*.

Jeudi, Chris fourra un de ses appâts mouche flotteur préférés dans une petite boîte, la posa sur son bureau, puis la mit dans un tiroir, puis la ressortit, l'emmena près de la caisse enregistreuse, la ramena dans le bureau, et la traita essentiellement comme une patate chaude toute la journée. Il voulait la donner à Jeremy, peut-être la déposer pour lui au *diner*. Mais pourquoi le ferait-il ? Deux *chocolate kisses* ne requerraient pas un cadeau en retour. Ça semblerait bizarre, comme s'il s'excusait d'avoir décliné l'offre de Jeremy d'aller pêcher. Ce n'était pas le cas.

Vendredi, Jeremy entra dans le Merc et passa un long moment à examiner diverses allées, mais repartit sans rien acheter ni s'être approché de Chris. Ce dernier n'avait pu empêcher ses yeux de s'égarer sur lui comme s'ils avaient été récupérés par des services de renseignements étrangers. Et Chris savait exactement d'où ces « services de renseignements » provenaient.

Misère, les jambes de Jeremy avaient l'air longues dans son jean. Chris se demanda à quel point elles étaient pâles et combien elles étaient poilues. Il se demanda si quelqu'un les avait déjà touchées, avait déjà touché Jeremy. S'il était conscient d'à quel point il était attirant. Si quelqu'un le lui avait déjà dit.

Il espérait que quelqu'un le lui avait dit. Jeremy méritait de le savoir.

Il attendait le samedi matin et une autre leçon d'équitation avec impatience.

VENDREDI, Trix entra dans l'écurie pour vérifier que tout allait bien avec Eric, comme elle le faisait plusieurs fois par jour depuis deux semaines. Cette fois elle portait un thermos de thé glacé et un verre.

Il sifflait et ne l'entendit pas. Elle posa les objets sur une étagère et le regarda.

À sa grande surprise, Eric Crassen était un bon travailleur. Les parterres de fleurs au bord de la route et devant la maison avaient été désherbés et paillés, le porche dépoussiéré, la balançoire du porche cirée, le manège et l'écurie étaient plus propres qu'ils ne l'avaient été depuis longtemps, et les chevaux avaient du foin et de l'eau chaque fois qu'elle vérifiait. Eric était toujours là à huit heures, et elle n'avait jamais rien senti sur lui d'autre que de la sueur naturelle. Pas même l'odeur de cigarettes.

Eric semblait particulièrement aimer l'écurie. La plupart des gens détestaient nettoyer les stalles. En dehors de l'évidence, c'était en plus un travail éreintant. Mais il ne semblait pas ennuyer Eric. En cet instant, il brossait Triumph d'une main sûre et ferme et sifflait un air. Triumph, l'étalon primé de race Quarter Horse de Trix, avait la tête un peu tournée et les oreilles redressées comme s'il écoutait la chanson d'Eric.

Pendant une seconde, Trix eut une étrange sensation de déjà vu. C'était comme si John était de retour, et il se tenait là à brosser Triumph. Quelque chose dans les épaules larges d'Eric, dans la courbe du bas de son dos, de ses fesses, et de ses hanches…

La sensation était si forte qu'un frisson parcourut sa colonne vertébrale et elle ferma les yeux en ravalant un cri.

— Tu vas bien ?

Trix ouvrit les yeux et trouva Eric qui la regardait. Il posa la brosse et sortit de la stalle de Triumph.

Celui-ci hennit, pas très heureux qu'on interrompe son bichonnage.

— Qu'est-ce qui ne va pas ?

Il se dirigea vers elle, le visage inquiet. Trix se sentit stupide et aussi un peu agacée. Il était tellement gentil. Ce devait être simulé.

— Rien, dit-elle sèchement. Je t'ai apporté du thé glacé.

Elle agita la main vers le thermos.

— Tout se passe bien ? demanda-t-elle.

— Bien sûr, répondit Eric, hésitant. Je me demandais… il y a un cheval que tu voudrais bien que je sorte pour une promenade de temps en temps ? Je prends des cours et ce serait bien de m'entraîner.

— Tu suis des cours ?

— Ouais. Auprès de Joshua et Ben au Muddy River.

Le sourire d'Eric était large et sincère, comme un gamin.

Trix se sentit à moitié offusquée et à moitié amusée.

— Vraiment ? Tu sais qu'ils sont… gay. L'un pour l'autre, je veux dire.

Le sourire d'Eric disparut.

— Tu penses que je suis un beauf ou quoi ? Je sais qu'ils sont petits amis ou partenaires ou peu importe comment ils veulent appeler ça. Ça n'a pas d'importance pour moi.

Trix pensait *bien* qu'Eric Crassen était un beauf. Elle connaissait le groupe avec lequel il traînait au lycée et avec lequel elle le voyait encore faire un tour en voiture de temps en temps – Lloyd Tendler, Mike Dawson, et le pire de tous, Henry Atkins. Ils avaient la réputation d'être bruyants, souvent saouls, et fréquemment méchants.

Pas qu'elle n'ait jamais entendu dire ou vu Eric être méchant.

— Eh bien… tant mieux, dit Trix, ne sachant pas quoi dire d'autre. Contente de l'entendre. Mais qu'est-ce qui t'a motivé à suivre des cours ?

Eric fronça un peu le nez, comme s'il était mal à l'aise. Il regarda les chevaux.

— Je suppose que je m'y suis intéressé en travaillant ici. Je ne voulais pas demander à monter et ensuite… Je ne voulais pas endommager ta propriété ou quoi qu'ce soit. Mais je m'en sors bien, même Ben le dit. Donc j'ai pensé que je pourrais m'entraîner un peu par ici. Si ça ne te dérange pas. Mais ça va si tu…

— Les chevaux ne sont jamais assez montés, l'interrompit Trix.

Quelque chose se réchauffa dans sa poitrine, et elle sourit alors qu'elle marchait dans l'allée. Les chevaux étaient sa vie.

— Surtout nos pensionnaires, continua-t-elle. Nous sommes censés les garder en forme quand leurs propriétaires ne se montent pas, mais il n'y a simplement pas assez de corps ou d'heures dans une journée. Stormy, par exemple.

Elle s'arrêta devant la stalle d'un Appaloosa gris qui devenait vieux et un peu dodu. Stormy s'approcha du mur, avide d'attention.

— Ce serait bien pour elle de sortir davantage, et elle est douce. Tu pourrais lui faire faire de l'exercice dans le manège plus tard si tu veux. Si tu as terminé les corvées et qu'il n'y a pas de pensionnaire ou de clients pour le chemin de randonnée ici.

Eric assimila l'offre sans rien dire. Il était complètement concentré sur Stormy.

— On s'est déjà rencontrés. Hein, ma fille ? dit-il tout en lui caressant les naseaux.

Stormy se pencha dans sa main et regarda droit dans les yeux d'Eric avec calme. D'après l'expérience de Trix, un cheval ne croisait pas le regard avant d'être vraiment à l'aise avec un être humain.

— OK. Bien, dit-elle.

Elle se retourna pour partir. Une partie d'elle était contente qu'Eric fasse l'affaire. Cela lui retirait un poids des épaules et de l'esprit. Mais une autre partie était encore méfiante. Eric était… une distraction. Il était trop beau pour son bien, et elle ne *voulait* pas voir quoi que ce soit en lui qui lui permette de se racheter. C'était plus facile quand elle ne le voyait qu'occasionnellement en ville et pouvait le rejeter, car elle le considérait comme un bon-à-rien. Elle n'était pas sûre de quoi faire avec un Eric Crassen honnête.

— Tu sais, je pensais l'autre jour, dit Eric avant qu'elle puisse s'enfuir. Tu as été mon premier baiser. Je pense que j'ai été le tien aussi.

Trix se figea et se retourna lentement. Elle souleva un sourcil.

— Et ?

Eric haussa les épaules, et un sourire sensuel s'afficha sur son visage comme s'il y pensait vraiment !

— Je me souvenais simplement, c'est tout. C'est amusant la façon dont les choses tournent.

— Eh bien… nous n'étions que des gamins. Ne t'attends pas à m'embrasser à nouveau !

Elle avait l'air excessivement sur la défensive, mais ne s'en souciait pas vraiment.

Eric la regarda de haut en bas avec une touche de chaleur.

— Je n'y comptais pas.

Il se retourna pour donner une attention totale à Stormy, qui était plus qu'heureuse de la recevoir.

Trix tourna les talons, marcha vers la porte de l'écurie et partit. Elle était à mi-chemin de la maison avant de se calmer suffisamment pour se rendre compte qu'elle piétinait rageusement dans l'allée.

Pourquoi était-elle aussi en colère ? Eric n'avait fait que dire quelque chose qui était vrai. Il *avait* été son premier baiser.

Mais c'était il y avait si longtemps, quand elle était en CM2. C'était avant John, avant beaucoup de choses.

Elle avait eu un sacré béguin pour Eric à l'époque. Il était en classe supérieure à l'école et si mignon. Il était drôle et gentil aussi. Ils avaient passé les deux dernières semaines avant la fin de son CM2 à s'échanger des notes et à se tenir la main dans le couloir. Eh oui, il l'avait embrassée à l'extérieur de l'école un jour. C'était juste un baiser, mais cela lui avait procuré une sensation bizarre et douloureuse, et rendue si heureuse qu'elle aurait voulu pouvoir voler.

Mais quelque part durant cet été-là, Eric était devenu quelqu'un d'autre. Son père était parti en prison, et quand l'école avait repris, tout le monde en parlait. Trix plaignait Eric, mais il était renfrogné et provocateur, et il l'ignorait. Il avait commencé à traîner avec des gamins qui s'attiraient des ennuis, de mauvais gamins comme Henry Atkins.

Ils s'étaient à peine parlés après ça, comme si ces deux semaines à la fin de son année de CM2 n'étaient jamais arrivées. Mais c'était comme ça avec les enfants. Meilleurs amis un jour, « ennemis » le lendemain. Elle n'avait pas vraiment passé de temps à pleurer Eric Crassen. Il n'était en rien comme John – l'amour de sa vie, le noble, le travailleur John.

Elle entra dans la maison et but un verre d'eau, le laissant rafraîchir son corps et son esprit.

Si Eric faisait le travail dont elle avait besoin, bien. Mais s'il évoquait encore le sujet – le sujet du *baiser* – elle devrait lui donner un ultimatum. C'était une relation de travail, rien de plus. Elle n'avait ni le temps ni la patience pour la stupidité d'Eric. Et elle n'allait absolument pas céder aux papillons qu'elle sentait quand il la regardait de cette manière chaleureuse.

Elle savait ce qu'elle voulait. Elle voulait que le ranch continue à fonctionner sans difficulté, élever sa petite fille, épouser son ami Chris et s'accrocher à ses souvenirs de John.

Pour toujours. C'était ce que Trix voulait.

Chapitre Huit

JEREMY frissonnait sous le stress et ressentait quelque chose de plus écœurant, mais de doux en même temps alors qu'il s'habillait pour son cours d'équitation ce samedi matin. Il était entré dans le *Me to You de JD*, le magasin de vêtements d'occasion de Clyde's Corner, et avait trouvé un tee-shirt bleu vert qui lui allait bien et rendait la couleur de ses cheveux et de ses yeux bien plus intéressante.

Discuter de pêche à la mouche avec Chris lui avait donné une idée. Aussi inexpérimenté qu'il soit, il savait que Chris était attiré par lui. On ne pouvait pas mal interpréter ce regard dans ses yeux lors de leur première séance d'équitation. Mais il comprenait aussi que Chris y résistait.

Un pêcheur avait un problème similaire avec les poissons. Ils n'étaient pas stupides. À la pêche à la mouche, on lançait un appât ressemblant à un insecte ici, puis là, puis là-bas, le laissait reposer quelques minutes, puis le déplaçait à nouveau. Vous tentiez le poisson jusqu'à ce qu'il se décide finalement, *ah merde*, et s'en saisisse.

Jeremy était l'appât. C'était en fait plutôt amusant. Cela retirait la pression. Il allait dans le Merc juste pour être vu, et n'avait pas besoin d'essayer de vraiment parler, flirter avec lui, ou impressionner Chris Ramsey.

Mais c'était tout de même éprouvant. Il devait aussi lutter contre son désir naturel de se rapprocher de Chris, suffisamment près pour voir ses yeux et regarder furtivement ses larges épaules et ses mains fines, d'avoir un contact visuel, de l'entendre parler pour pouvoir écouter le message secret dans le ton de sa voix. *Il m'aime. Il ne m'aime pas.*

Avec un peu de chance, aujourd'hui il aurait l'occasion de satisfaire ce besoin grandissant.

QUAND Jeremy arriva au Muddy River Ranch et se gara, Chris était déjà là, appuyé contre la clôture du corral. Les paumes de Jeremy devinrent instantanément moites et son pouls tambourina dans sa gorge. Mais il sortit lentement de sa voiture et fit semblant de tripoter un de ses lacets.

Quand il leva les yeux, Chris marchait vers lui. Il ne pouvait rien interpréter sur le visage de Chris.

— Hé.

Chris s'arrêta à côté de la voiture de Jeremy.

Jeremy ne put refréner son sourire.

— Hé, Chris.

Chris lui rendit son sourire aussi inconsciemment qu'un écho, mais il tourna la tête sur le côté comme s'il essayait de le cacher.

— Tu es prêt pour aujourd'hui ?

— Pas sûr. Je l'ai senti pendant trois jours la dernière fois. Je ne suis pas habitué à écarter les jambes aussi largement.

Une minuscule tache rouge apparut sur le front de Chris, et son sourire s'incurva d'un côté.

— Bien noté.

L'estomac de Jeremy fit une danse frémissante, ce qui n'était pas une sensation tout à fait agréable.

— Et toi ?

— Est-ce que je suis habitué à écarter les jambes aussi largement ?

Malgré l'ironie dans la voix de Chris, le regard qu'il lança à Jeremy signifia qu'il flirtait.

— Je pense que je peux deviner, dit facilement Jeremy, alias Gary Prince. Non, je veux dire, es-tu prêt à confier ta vie à la bête domestiquée ?

— Je ne suis pas sûr d'avoir encore trouvé mon cow-boy intérieur, mais je suis aussi prêt que je peux l'être.

J'aimerais trouver ton cow-boy intérieur, pensa Jeremy. Il ne le dit pas, mais peut-être que cela apparut dans ses yeux, parce que pendant un long instant, le regard de Chris croisa le sien, et des tempêtes électriques et des tremblements de terre firent trembler le terrain intérieur de Jeremy.

Chris s'humidifia inconsciemment les lèvres, et Jeremy se força à détourner le regard. *Doucement, doucement*.

Au moins, Chris ne s'enfuyait pas cette fois. En fait, il resta aux côtés de Jeremy jusqu'à ce que le cours commence.

— Écoutez bien, vous tous ! dit Ben en ouvrant les bras et en souriant largement. Aujourd'hui, nous allons nous diviser en deux groupes. La moitié d'entre vous va aller en promenade sur une piste avec moi et Charlie pendant que l'autre moitié travaillera en individuel avec Joshua dans le corral. Puis pour la deuxième heure, on échangera. OK ? Donc, si quatre d'entre vous veulent bien se diriger vers le corral, le reste pourra aller vers Charlie et se mettre en selle.

Charlie sortit des chevaux sellés et les attacha à un poteau d'accrochage. Joshua en avait déjà deux dans le corral.

— Tu as une préférence ? demanda Chris, comme s'il était certain qu'ils allaient rester ensemble.

Jeremy poussa un *Oui !* interne avant de répondre par un haussement d'épaules.

— J'aurais probablement besoin d'aide en particulier avant de retourner en promenade sur le sentier.

S'il vous plaît, mon Dieu, pas un autre sentier de promenade. Ou en tout cas pas sur le monstre accro aux fruits rouges que j'ai eu la dernière fois.

— Ça m'a l'air bien, dit Chris.

Donc ils se dirigèrent vers le corral.

Jeremy remarqua qu'Eric avait choisi d'aller en promenade. Il restait près de Ben, regardant et parlant de quelque chose pendant que Ben aidait les autres membres de son groupe à monter en selle. Seigneur, il était un tel fayot. C'était bizarre.

Lorsque la poussière fut retombée sur le sentier après le départ du groupe, Joshua amena deux chevaux sellés.

— Je vais vous faire travailler deux par deux. Qui aimerait passer en premier ?

Le couple plus âgé se porta volontaire, ce qui convenait à Jeremy. Chris se hissa pour s'asseoir sur la clôture en bois et se mit à regarder. Jeremy le rejoignit, assis à seulement quelques centimètres. C'était plus près que la plupart des hommes ne l'auraient fait, mais Chris ne bougea pas.

Jeremy regarda Joshua travailler avec le mari et la femme, ajustant les étriers et les rênes, corrigeant la posture, murmurant de sa voix rauque.

Ouais. C'était un cow-boy sexy.

Jeremy s'imagina assis sur le cheval brun. Joshua complimentant sa posture et lui touchant la jambe comme si une partie de l'incroyable aptitude naturelle de Jeremy allait déteindre sur lui. Puis Jeremy irait au petit galop autour du corral, la queue du cheval toute guillerette et lui-même rebondissant à peine sur la selle, son corps détendu et fluide. Il ferait un clin d'œil à Chris pendant qu'il chevauchait et tendait ses cuisses charnues. La langue de Chris sortirait de sa bouche, et il halèterait alors que Jeremy...

— Donc. J'ai eu l'impression par Mme Rollingswell que tu es écrivain, dit Chris.

— Moi ?

La voix de Jeremy couina. Il se l'éclaircit.

— Pas vraiment. Je veux dire. Oui. Non. Je suis cuistot au *diner*.

Chris souleva un sourcil sceptique.

— Je sais que tu es cuistot au *diner*. Mais tu dois aussi écrire. Mme Rollingswell te demandait un chapitre qu'elle voulait lire.

— Hum, oui. J'écris. Parfois.

Tout le temps.

— Qu'est-ce que tu écris ?

Des réponses évasives dégringolèrent dans la tête de Jeremy comme des acrobates.

Elle parlait d'un manuel que j'écris sur la densité du sol.

C'était juste un petit livre sur l'histoire de Clyde's Corner.

De la fan-fiction sur Ben Rivers. C'est elle qui a commencé.

Aucune ne semblait être une meilleure option que de dire la vérité.

— J'écris des histoires d'horreur et d'autres trucs. Ce n'est pas une affaire, dit Jeremy en faisant un effort pour rediriger la conversation. Tu crois que les chevaux pensent que nous sommes des idiots ? Genre, que nous sommes totalement naïfs à leur donner de la nourriture, de l'eau et un abri pour qu'en retour ils se traînent dans une arène comme celle-ci quelques jours par semaine ? Peut-être qu'ils sont en fait plus intelligents que nous. Peut-être qu'ils se racontent des blagues sur nous quand ils sont seuls dans la grange la nuit. Si j'étais un extra-terrestre, je préférerais être un cheval bichonné plutôt qu'un être humain.

Chris se mit à rire.

— C'est possible.

Mais il ne fut pas distrait longtemps.

— J'aime bien une bonne histoire d'horreur de temps à autre. Je pourrais lire une des tiennes ?

— Oh non.

Jeremy lutta intérieurement contre l'hyperventilation. *Huh-uh, jamais, pas moyen Benjamin.*

— Peu m'importe si ce n'est pas parfait.

— Je ne préférerais pas.

— Peut-être que je pourrais te donner mes impressions.

Peut-être que tu pourrais poser une arme contre ma tête et appuyer sur la gâchette.

— Non. C'est bon. Je ne suis vraiment pas prêt à le montrer aux gens. Ça, je le sais.

Que je veux que tu m'apprécies.

— Tu as laissé Mme Rollingswell le voir, signala Chris.

Jeremy s'imagina se jeter de façon dramatique sur le chemin d'un cheval au galop. Pas qu'il y ait de chevaux au galop dans le corral. Non, les deux chevaux sur lesquels Joshua avait assis le couple plus âgé se tenaient là, les yeux blasés, l'air incurablement non agressif.

Ce n'était pas qu'il était suicidaire. Mais s'il y *avait eu* un cheval au galop, Chris aurait pu le sauver. Et dans toute l'excitation, il aurait oublié l'écriture de Jeremy, et le fait qu'à la base il s'était jeté de la clôture.

— Mme Rollingswell m'aidait à le corriger, éluda Jeremy. Les virgules sont le fléau de mon existence. Genre, si je suis un jour au Sénat ? Je proposerai une loi pour retirer les virgules de la circulation. Nous détruirons tous les vieux livres aussi, pour que personne ne sache que les virgules ont un jour existé.

Pas qu'il détruirait vraiment des livres. Mais puisque Jeremy ne ferait jamais partie du Sénat, il n'avait pas besoin de s'en inquiéter.

— Je peux aider pour les virgules. Je suis plus doué avec les virgules qu'avec les chevaux et c'est un fait, dit Chris avec un sourire suffisant.

— Mme Rollingswell s'en est déjà occupée.

— Mais pas dans le chapitre dix-sept.

Jeremy lui lança un regard désespéré. Il espérait qu'il disait : « S'il te plaît, arrête avant que je sois forcé de me pendre à cette clôture en bois. »

Apparemment, Chris reçut le message.

— OK, donc tu ne veux pas me laisser le lire, dit-il, ponctué d'un roulement des yeux et d'un soupir. Tu es ridicule. Est-ce que je peux te demander pour quelle raison tu as choisi l'horreur ? Pourquoi ça te plaît d'en écrire ?

— Parce que je ne sais pas écrire de chick-lit ?

Chris lui lança un regard d'avertissement.

Jeremy résista à l'envie presque irrésistible de laisser sa frange tomber en avant pour cacher son visage. *Gary Prince, allez.* Il redressa sa colonne vertébrale et inspira profondément pour se reprendre. Il n'avait pas à avoir honte. En dehors de, peut-être, être nul.

— J'aime lire de l'horreur. Je suppose que c'est parce que, peu importe à quel point la vie est dure, on gagne au change par rapport aux personnages du livre.

Chris se mit à rire.

— Je vois.

— Et c'est bien d'avoir peur de ce qui n'est pas réel pendant un moment, au lieu de ce qui l'est.

Cela le toucha d'un peu trop près, et Jeremy se mordit la lèvre, souhaitant pouvoir retirer ce qu'il avait dit.

— De quoi dois-tu avoir peur ? demanda Chris, comme s'il voulait vraiment savoir.

De n'être personne. De ne jamais aller nulle part ou de ne rien accomplir. De finir comme mon père. De ne pas avoir de talent. Que personne ne me voit jamais vraiment ! De mourir vierge ou, inversement, m'avérer être vraiment, vraiment nul au sexe.

— Les araignées, dit Jeremy. Et les balais. J'ai une terreur des balais. On appelle ça la fouettophobie.

Chris se mit à rire, mais il secoua la tête comme s'il abandonnait l'idée d'essayer d'obtenir une réponse franche.

— Et les balais à laver ? le taquina-t-il.

— Pas de problème là. C'est la partie en paille sur les balais que je déteste. Je pense que j'ai vu un film avec un épouvantail quand j'étais petit qui m'a marqué à vie.

— Mmm-humm.

— Est-ce que tu veux aller pêcher un de ces jours ? demanda Jeremy, utilisant ce qu'il espérait être un ton sexy.

Certes, la transition n'était pas géniale, mais il avait pensé à aller pêcher avec Chris toute la semaine, et il voulait vraiment changer de sujet.

Chris ouvrit la bouche pour répondre, puis la referma. Il déglutit, et ses yeux errèrent vers Joshua, qui marchait à côté de la dame tandis qu'elle chevauchait lentement autour du corral.

— Je suis trop occupé durant la semaine.

Jeremy se sentit démoralisé. Et stupide. Il n'aurait pas dû simplement…

— Si je pêche, il faut que ce soit le dimanche matin, continua Chris. Assez tôt. Je pêche près du pont sur Sumptown Road.

Jeremy considéra cette information. Devrait-il demander si Chris voulait y aller *ce* dimanche ?

Convenir de le rejoindre là-bas ? Mais Chris n'avait pas demandé si Jeremy voulait y aller. Cela dit, s'il ne voulait pas de Jeremy avec lui, pourquoi dire où il se trouverait ?

Avant que Jeremy puisse décomposer ce champ de mines potentiel, Joshua les appela.

— Chris ! Jeremy ! À votre tour !

— Oh, bien ! À cheval ! s'enthousiasma Jeremy, glissant de la clôture.

— Je suis impatient ! dit Chris.

L'arôme de la connerie planait lourdement dans l'air. Ils se regardèrent et se mirent à rire.

JANIE bâilla largement lorsque Trix la borda dans son lit.

— Waouh, je vois pratiquement tes amygdales, fillette !

Janie gloussa.

— Tu as eu une grosse journée aujourd'hui, hein ?

Le samedi était toujours une journée chargée, et parce que le temps était beau, chacun de leurs pensionnaires s'était montré pour monter son cheval. Eric avait eu un cours d'équitation ce matin, mais il avait travaillé l'après-midi, et Janie avait « aidé ». Elle avait craqué sur Eric, et on pouvait la trouver dans l'écurie la plupart du temps, dernièrement. Heureusement, il était patient avec elle.

— Microbe, tu dois laisser Eric faire son travail. Il a beaucoup de choses importantes à faire pour les chevaux, tu sais.

— Mais je suis une bonne assistante ! Eric l'a dit.

— Mmm-humm.

— Je lui ai montré ce truc sur Annabelle, tu sais, celui où je suis couchée sur le dos ? Il a dit que c'était « tape-l'œil » et qu'il allait l'essayer.

— Eh bien, rappelle-toi… Papa t'a montré comment faire ce truc sans danger. Tu dois garder les rênes dans tes deux mains, et tu ne le fais pas en dehors du manège. D'accord ?

Janie sembla pensive.

— Est-ce qu'Eric peut être mon papa ?

Les mots étaient choquants. Trix rit nerveusement.

— Janie, ton papa est ton papa, et le sera toujours, même s'il est au paradis.

Janie retroussa les lèvres.

— Alors Eric peut être mon ami ?

Trix n'était pas sûre que ce soit une bonne idée. Eric ne semblait pas être dérangé par la présence de Janie, et Trix lui faisait confiance sur ce point. Mais il ne serait probablement pas au Big Basin pour longtemps. Ce ne serait pas bien que Janie s'attache.

— Je suis contente que tu apprécies Eric, Microbe, pourtant souviens-toi, il ne travaillera ici que pendant un petit moment.

— Il est gentil. Il est comme Grognours.

Grognours était le héros d'un des livres préférés de Janie. Il était grognon parce qu'aucun des autres animaux ne l'invitait jamais aux fêtes. Et aucun d'eux ne l'invitait aux fêtes parce qu'il était grognon. Ce fut M. Écureuil qui le comprit enfin et invita Grognours à une fête. Après cela, il devint heureux, même si on l'appelait toujours Grognours, ce que Trix ne comprenait pas vraiment. C'était probablement un truc marketing.

Mais Eric Crassen n'était *pas* Grognours, pensa Trix. Il était plutôt comme l'Ours Dévergondé. Elle ne pouvait pas exactement expliquer ça à Janie.

— Tu veux me lire Grognours maintenant ? cajola Janie.

Elle sortit ses dents inférieures en un sourire idiot.

— Hum-humm. Si c'est ton choix. Puis direct au dodo, OK ?

Janie bâilla largement de nouveau et hocha la tête.

Trix prit le livre sur l'étagère de Janie et s'installa pour lire. Elle pensait avoir bien géré la conversation, mais des gouttelettes de tristesse coulèrent en elle pendant qu'elle lisait.

Est-ce qu'Eric peut être mon papa ?

Pauvre Janie. Peut-être que lorsqu'ils s'installeraient avec Chris, et avec le temps, sa petite fille ne sentirait plus un trou aussi béant dans sa vie.

Peut-être même, un jour, que Trix non plus.

Chapitre Neuf

CHRIS fut à la rivière à 7h00 le jour suivant. Il voulait que Jeremy vienne et en même temps, il ne le voulait pas. Chris allait voir sa fiancée et sa petite fille cet après-midi, pour l'amour de Dieu. Mais il sentit qu'il était attiré inexorablement sur un chemin différent, et il n'arrivait pas à retenir ses pieds pour résister.

Quelque chose l'attirait vers Jeremy. Puissamment.

C'était purement sexuel. Il le fallait. Chris n'avait pas couché avec un homme depuis sa passade « va te faire foutre » dans une boîte de nuit gay après que Seb l'eut plaqué. Il avait été tellement dégoûté de lui-même cette nuit-là, tellement déprimé par le milieu gay tout entier.

Sebastian avait insisté plusieurs fois pour une relation ouverte. Et quand Chris n'avait pas été d'accord, il était simplement sorti en cachette derrière son dos. « Les hommes gay ne sont pas censés être monogames, » avait dit Seb. La monogamie était pour les esprits étroits. Chris avait des « attentes ridicules et hétéronormatives ».

Après y avoir réfléchi, Chris s'était rendu compte que Seb avait raison, il avait *bien* des attentes hétéronormatives. Et il ne voulait pas changer. Peut-être que c'était le fait d'avoir grandi à Clyde's Corner, mais il voulait ça. Il voulait la palissade blanche. Il voulait un partenaire avec qui partager sa vie – le bon, le mauvais et le vilain, contre vents et marées, la totale. C'est pour ça qu'il voulait s'installer avec Trix.

Cette attraction envers Jeremy n'était que du désespoir sexuel. Chris n'avait pas couché avec Trix ou qui que ce soit d'autre, donc c'était parfaitement normal. Peut-être qu'il devrait céder, s'offrir cette dernière frasque avant de se marier.

Après tout, Trix n'était pas encore sa fiancée. Il ne lui avait pas offert de bague, et ils n'avaient pas prononcé le mot « mariage », pas exactement. Ils n'avaient même pas prononcé le mot « exclusifs ». Trix continuait de dire qu'elle n'était pas prête.

Je veux être là pour toi et Janie. De manière permanente.

Je le veux aussi.

Trix pensait-elle qu'ils étaient fiancés ? Parce qu'il était absolument impossible qu'il lui brise le cœur, pas après John. Pas même s'il devait briser le sien à la place.

Il décida, dans la tradition immémoriale des hommes de tous bords, de ne pas y penser. Il allait pêcher, se détendre et profiter de la magnifique matinée.

Et si Jeremy arrivait, eh bien, ce n'était pas comme si Chris l'avait invité.

Le soleil était toujours bas sur l'horizon, et l'air contenait des volutes de brouillard et la rosée d'un matin d'été du Montana. Il s'était garé sur l'aire de stationnement près du pont sur Sumptown Road et avait attrapé son équipement à l'arrière de sa Jeep. Il descendit la pente abrupte vers la rivière, puis marcha le long de la berge jusqu'à prendre un tournant. La route et le pont étaient maintenant hors de vue.

La route n'étant plus visible, on aurait pu jurer qu'on était à des milliers de kilomètres de la civilisation. Il n'y avait pas de bruit en dehors du jaillissement de l'eau, pas de vue, excepté la rivière, d'énormes pins bruns, le ciel pâle du matin et les montagnes imposantes au loin.

Oui, il avait besoin de ça. Et il n'attendait pas Jeremy. En fait, Chris se dit que du temps loin de tout pourrait lui éclaircir l'esprit.

L'estomac plus noué qu'il aurait dû l'être un dimanche matin si agréable, Chris effectua le rituel de la préparation de sa ligne et attacha une mouche.

Il s'avança jusqu'aux cuisses, portant des cuissardes en caoutchouc, et lança sa ligne. En dix minutes, la beauté et le calme de l'eau avaient détendu son estomac et son esprit. Une heure passa, durant laquelle il réussit essentiellement à ne penser à rien du tout.

Puis, vers huit heures, Jeremy arriva. Il ne dit rien lorsqu'il posa un vieil étui à matériel sur la berge rocailleuse, l'ouvrit, s'assit sur les rochers avec un short découpé et un vieux tee-shirt blanc, et commença à travailler sur sa ligne.

Chris ne dit rien non plus. Il ramena sa ligne et la relança. L'eau coulant près de ses jambes sembla soudain chaude à travers les cuissardes. Soit sa peau s'était engourdie, soit sa température corporelle se détraquait.

Il regarda furtivement Jeremy. Il avait l'air grand, mais juvénile, assis sur la berge avec son short et ses Converses, ses longs cheveux placés derrière ses oreilles, captant des mèches rouges dans le soleil. L'image était bien trop attrayante, comme un étrange hybride entre une peinture de Norman Rockwell, peut-être intitulée *Préparation de l'Hameçon*, et le début d'un porno gay.

Mais Jeremy n'était pas un minet mignon, se rappela Chris. Il avait vingt ans et visiblement, il était très intelligent, c'était un jeune homme qui rêvait de quitter Clyde's Corner et d'aller à l'université.

S'il s'en va, c'est encore mieux. Tu pourrais avoir cette dernière passade avec lui, et ce serait bien pour vous deux. Sortir peut-être un peu plus Jeremy de sa coquille, lui enseigner un peu de confiance en soi avant qu'il déménage dans la grande ville. Puis il sera parti et tu t'installeras avec Trix.

C'était une logique égoïste et terriblement imparfaite, et elle sonnait bien.

Jeremy mit des cuissardes d'apparence ancienne et rejoignit Chris dans la rivière, remontant suffisamment loin en amont pour que leurs lignes ne se heurtent pas. Il lança sa ligne avec une grâce simple, la mouche atterrissant avec à peine un floc au milieu de la rivière.

— Tu es doué pour ça, dit Chris, souriant.

— Plus que je le suis avec les chevaux.

Jeremy utilisa une voix que Chris qualifiait de sensuelle, et ajouta un petit clin d'œil.

Chris pataugea un peu plus profond dans la rivière. Il avait besoin de l'eau froide.

Ils pêchèrent pendant de longues minutes. C'était agréable, et Chris décida qu'il appréciait la compagnie. Pêcher seul était super, mais pêcher avec Jeremy à proximité, dans un silence confortable, était mieux.

Jeremy attrapa une truite, mais elle était un peu petite. Il la relâcha dans l'eau. Après un moment, il parla.

— Est-ce que tu comptes épouser Trix Stubben ?

La question était si directe et arriva tellement sans crier gare, qu'elle prit Chris au dépourvu.

— Qui t'a dit ça ?

Jeremy haussa les épaules et déplaça un peu sa ligne sur la droite.

— Tout le monde sait que tu sors avec elle.

Chris eut un mouvement de recul intérieur, une réaction qu'il avait en horreur. Il ne voulait pas parler de Trix avec Jeremy. Il avait des difficultés à connecter les deux dans son esprit de quelque manière que ce soit. Mais c'était stupide. Clyde's Corner était une petite ville. Bien sûr que Jeremy savait. Chris n'allait pas mentir, et il n'allait pas faire le con et le faire marcher.

— Oui. Je suis rentré pour l'enterrement de John, et je passe du temps avec Trix et Janie. Et maintenant, nous sortons ensemble.

— Êtes-vous fiancés ?

Jeremy tourna les épaules pour faire face à Chris, sa ligne étirée derrière lui dans l'eau.

— Non.

— Mais tu vas probablement l'épouser ?

Les paroles de Jeremy étaient insistantes, mais ne trahissaient aucune émotion dans un sens ou dans l'autre.

Chris déglutit.

— J'y pense, oui.

Une ombre passa sur le visage de Jeremy, comme si un nuage sombre s'était déplacé devant le soleil. Il se retourna, montrant son dos à Chris. Il ramena sa ligne et la relança.

Chris fut laissé avec une sensation écœurante dans le creux de son ventre, comme s'il venait de faire ou de dire quelque chose de terrible, quelque chose d'irrévocable. Mais c'était absurde. Même s'il plaisait à Jeremy – *tu lui plais absolument* – pourquoi s'inquiéterait-t-il de Chris se mariant finalement avec Trix alors qu'il avait prévu de quitter la ville de toute façon ?

— Je ne suis pas marié ou fiancé… pas encore. Trix porte encore le deuil de John.

Chris pensait avoir réussi à avoir un ton raisonnable, pas contrit, juste pragmatique.

Jeremy ramena et relança sa ligne, un lancement de champion cette fois, elle fila longtemps, perpendiculaire à la rivière pendant une durée folle avant de tomber gracieusement sur la surface avec un petit *floc*.

Chris aurait souhaité ne pas avoir remarqué à quel point les épaules de Jeremy étaient robustes et fortes, ou avec quelle grâce son fil dansait et claquait dans l'air. Il était meilleur pêcheur à la mouche que lui-même. C'était drôle, il n'aurait jamais imaginé Jeremy pêcher à la mouche. Mais bon, Jeremy n'était pas du tout comme il l'avait cru.

Chris se rapprocha doucement. La rivière était bien assez large pour recevoir leurs deux lignes, même s'ils se tenaient côte à côte. Il fit un lancer vers l'autre bord, gardant la tension sur sa ligne pour qu'elle ne flotte pas en aval et ne s'emmêle pas avec celle de Jeremy.

Le front plissé, Jeremy lui jeta un coup d'œil par-dessus son épaule, puis il se tourna pour que son épaule droite, plutôt que son dos, soit en face de lui.

Du progrès.

— Je suis curieux, dit Jeremy après un instant, d'un ton neutre. *Pourquoi* veux-tu épouser Trix ?

L'implication était claire : *alors que tu es gay.* C'était sur le bout de la langue de Chris de nier, de dire qu'il était bisexuel. Mais il se retint. Il était fatigué de repousser Jeremy, s'il était honnête avec lui-même. C'était épuisant. Et peut-être que s'il mettait les choses à plat, Jeremy comprendrait et ils pourraient rester amis. Des amis qui couchent ensemble ?

— Je veux une famille un jour, dit Chris. Et un foyer.

— On ne peut pas avoir ça avec un homme ?

Jeremy tourna la tête pour étudier le visage de Chris.

— Pas d'après mon expérience.

— Qu'en est-il de Joshua et Ben ? Ils semblent y réussir. Je parie qu'ils pourraient adopter s'ils le voulaient.

Chris sentit une vague d'envie – et de doute. Il était partagé au sujet de Joshua et Ben. Être à proximité était probablement comme voir un avion voler pour la première fois. C'était incroyable et merveilleux, mais on ne cessait de s'attendre à le voir s'écraser et s'enflammer.

— Sans vouloir insulter Ben, dit Chris, je me demande combien de temps il sera satisfait d'avoir un seul homme ? Joshua est déjà jaloux.

— D'après qui ? demanda Jeremy, surpris.

— Il est jaloux de ton frère. Tu n'as pas remarqué ?

Jeremy souffla.

— Eh bien, il ne le devrait pas. Eric est complètement dingue de… dit-il avant de s'interrompre, l'air coupable. En tout cas, Eric n'est absolument pas intéressé par les hommes…

Chris relança sa ligne avant de répondre.

— Je ne sais pas. J'ai l'impression que Ben Rivers pourrait convaincre un ours de mettre une robe de soirée. Et avec le physique d'Eric, je ne blâme pas Joshua d'être inquiet.

— Joshua n'a pas de quoi s'inquiéter, répéta Jeremy avec insistance. N'importe qui peut voir que Ben est dingue de lui. De toute façon, ce n'est pas le sujet. Le sujet c'est qu'un homme pourrait avoir un foyer et aussi une famille, avec un autre homme. S'il le voulait.

Chris haussa les épaules.

— Je sais que ça se fait.

Logiquement, il savait qu'il y avait des couples d'hommes qui restaient ensemble et se mariaient. Le mariage homosexuel n'était pas légal au Montana, mais il l'était dans bien d'autres états. Mais Seb avait vraiment brisé sa confiance en la monogamie gay. *Peut-être*, pensa Chris, *davantage qu'il n'aurait dû.*

— Est-ce parce que tu te sens mal à cause de John ? insista Jeremy. Parce que… ce ne sont pas mes affaires, mais je ne pense pas que ce serait juste, pour aucun de vous deux. Se marier pour une raison pareille. Si vous n'êtes pas vraiment fous amoureux.

Depuis que Jeremy était arrivé à la rivière, Chris n'avait plus vraiment le contrôle de lui-même, peut-être même depuis la première fois où il était arrivé au Merc, demandant cette fichue crème. Ses pensées, ses sentiments et ses convictions rebondissaient comme une satanée balle de Ping-pong. À cet instant, toute cette instabilité l'amena à une poussée de colère brute.

— Juste ? Qu'est-ce que tu peux bien en savoir ? Tu ne sais rien sur moi. Ou Trix !

Jeremy devint pâle et il baissa les yeux.

— C'est vrai, dit Jeremy doucement. Désolé.

JEREMY sentit quelque chose mordiller l'appât, le testant. Il l'éloigna et lança sa ligne ailleurs. Il n'était pas d'humeur à attraper un poisson pour l'instant.

Il s'imagina couché sur le dos au fond du lit de la rivière, levant les yeux vers le ciel tandis que l'eau claire s'écoulait au-dessus lui. C'est l'impression qu'il avait, comme si tout était sous l'eau, comme s'il était éloigné de tout – la journée, la pêche, la rivière et les arbres, mais surtout de Chris.

Il n'aurait jamais dû s'autoriser à désirer Chris à ce point. Il avait su dès le départ qu'il sortait avec Trix. Il était idiot d'être affecté maintenant, de dire quelque chose à ce sujet et d'énerver Chris. Mais il avait espéré… La manière dont Chris le regardait parfois, comme s'il y avait un courant entre eux, la manière dont ils flirtaient… Il avait espéré que Chris reviendrait à la raison, admettrait qu'il préférait les hommes, choisirait d'être avec lui à la place.

Choisir Jeremy Crassen, personne et propriétaire de rien, au lieu de Trix Stubben ? Tu délires, putain.

Jeremy retira sa ligne d'un autre grignoteur invisible. Bien sûr, maintenant qu'il ne voulait plus attraper de poisson, son appât était devenu magique, capable d'attirer chaque créature à nageoire des trois comtés. Il la ramena et la relança.

Il se sentait mal – son estomac, son cœur – et il voulait sérieusement partir. Mais s'il partait en trombe comme une adolescente en colère, Chris saurait à quel point il avait été blessé. Jeremy l'avait appris à la dure – ne jamais les laisser te voir transpirer.

Ses cheveux échappèrent au pavillon de son oreille et tombèrent sur son visage. Il les laissa.

— Je suis désolé, dit Chris après un instant. Je ne voulais pas me mettre en colère. Tu as le droit d'avoir ton opinion.

Jeremy ne répondit pas.

— J'ai mes raisons de penser comme je le fais, à propos des hommes gay et l'engagement sur le long terme. Ce n'est pas comme si je n'avais jamais eu aucune relation. Je suis sorti avec beaucoup d'hommes à Denver.

Jeremy ne dit rien.

— En tout cas, tu m'as dit que tu mourais d'envie de quitter Clyde's Corner. Alors pourquoi te préoccupes-tu de savoir si je m'installerai un jour avec Trix Stubben ? Ça ne va pas arriver demain.

— Je ne m'en préoccupe pas, répondit Jeremy rapidement.

Chris poussa un soupir incrédule. Sa voix s'adoucit davantage, douce comme de l'eau qui s'écoule.

— Je pense que tu t'en préoccupes. Et… ça me plaît que tu t'en préoccupes.

Il y eut une secousse solide sur la ligne de Jeremy. Bon sang. Il ramena un magnifique bar. Il devait peser au moins deux kilos. Sa mère savait s'y prendre pour cuisiner le poisson, et c'était de la nourriture gratuite. Mais regardant la chose hoqueter et s'agiter sur la ligne, soudain il ne put pas la tuer. Suffisamment de rêves mouraient sur la rivière ce jour-là. Il saisit le bar derrière la tête et retira doucement l'hameçon. Il le laissa partir, et il s'élança en aval aussi vite qu'il put. Il se frotta les mains sur ses cuissardes sous l'eau pour les nettoyer.

— Pourquoi as-tu fait ça ? demanda Chris, tout près.

Jeremy se redressa et vit qu'il était juste à côté de lui, aussi près qu'il puisse l'être sans le toucher. Sa ligne était ramenée et son appât pendait du haut de sa canne, étincelant dans le soleil.

Une bouffée de chaleur l'emplit – besoin, désespoir et désir tout à la fois.

— Je n'en veux pas, dit Jeremy, en parlant du poisson.

— Tu n'en veux pas ? répéta Chris, le comprenant mal délibérément.

Ses yeux étaient emplis de tout le désir enragé et refoulé que Jeremy ressentait. Son regard tomba sur ses lèvres.

— Eh bien, *moi* j'en veux, dit Chris d'une voix basse et douce. J'en veux vraiment.

Le cœur de Jeremy commença à s'emballer et son entrejambe pulsa de vie, rien qu'à voir l'expression sur le visage de Chris.

— Je te l'ai dit, Trix ne s'est pas remise de la mort de John. Il n'y a rien… de physique entre nous, pas encore. OK ?

Jeremy hocha la tête, incapable de parler.

— Tu en as envie ? demanda Chris sérieusement, le désir sur son visage ne laissant planer aucun doute sur ce qu'était ce « en ».

Jeremy hocha de nouveau la tête, plus vivement.

— Bien.

Chris se rapprocha lentement et posa sa bouche sur celle de Jeremy. C'était comme si la rivière entière avait commencé à bouillir autour de lui.

Chris Ramsey l'embrassait.

Jeremy en laissa presque tomber sa canne à pêche dans l'eau. Mais il lui restait une once de bon sens et il réussit à la maintenir d'une main, même s'il aurait voulu enrouler ses deux bras autour du cou de Chris. Au moins, il parvint à en passer un autour de ses épaules pour qu'il se rapproche de lui et pour s'assurer qu'il ne s'arrête pas. Il s'entendit pousser un geignement embarrassant.

Ils faisaient sensiblement la même taille, et le torse de Chris réchauffé par le soleil écrasait le sien. Le haut de leurs cuissardes craqua alors qu'ils se pressaient l'un contre l'autre, ce qui aurait pu être comique, mais ne l'était pas parce que la langue de Chris était tout contre sa bouche, et c'était la meilleure chose que Jeremy ait jamais sentie.

Il gémit et lui suça la langue avidement parce qu'elle était là et qu'il ne pouvait pas s'en empêcher. Venant de sa gorge, Chris émit un son désespéré et il attira Jeremy plus près, glissant sa main dans les cuissardes de celui-ci pour empoigner et serrer son derrière gainé de jean. Jeremy était si dur qu'il pensait perforer un trou à travers le denim et le lourd caoutchouc.

Il sentit l'érection tout aussi intéressée de Chris bouger contre la sienne à travers toutes les épaisseurs et instantanément ses cuisses voulurent s'écarter pour qu'il puisse attirer Chris plus près, se frotter plus fort.

Mais il tenait toujours cette maudite canne à pêche !

Son avidité le fit rire, puis Chris se mit aussi à rire, dans la bouche de Jeremy.

Chris rompit le baiser.

— Peut-être qu'on devrait retourner sur la rive avant de nous noyer, dit Chris. Pas que ça n'en vaudrait pas la peine.

Jeremy regarda derrière Chris, vers la courbe de la rivière, et le repoussa brusquement.

Chris trébucha et se retrouva pratiquement dans l'eau, fesses les premières. Ce ne fut qu'en plantant sa canne à pêche dans le lit de la rivière qu'il put retrouver l'équilibre.

— Pourquoi as-tu fait ça ? bredouilla-t-il.

Jeremy ne répondit pas, pataugea simplement dans l'eau, retourna sur la berge et commença à défaire ses cuissardes.

Chris se tut lorsqu'il vit le problème.

Henry Atkins avançait tranquillement vers eux depuis la courbe de la rivière. Il portait des cuissardes et transportait une boîte à matériel et une canne à pêche.

Jeremy était pratiquement certain qu'Henry ne les avait pas vus. Lui-même l'avait vu juste au moment où il arrivait à la courbe, et il avait les yeux baissés. Ce fut confirmé par le désintérêt absolu sur le visage d'Henry.

— Hé, Jeremy, dit celui-ci alors qu'il laissait tomber sa boîte à matériel.

— Hé, Henry.

Jeremy le connaissait depuis des années. Pas qu'ils soient amis même en faisant un gros effort d'imagination. En fait, Henry avait inspiré quelques-uns des méchants les plus réussis dans les histoires de Jeremy.

— Je t'ai jamais vu ici, commenta Henry.

Il regarda vers Chris et le salua d'un hochement de tête.

Chris continua à pêcher, le visage écarlate. Avec un peu de chance, Henry penserait qu'il avait pris un coup de soleil. C'était facile de se brûler avec le reflet sur l'eau.

— Quelqu'un a mentionné que c'était un bon endroit, dit Jeremy. J'ai pensé que j'allais essayer.

Il détacha son appât et le mit dans sa boîte.

— T'as rien attrapé ? dit Henry, avec un sourire en coin moqueur.

— Nan. C'est bon. J'avais juste besoin de sortir un peu de la maison. Bonne chance.

Il termina de ranger et commença à s'éloigner.

— Attends, dit Henry.

Jeremy marqua une pause avec une sensation d'appréhension. Est-ce qu'Henry les avait vus après tout ? Est-ce qu'il allait dire quelque chose d'horrible ?

Mais les paroles à voix basse d'Henry le prirent par surprise.

— Tu prends ce cours d'équitation avec Eric ?

Jeremy se retourna.

— Hum… ouais.

Henry dansa gauchement d'un pied sur l'autre, ses joues rosissant. Cette bizarrerie suffit à faire en sorte que Jeremy le regarde vraiment, même si sa tête était dans les nuages à cause de ce baiser et de son interruption brutale.

Henry Atkins était dans le coin depuis aussi longtemps que Jeremy pouvait s'en souvenir. Il n'était pas laid – grand, un peu trop corpulent, certes, mais il avait d'épais cheveux noirs, une jolie barbe et des yeux bleus perçants. Si on appréciait ce genre de choses. Cependant, il était le genre de type qui aimait s'en prendre aux autres. Henry n'ennuyait pas souvent Jeremy parce qu'il était ami avec Eric, mais il avait comparé Jeremy à un « chien hirsute » plus d'une fois et fait des railleries nonchalantes sur sa timidité. C'était une personne que Jeremy évitait quand c'était possible.

Malgré tout, il avait toujours eu l'impression qu'Henry portait une douleur secrète, comme s'il avait avalé une balle à pointes et devait s'en prendre à quelqu'un pour oublier à quel point ça faisait mal. Jeremy se sentait un peu triste pour lui, mais ça ne rendait pas la présence d'Henry plus amusante. Même si actuellement il n'avait pas l'air méchant.

— Comment semblent être Joshua et Ben ?

— Qu'est-ce que tu veux dire ? dit Jeremy avec méfiance.

Henry haussa les épaules.

— Ils s'en sortent ? Tu aimes leurs cours ?

Jeremy cligna des yeux.

— Ils sont incroyables, putain, oui. Et ils *semblent* aussi heureux que deux cochons dans la boue.

— Bien. Bien.

Henry balança les bras nerveusement.

Tout le monde en ville savait que c'était Henry qui avait révélé que Ben était une star du porno. Peut-être, pensa Jeremy, en le regardant maintenant, qu'Henry en était désolé. Et est-ce que ça ne serait pas comme une journée fraîche en enfer ?

— J'ai pensé à prendre des cours avec Eric, dit Henry. Mais je n'étais sûr d'être… tu sais…

— Le bienvenu au Muddy River Ranch ? Probablement pas, Henry. D'ailleurs, depuis quand t'intéresses-tu aux chevaux ?

— Ch'ais pas. C'était juste quelque chose à faire. Je m'ennuie, Eric travaille tellement. Enfin… j'suppose que je vais me mettre à pêcher maintenant.

— OooK, alors.

Les yeux de Jeremy étaient écarquillés, et il entendit le générique de *La Quatrième Dimension* dans sa tête alors qu'il retournait vers le pont. Mais en seulement quelques pas, les pensées du comportement du double robotique d'Henry s'envolèrent et il recommença à penser à Chris et au baiser. Il lança un dernier regard furtif derrière lui avant de prendre le tournant, mais Chris pêchait et ne regardait pas de son côté.

Ce ne fut que lorsque Jeremy fut pratiquement à la voiture, ses pieds touchant à peine le sol alors qu'il repassait ce moment encore et encore, que cela le frappa.

Henry Atkins avait presque vu Chris l'embrasser. S'il n'avait pas repoussé Chris, l'histoire aurait été racontée dans toute la ville d'ici ce soir. Il n'y avait pas une plus grande bouche dans tout Clyde's Corner que celle d'Henry.

Son premier instinct avait été de protéger Chris. Et s'il devait revivre ce moment, il ferait le même choix encore et encore. Il ne « révélerait » jamais Chris. Il ne pouvait pas le faire. Ce qui signifiait que sa mère n'allait pas être contente.

Quant à Eric, son frère était tout seul avec Trix.

Jeremy aurait dû se sentir partagé par ça, mais ce n'était pas le cas. Il avait l'impression qu'un poids lui avait été retiré des épaules, comme quelqu'un disant au dieu Atlas : *Tu as l'air d'avoir besoin d'une pause. Laisse-moi porter ça un petit moment.*

Il posa sa boîte à équipement dans la camionnette, sifflant et rêvant du moment où il pourrait embrasser Chris Ramsey à nouveau.

Chapitre Dix

CHRIS resta à la rivière pendant une heure après que Jeremy fut parti, juste pour s'assurer qu'Henry ne pense pas que lui et Jeremy étaient venus ensemble. Il traversa à gué plus profondément pour pouvoir calmer tout ce qui s'était vraiment, vraiment déchaîné en embrassant Jeremy Crassen.

Il n'avait pas eu l'intention de faire ça. Mais il l'avait fait. Et ce n'était pas exactement arrivé de nulle part. Non, il avait voulu embrasser Jeremy depuis des jours.

Maintenant qu'il l'avait fait, rien n'était absolument plus clair. Ce qu'il avait ressenti en embrassant Jeremy, en le tenant dans ses bras, même en portant des cuissardes et retenant une canne à pêche – cette sensation était follement puissante. C'était comme saisir un fil sous tension, comme le soulagement de la pluie lors de la plus chaude journée de l'année. Il avait présumé que Jeremy n'était pas très expérimenté, en ayant vécu à Clyde's Corner toute sa vie, et étant généralement timide. Le baiser avait semblé le prouver. Mais Jeremy était passionné. Il avait tremblé et gémi comme s'il mourait, et pressé une rigidité solide contre Chris quelques secondes après le début du baiser. Craquez l'allumette – *pfft* !

Inflammable. Jeremy Crassen était inflammable. Et Chris n'avait jamais aussi rudement désiré s'embraser.

Il pataugea un peu plus profondément dans l'eau.

Henry s'était éloigné à bonne distance en aval, suffisamment loin pour qu'ils n'aient pas à se parler, ce dont Chris était reconnaissant. Il n'avait pas d'aversion particulière pour Henry, mais en cet instant, il avait d'autres choses à l'esprit.

Merde. Dieu merci, Jeremy avait aperçu Henry avant qu'il les voie s'embrasser.

Merde. Si Henry les avait vus, il l'aurait probablement raconté. Et qu'est-ce que Trix en penserait ? Qu'est-ce que la ville penserait ? Ce n'était pas qu'il était particulièrement honteux ou voulait cacher qui il était. Ou qu'il ne le voudrait pas, s'il ne prévoyait pas d'épouser Trix. Mais puisqu'il le prévoyait, il n'avait pas besoin que la ville soit au courant. S'ils savaient qu'il appréciait aussi – *préférait* – les hommes, ils se comporteraient tous bizarrement avec Trix, seraient peut-être désolés pour elle qu'elle soit sa femme. Ce ne serait pas juste pour elle.

Je ne pense pas que ça serait juste, pour aucun de vous deux. Les paroles de Jeremy lui revinrent, et elles firent grimacer Chris tout autant que lorsque Jeremy les avait dites la première fois.

Juste ? John qui mourait n'était pas juste. Sebastian qui couchait à droite à gauche derrière son dos n'était pas juste. *La vie* n'était pas juste. Là, il essayait de faire ce qu'il fallait – quelque chose de bien, quelque chose de responsable.

Mais était-ce juste envers Trix ? Et si Henry l'avait surpris à embrasser Jeremy ? Est-ce que Trix aurait été horrifiée si elle avait entendu les commérages ? Blessée ? Est-ce que Chris ne lui devait pas de lui dire comment il était, réellement ? Il avait toujours pu parler à Trix, mais depuis la mort de John, il y avait tellement de choses qu'aucun d'eux n'osait dire.

Il sentit une vague de culpabilité. Il ne devrait plus du tout s'approcher de Jeremy. Et il devait être honnête avec Trix. Chris voulait peut-être épouser Trix pour ce qu'il considérait être de bonnes raisons, mais elle méritait de savoir ce qu'elles étaient exactement. Trix méritait de connaître tous les faits à l'avance. Il ne pouvait pas présumer qu'elle comprendrait, et il ne pouvait pas faire ce choix pour elle.

Oh Seigneur.

Chris ramena sa ligne et la relança, afin d'avoir quelque chose de physique à faire. Mais après qu'elle eut atterri, il sut que c'était inutile. Les poissons ne mordraient pas aujourd'hui. C'était Chris lui-même qui était sur l'hameçon, à attendre que la ligne le ramène.

AUX environs de midi, Chris roula jusqu'au Big Basin. Ils chargèrent la Wrangler de Trix, parce qu'elle avait des sièges passagers à l'arrière avec un siège auto pour Janie, et ils se dirigèrent vers la foire à Butte.

Janie et Trix parlèrent de ce qu'ils allaient voir à la foire sur une bonne partie du chemin. Janie était si excitée qu'elle était prête à exploser, mais Trix semblait un peu distante. D'un autre côté, elle avait souvent de mauvaises journées comme ça. Chris supposa qu'elle pensait aux fois où elle était allée à la foire avec John. En fait, *lui* se rappelait être allé à la foire de Butte avec John. Ils devaient avoir environ quinze ans, et le frère aîné de quelqu'un les y avait conduits avec d'autres copains. Ils étaient montés dans chaque manège deux fois, et ils avaient tellement mangé qu'ils avaient failli être malades sur le chemin du retour.

Le souvenir le fit sourire, et il faisait aussi mal qu'une dent sensible.

La foire était bondée, et c'était une journée chaude, mais ils firent tout ce qu'il y avait à faire. Janie n'était pas de la meilleure des humeurs. Elle avait refusé de les laisser sortir la poussette de la voiture parce que c'était « pour un bébé ». Et elle ne voulait toujours pas laisser Chris la prendre, donc quand elle se sentait fatiguée, Trix devait la porter toute seule et ça ne l'amusait pas. Elle semblait faire un effort pour être joyeuse, mais ses yeux étaient inexpressifs, et l'enthousiasme de Janie pour la foire était un peu trop débordant pour être un vrai bonheur. Chris avait l'impression d'agir machinalement.

Voilà ce qu'est le chagrin. C'est se sentir déstabilisé. Ça ira mieux l'année prochaine. Et si ce n'est pas l'année prochaine, alors l'année suivante.

Et si lui et Trix avaient un enfant ensemble, ça aiderait, sûrement.

Un souvenir viscéral de tenir dans ses bras, d'embrasser Jeremy lui vint à l'esprit, amenant une douleur et une panique légère avec lui.

Mais non. Jeremy n'était rien d'autre qu'un béguin temporaire. C'était un gamin gay de vingt ans. Il déménagerait bientôt, et il voudrait faire des frasques, comme Chris l'avait fait à cet âge-là. Et même si Jeremy voulait un jour s'installer, même s'il était intéressé d'être dans un couple « hétéronormatif », il serait loin d'ici là, et ce serait bien trop tard.

— **TRIX,** il faut que je te dise quelque chose.

Ils rentraient en voiture de la foire, et Janie s'était endormie immédiatement dans le siège à l'arrière. Chris savait qu'il devait le dire. Il aurait dû le dire il y avait des mois.

— Qu'est-ce qui se passe ? demanda Trix en tendant la main pour lui presser le bras, inquiète.

Ils étaient tellement bons amis. Ils l'étaient. Et il pouvait le faire. Ils pouvaient parler ouvertement. Il y avait trop en jeu pour ne pas le faire.

— C'est, hum… Peut-être que John l'a mentionné… Je veux dire, je suppose que j'ai toujours présumé que tu le savais. Mais… je suis bisexuel. La dernière relation que j'ai eue, à Denver, était avec un homme. J'ai été avec plus d'hommes que de femmes, pour être honnête. Je voulais juste… m'assurer que tu le savais.

Trix jeta un coup d'œil au siège arrière pour s'assurer que Janie dormait. Elle ne semblait pas particulièrement choquée.

— Je le sais, Chris. Je connais les filles avec qui tu es sorti au lycée. J'étais là, tu te rappelles ? Et je sais que tu affichais ta sexualité à Denver. John me l'a dit.

— OK. Bien.

Chris sentit une bouffée de soulagement. Ses mains se détendirent sur le volant, ses articulations étaient douloureuses, tellement il l'avait serré fort.

— Est-ce que tu, hum, as des questions ? À ce sujet ?

Trix joua avec sa ceinture de sécurité d'une main et l'autre resta sur son bras, ce qui sembla bon signe.

— Je suppose que j'aimerais savoir ce que tu veux, Chris. Réellement et vraiment.

Mon Dieu, comme s'il le savait. Mais il le savait. Il pensait le savoir.

— J'ai essayé d'avoir une relation monogame avec un homme. Elle n'était pas saine. Je veux… Je vous veux toi et Janie, un foyer pour toujours, tu sais, genre un Labrador, dit-il en riant nerveusement. Et peut-être d'autres enfants.

Trix soupira et eut l'air soulagée.

— Bien. Ne t'inquiète pas, Chris. Ça me va si nous sommes… je ne sais pas, davantage comme des amis. J'ai eu l'amour de ma vie avec John. Honnêtement, je ne pourrai jamais le remplacer, et je n'ai pas l'intention d'essayer. Je me sens en sécurité avec toi, et ça me suffit. Janie a besoin d'un père dans sa vie. Et le ranch… je ne veux pas avoir à tout faire seule. C'est trop dur.

Chris fronça les sourcils en entendant ça. Trix le laissait tranquille sexuellement. Ce qui était une bonne chose. Alors pourquoi cela lui donnait-il une sensation si bizarre ?

— Je sais que tu n'es pas encore prête pour quoi que ce soit… dit Chris pour l'inciter à continuer, la nausée en bas de son ventre le rendant anxieux de battre en retraite.

— Je ne le suis pas, dit Trix fermement. Je ne suis pas prête.

— C'est bon. Nous n'avons pas à nous engager à quoi que ce soit tout de suite. Nous pouvons juste être amis encore un moment.

Peut-être que je ne suis pas prêt non plus. Et peut-être que ça devrait m'inquiéter.

— Je voulais que tu le saches, dit Trix, en le regardant d'un air inquiet. Puisque tu es honnête avec moi, je dois être honnête avec toi. Je suis sérieuse quand je dis que je ne cherche pas à remplacer John. Tu es mon ami, Chris, et je t'aime, mais ce ne sera jamais comme ça entre nous. Je n'ai plus ce qu'il faut. Et peut-être que ce n'est pas juste envers *toi*. Tu devrais y réfléchir.

— Je… suppose que je le savais déjà.

Mais c'était tout de même une chose qui donnait à réfléchir de l'entendre le dire à haute voix. *Ce ne sera jamais comme ça entre nous. Je ne t'aimerai jamais comme ça.* Pourtant, comment pourrait-il en vouloir à Trix de lui offrir un mariage vide ? N'était-ce pas ce qu'il lui offrait ?

Cette pensée était trop dure à supporter. Peut-être qu'elle avait tort. Peut-être qu'il avait tort aussi. Peut-être que l'amour qu'ils avaient l'un pour l'autre grandirait en quelque chose d'autre. Si ce ne serait pas Roméo et Juliette, au moins quelque chose de tendre, de plaisant et occasionnellement teinté de désir. Et n'était-ce pas davantage que la plupart des gens avaient ?

— Merci de comprendre, dit Trix sincèrement, les yeux un peu humides.

— Bien sûr.

Chris se demanda pourquoi son cœur semblait si lourd et simultanément vide alors qu'il venait d'obtenir ce qu'il voulait.

MABELINE Crassen sirotait sa deuxième tasse de café à sa petite table de cuisine, savourant le calme d'avoir à la fois Eric et Jeremy hors de la maison un mardi matin.

Elle se sentait aussi contente d'elle-même qu'une femme dans sa position avait le droit de l'être. Son plan pourrait en fait fonctionner. Eric travaillait au Big Basin depuis deux semaines maintenant. Trix se laisserait sans aucun doute prendre à ses charmes avec lui aussi proche d'elle.

Quant à Jeremy... la dernière fois que Mabe était passée au Merc, Minola avait mentionné qu'elle l'avait beaucoup vu dans le magasin dernièrement. Il s'habillait différemment aussi – il ne portait plus ses vêtements si larges qui auraient tout aussi bien pu être des sacs à patates. Et il lavait ses cheveux et les disciplinait avec le sèche-cheveux. Son habitude de regarder dans le vide avait pris une nature rêveuse et sentimentale. Et elle savait aussi qu'il avait retiré de l'argent à la banque pour ces cours d'équitation juste pour pouvoir être à proximité de Chris Ramsey. Pas qu'il l'avait admis, mais une mère savait ces choses-là.

Une mère savait d'autres choses aussi.

Jeremy était son bébé et il le serait toujours. Elle l'aimait profondément. Il avait été un bon fils, à travailler de longues heures dans ce *diner* et à l'aider à payer plus que sa part des factures. Elle aurait eu de tristes ennuis sans lui.

Mais elle n'était pas aveugle sur ses défauts. Il semblait qu'il avait eu le nez coincé dans un livre avant même d'apprendre à marcher. Il n'avait jamais été ce qu'on pourrait appeler sociable. Elle savait que ça n'avait pas été facile pour lui, il était si jeune quand Frank était allé en prison. Elle savait que les autres enfants l'avaient tourmenté à l'école.

Elle savait aussi qu'il était gay. Peut-être que c'était comme on disait, et que certaines personnes naissaient simplement comme ça. Ou peut-être que ça avait à voir avec la perte de son père quand c'était arrivé, ne pas avoir un homme adulte à proximité. Mais quoi que ce soit, c'était purement un fait maintenant. Ces magazines de santé pour hommes que Jeremy achetait et gardait sous son lit n'avaient rien à voir avec le fait de vouloir faire de l'exercice. Elle n'était pas née d'hier.

Donc elle l'avait un peu poussé vers Chris Ramsey, et oui, cela arrangeait ses plans pour Eric et Trix aussi. Beaucoup de choses pouvaient provenir d'une petite poussée. Et si quelqu'un savait ça du plus profond d'elle-même, c'était bien Mabe Crassen.

Je me demandais si tu avais du temps dans ton emploi du temps pour moi.

Elle se versa une autre tasse de café. Quel bazar ! Une femme de son âge prenait du poids juste en marchant dans le rayon boulangerie. Au moins, il n'y avait pas de calories dans le café. Elle le sirota pensivement.

Peut-être qu'elle avait été trop hâtive en disant non à Billy. Peut-être que c'était juste la petite poussée dont elle avait besoin pour elle-même. Elle n'était jamais allée plus loin que le lycée, mais Jeremy possédait un cerveau qui n'était pas arrivé de nulle part.

Elle émit un « hum » paresseux alors que des idées et des rêves et même le genre de frissons qu'elle n'avait pas ressentis depuis des lustres virevoltaient en elle. Puis elle se leva et alla dans sa chambre. Elle ouvrit la porte de la penderie et se regarda dans le miroir en pied à l'intérieur.

Elle secoua la tête.

— Mabeline Stucky Crassen, tu t'es vraiment laissée décatir. Hum-hum.

Elle se tourna dans tous les sens. Les temps avaient été durs pour avoir le luxe d'aller dans des salons de beauté ou d'avoir des vêtements sophistiqués. Et elle était mère célibataire depuis tellement d'années. Dieu savait que ses garçons se moquaient comme d'une guigne de son allure. Tout de même... Elle posa ses deux mains autour de sa taille, pinçant le tissu lâche de sa robe d'intérieur, et la serra. Les années n'avaient pas complètement supprimé son physique, pensa-t-elle. Il pourrait encore rester de la vie dans la vieille fille.

— Karen à l'institut de beauté me doit une faveur, pensa-t-elle à haute voix.

Elle avait fait assez souvent la baby-sitter pour Karen, une autre mère célibataire. Et elle avait refusé de prendre l'argent de la jeune femme en échange.

Est-ce qu'elle voulait vraiment faire le ménage pour Billy Stubben ? Pourrait-elle le supporter ?

Une chose était sûre, elle n'avait pas eu de raison de parler à Billy, pas même une seule fois depuis cette horrible journée il y avait si longtemps. Oh, elle l'avait vu en ville – lui seul, puis lui et sa femme Polly, puis tous les deux avec le petit John. Elle avait regardé à distance Billy enterrer Polly quelques années auparavant. Pas que Mabe ait senti une impression particulière de vengeance ce jour-là. Elle n'avait pas ressenti d'émotion ni dans un sens ni dans l'autre au sujet de la mort de la femme qui avait pris sa place, qui avait été la maîtresse de Big Basin et la femme de Billy Stubben. Elle avait seulement observé comment le passage du temps et le chagrin avaient tant volé à Billy, et pourtant avait tant laissé aussi.

Avec un hochement de tête déterminé vers son reflet, Mabe retourna à la cuisine et écrivit une brève note qu'elle déposerait dans la boîte aux lettres de Billy plus tard ce jour-là.

J'ai décidé que je vais faire le ménage pour toi sous quelques condicions :

1. Le cou est de 20 dollars de l'heure.

2. Tu dois être dans la maison quand je nettoi au cas où j'ai des questions.

3. Mardi matin ou samedi après-midi conviendré.

Laisse ta réponse au Merc puisque je vais là-bas en régulier.

Mabe

MERCREDI, Trix entra dans Big Basin et gara la Wrangler devant le ranch. Elle se sentait complètement épuisée. *Allons, ma fille. Un jour à la fois.*

Elle avait pris un rendez-vous pour voir le Dr Bennett ce matin après une nuit blanche. Heureusement, il l'avait fait entrer tout de suite. Janie, qui était maintenant dans les bras de Morphée dans le siège arrière, avait été de plus en plus agitée et se conduisait mal dernièrement, et la nuit précédente elle avait fait de terribles cauchemars. Quand Trix l'avait réveillée, elle avait pleuré pendant une heure.

Le Dr Bennett lui avait assuré que c'était normal.

— Mais ça fait presque un an depuis l'enterrement de John. Elle n'a que quatre ans. Je croyais que les enfants oubliaient les choses plus vite que nous.

L'expression compatissante et gentille du Dr Bennett mit un terme à cette idée.

— Ma chère, j'ai peur que perdre un parent ne soit pas quelque chose qui disparaît rapidement. Tous les enfants de quatre ans font leur numéro et testent les limites. Ajoute à ça le fait que Janie a probablement des sentiments au sujet de l'absence de son père qu'elle ne comprend pas et ne peut pas exprimer… La colère. Le chagrin. C'est parfaitement normal. Tout ce que tu peux faire, c'est l'aimer, la réconforter et fixer des limites cohérentes. C'est tout ce que n'importe quel parent peut faire.

C'était, pensait maintenant Trix, parfaitement normal. Parfaitement normal, pour une petite fille de se mettre en colère contre la vie de lui avoir enlevé son père. C'*était* injuste, et horrible. Et Janie était trop jeune pour devoir apprendre que la vie pouvait être cruelle.

Le passage chez le docteur avait entamé la liste de corvées de Trix pour la journée. Elle devrait appeler sa mère et lui demander de venir pendant que Janie faisait la sieste afin que Trix puisse accomplir ses tâches. Sa mère tenait toujours à l'aider. Tout le monde tenait à l'aider. Mais la plupart du temps, Trix voulait juste qu'on la laisse tranquille.

Elle sortit Janie de la voiture, espérant ne pas la réveiller. Mais Janie se réveilla et remua pour descendre. Quand Trix la posa sur ses pieds, elle partit vers le manège.

Eric montait Dustin, un magnifique hongre brun qu'ils avaient en pension pour une dame très tatillonne. Trix sentit une vague de colère. Elle aurait dû savoir qu'Eric apparaîtrait tôt ou tard sous son vrai jour. Elle lui avait donné un pouce – la permission de monter Stormy après son travail terminé – et il avait pris le bras. Il était là, montant le cheval d'une pensionnaire sans permission, et en milieu de matinée en plus.

De plus, il mettait Janie dans tous ses états pour monter.

Trix suivit sa fille jusqu'au manège, assez énervée.

Janie se tenait sur le barreau inférieur de la clôture quand Trix la rejoignit, regardant Eric et Dustin, son pouce dans la bouche – un autre comportement régressif qu'elle faisait dernièrement.

Trix posa les mains sur ses hanches et foudroya Eric du regard.

Il chevaucha Dustin droit jusqu'à la clôture et s'arrêta.

— B'jour, Trix. Salut, Rayon de soleil.

Il fit un sourire éblouissant à Janie, et le visage de l'enfant s'illumina.

Elle leva les bras.

— Je peux monter aussi ?

Quoi ?

— Janie, je dois parler avec Eric un instant, dit Trix fermement.

Elle regarda Eric de travers pour lui faire savoir qu'elle n'était pas contente.

Mais il ne descendit pas du cheval et ne sembla pas particulièrement alarmé.

— Mme Johnson a appelé l'écurie ce matin et a dit qu'elle se sentait toujours souffrante et a demandé si je pouvais sortir Dustin aujourd'hui. Je savais que tu avais emmené Janie en ville, donc j'ai pensé que j'allais y veiller. Les stalles sont déjà nettoyées.

Oh. Mme Johnson avait demandé à Eric de faire faire de l'exercice à Dustin. Vraiment ?

Ça n'avait pas échappé à Trix que ses clientes avaient remarqué Eric. Il était presque toujours dans l'écurie ces temps-ci, et elle avait surpris plus d'une d'entre elles à profiter de la vue. Hilary Morgan, qui n'avait que dix-huit ans, gloussait comme une poule annonçant l'arrivée d'un nouvel œuf quand il était à proximité. Dieu savait qu'il avait charmé Janie. Trix avait des difficultés à la garder hors des pattes d'Eric.

Et il était assis sur Dustin avec l'air, pour l'amour de Dieu, d'un vrai cow-boy. Au lieu d'un tee-shirt d'un groupe de rock détestable, il portait une chemise à carreaux qui était visiblement de chez Cartwright, et des bottes de cow-boy aussi. Tout ce qui manquait était le chapeau et il pourrait poser pour une pub de Marlboro.

Mais doux Jésus, que cette allure lui allait bien. Alors qu'elle était épuisée, une lourde chaleur brûlante s'accumula dans son ventre et entre ses jambes.

Eric la regardait, un sourire doux et entendu sur le visage.

Trix ferma les yeux un instant et soupira.

— OK. Merci Eric, d'avoir géré ça pour Mme Johnson.

— Pas de problème. J'irai boucher certains de ces trous de renard et de marmottes dans le pâturage ensuite. À moins qu'il y ait autre chose de plus urgent que je puisse faire pour toi ?

Là, c'était absolument un sous-entendu. Elle ouvrit les yeux et poussa un soupir fatigué.

— Non. Ces trous ont besoin d'être bouchés.

Ses joues s'échauffèrent sous le sous-entendu ridicule. Elle se tourna vers Janie :

— Viens, Microbe. Tu as besoin d'une sieste.

— Mais je veux monter avec Eric ! cria Janie, bruyamment et grossièrement.

Oh, Seigneur. Trix ne voulait pas d'une scène. Surtout pas devant Eric, lui montrant à quel point Janie était totalement hors de contrôle.

— Je peux la prendre, dit Eric doucement. Tu as l'air épuisée. Pourquoi ne vas-tu pas te reposer un moment ?

— Je ne peux pas…

— Je la ferai chevaucher dans le corral avec moi sur Dustin. Je peux la coucher dans le lit de camp dans l'écurie si elle a envie de dormir, ou elle peut m'aider pour les corvées. C'est une bonne assistante. N'est-ce pas, Rayon de soleil ?

— S'il te plaît, Maman ? l'amadoua Janie.

Trix émit un son d'exaspération.

— Janie est parfaitement capable de monter son propre poney. Ne veux-tu pas monter Annabelle ? Toi et moi, nous pourrons faire une promenade après ta sieste.

— Non, je veux monter avec Eric ! dit Janie très, très clairement.

Elle tendit les bras vers lui comme si elle avait deux ans.

Trix abandonna. Elle était trop fatiguée pour discuter. De plus, Dustin était une bête complètement placide, et Eric avait l'air à l'aise pour le guider.

— Bon. Si Eric veut te promener dans le manège, soit.

Eric fit faire un petit cercle à Dustin pour avoir le flanc du cheval tout contre la clôture. Il attrapa Janie et l'assit devant lui sur la selle. Elle s'installa contre lui, une petite main sur son bras et l'autre contre sa bouche, suçant son pouce, comme si elle s'installait pour une histoire avant de dormir. Eric hocha la tête vers Trix et commença à faire avancer Dustin.

Trix secoua la tête, estomaquée par le comportement de Janie. C'était habituellement une petite fille si indépendante, mature et grande pour son âge. Elle aimait monter son propre poney, et elle avait été toute fière pendant des jours le printemps précédent quand elle avait appris comment seller Annabelle toute seule. Elle gardait un petit tabouret rose à l'extérieur de la stalle d'Annabelle pour pouvoir être suffisamment haute afin de lui brosser le dos ou de mettre la selle et la sangler. Enfin, elle n'était pas montée en double comme ça depuis…

John. Quand elle était bébé puis un bambin, Janie avait l'habitude de monter comme ça avec John.

Trix ravala des larmes douloureuses. Il semblait que ni elle ni Janie n'allaient bien, et elle ne savait pas quoi y faire.

Elle retourna vers le ranch, où elle pourrait s'abandonner à son chagrin et à son épuisement, seule.

Chapitre Onze

JEREMY plana durant son service chez Nora lundi matin, le jour de repos d'Eduardo, puis à nouveau mardi après-midi. Mercredi, Chris vint chez Nora pour déjeuner avec son père, qui avait toujours ses béquilles. Jeremy était trop occupé pour venir leur dire bonjour, mais il surprit à plusieurs reprises le regard de Chris via le passe-plat, et c'était comme être frappé par le Saint-Esprit, ou ce que Jeremy s'imaginait que c'était. Une secousse électrique entrait par le haut de sa tête et le picotait jusqu'aux orteils.

Il remit des *chocolate kisses* sur l'assiette de Chris, cachés sous la tranche supérieure du sandwich.

Peut-être que Nora vit ces *kisses* qui n'étaient pas sur le menu, ou peut-être qu'il agissait simplement bizarrement. Elle vint dans la cuisine peu avant l'heure de fermeture.

— Hé, chéri. Tu peux faire une fournée de salade de chou avant de partir ce soir ? On en a presque plus.

— Bien sûr.

Jeremy retourna les deux steaks hachés qu'il avait sur le grill et repoussa quelques rondelles d'oignon.

Nora appuya sa hanche contre le comptoir et étudia le visage de Jeremy.

— Quoi ? J'ai quelque chose sur le nez ?

Il s'essuya le nez avec l'intérieur de son avant-bras.

— Ouais, ton bras, mon mignon. Je pensais juste que tu rayonnais un peu ces temps-ci. Tu as une copine ?

— Moi ? dit Jeremy, tout innocent.

— Pourquoi pas ? Tu es beau.

— Non.

— Si. Et jeune aussi. Enfin, tu es frais comme un gardon.

— Non, protesta Jeremy. La plupart du temps, je me sens comme Mathusalem.

Nora renifla.

— Oh, mon cœur. Tu vois ça ? C'est pour ça que les gens de cette ville ne te comprennent pas. Tu devrais dire : « Je ne suis pas un gardon ! » avec un petit accent traînant. Au lieu de « Ma foi : non. Et maintenant, je vais faire une référence qui va vous passer au-dessus de la tête », dit Nora d'une voix snob.

Jeremy se mit à rire.

— Mais parler comme ça ne *va pas* m'aider quand j'essaierai d'impressionner quelqu'un *qui n'est pas* de Clyde's Corner.

— Oh, ces gens-là. Qui se soucie d'eux !

Nora agita une main dédaigneuse.

Jeremy secoua la tête. S'il voulait être écrivain, il devait avoir quelque chose à dire et le dire bien. Nora pouvait le taquiner de « bien parler », mais il savait qu'il avait encore du chemin à parcourir pour avoir l'air sage. Sur quoi que ce soit.

— Non, je te comprends, fiston, dit Nora en arrêtant de le taquiner. Je suis allée à l'université. Je peux laisser tomber le ton nasillard quand j'en ai besoin. Mais, à la vérité, c'est plus amusant de parler avec. Et quand tu es une grosse fille comme moi, faut au moins être amusante et avoir les pieds sur terre.

Jeremy renifla et la regarda de haut en bas. Nora devait avoir environ trente ans, et elle avait vingt bons kilos de trop. Cependant, elle gardait ses cheveux bruns coupés au carré et portait du rouge à lèvres. Elle était assez jolie. Pour une fille.

— Je suis sûr que tu es pile à la bonne taille pour beaucoup d'hommes, dit Jeremy.

Nora s'éventa.

— Seigneur, continue ! Bien sûr, dire « pour beaucoup d'hommes » te sort du pétrin. Crois pas que je n'ai pas remarqué.

— Je ne pensais pas que j'étais ton type.

— Tu l'es pas. Trop jeunot. J'aime les vrais hommes, tu sais ?

— Bien sûr.

— En tout cas, j'y pense. Je te ferai savoir comment ça se passe si j'en trouve un, un jour.

Nora gloussa de sa propre blague et retourna à l'avant par la porte battante.

MÊME distrait comme il l'était, Jeremy ne put s'empêcher de remarquer que tout le monde *Chez Crassen* [7] agissait bizarrement cette semaine.

7 En français dans le texte.

Sa mère s'était fait teindre et couper les cheveux, et elle portait du maquillage la moitié du temps. *Du maquillage*. Elle n'avait même pas l'air d'être la même personne.

Quand Jeremy était petit, sa mère était si jolie. Il le lui avait dit souvent quand il était enfant, il s'en souvenait. *Tu es la plus jolie maman du monde*, lui disait-il. Et elle riait.

Mais après que son père fut allé en prison, elle s'était laissée aller. Peut-être qu'il était vrai que finalement l'extérieur s'alignait avec l'intérieur, comme Dorian Gray à l'envers. Elle avait été amère et en colère depuis, et il ne lui en voulait pas. Ils avaient été sacrément mal lotis dans la vie. Elle avait seulement dix-huit ans quand elle avait eu Eric. Difficile de croire qu'elle avait deux ans de moins que Jeremy maintenant. Donc vraiment, elle n'était pas *si* vieille.

Était-il possible que sa mère ait rencontré un homme ? Pour autant que Jeremy le sache, elle n'était pas sortie une seule petite fois depuis que son père était mort en prison. De plus, elle ne l'embêtait pas tout le temps sur son rôle dans le « plan » non plus, ce qui était hautement suspect. Non, elle ne faisait que lui sourire comme si elle connaissait toutes les pensées secrètes et sexy dans sa tête, comme si elle savait que Chris l'avait embrassé.

Ce qu'elle ne pouvait pas savoir. Impossible.

Puis il y avait Eric. Jeremy n'avait jamais vu son frère aussi concentré et déterminé à quoi que ce soit. Eric avait l'habitude de dormir tard, puis de flemmarder dans la maison le matin jusqu'à ce que Jeremy aille au travail. Maintenant, quelle que soit l'heure matinale à laquelle Jeremy se levait, il était déjà parti. Et quand Jeremy rentrait à la maison après son service au *diner*, au lieu de trouver Eric qui restait là à ne rien faire dans le jardin avec ses amis, à boire de la bière, ou parti en virée, il était soit déjà au lit endormi, soit il venait de rentrer, l'air épuisé et crasseux de poussière et de crottin de cheval et empestant la sueur.

De la sueur. Eric Crassen. C'était un peu effrayant, pour être honnête. Jeremy avait l'impression d'avoir glissé dans un univers alternatif sans le savoir.

Jeudi matin, Jeremy se réveilla à l'aube d'un rêve tentant dans lequel Chris l'embrassait à nouveau, d'abord sur la bouche, puis de plus en plus bas, jusqu'à ce que le Chris du rêve fasse une chose à laquelle le vrai Jeremy avait fantasmé quasiment un milliard de fois. Dans le rêve, la vague sensation de son sexe dans la bouche de Chris était atrocement excitante, mais n'avait pas *tout à fait* la friction suffisante. Il se réveilla haletant et douloureux, et il ne lui fallut qu'une demi-douzaine de lentes caresses de sa main, remontant son prépuce et le refermant sur son gland, avant qu'il jouisse, ses cris étouffés par son oreiller.

Ensuite, il ne se rendormit pas comme il le voulait. Il y avait un son étrange de *bam, bam* qui provenait de l'arrière-cour qui le garda éveillé, et son esprit commença à ressasser des tactiques et des scénarios possibles pour voir Chris ce jour-là. Donc il se leva pour faire du café.

Par la petite fenêtre au-dessus de l'évier de la cuisine, il vit Eric dans l'arrière-cour broussailleuse, s'exerçant à la corde.

Jeremy leva les yeux au ciel, même s'il était secrètement impressionné, parce qu'il était un petit frère après tout. Il sortit par la porte de derrière, habillé uniquement avec le bas de son sous-vêtement long rouge dans lequel il préférait dormir. Leur mobile

home était à rayures blanches défraîchies et bleu clair.
Leur arrière-cour consistait en un patio fait d'une dalle
de béton avec un vieil auvent dessus et un petit carré
d'herbe. Mais ils étaient au bord du lotissement de
mobile homes, donc ils bordaient un terrain adjacent
et embroussaillé, ce qui était sympa. Au moins, ils
ne pouvaient pas voir les voisins depuis leur arrière-
cour. Jeremy s'assit sur une vieille chaise pour patio
en métal et regarda Eric balancer le lasso au-dessus de
sa tête puis l'envoyer voler vers la statue d'un gnome
qu'il avait posée sur quelques parpaings. Il la rata,
mais de peu.

— De quelle planète viens-tu, et est-ce que mon
frère est mort ou tu as son âme dans une bouteille
quelque part ?

Les premiers mots de Jeremy de la journée furent
un peu rauques, mais étaient tout de même empreints
du sarcasme approprié.

— Quoi ?

Eric accorda un bref coup d'œil à Jeremy alors
qu'il rassemblait la corde en un rouleau.

— Monter des chevaux. Apprendre à lancer un
lasso. Avant que tu t'en rendes compte, je rentrerai du
travail et tu seras habillé en clown de rodéo, roulant
dehors dans un tonneau.

Jeremy pouvait l'imaginer, en plus. Cette pensée le
fit sourire. Bon sang, il paierait cher pour voir ça.

— Tais-toi.

Eric lança à nouveau le lasso. Il passa presque par-
dessus le gnome, mais au dernier moment, tomba sur
le côté.

— Oooh ! Presque, commenta Jeremy depuis le
poulailler.

Eric l'ignora et rassembla à nouveau la corde.

— Sérieusement, c'est quoi toute cette merde de cow-boy ? Tu t'en moquais toujours avant. Tu es vraiment déterminé à ce point au sujet de Trix Stubben ?

Eric marqua une pause dans son entraînement et se gratta le cou de sa main libre.

— Je suppose que, même si les choses ne fonctionnent pas avec Trix, je pourrai probablement trouver un travail quelque part dans un ranch. Ben a dit qu'ils cherchaient toujours de l'aide à certains moments de l'année.

Eh bien, n'était-ce pas une tape sur la tête ?

— Tu apprécies vraiment de faire le cow-boy. Il ne s'agit pas que du plan de maman, dit Jeremy d'un air inexpressif, comme une affirmation, mais sur un ton qui suintait l'incrédulité.

— Ouais, ça me plaît. Et je suis doué. Alors, ferme-la, dit Eric avec une once de contrariété. Tout comme Chris Ramsey te plaît vraiment. Ne prétends pas le contraire. J'ai vu comment vous vous regardez durant les cours d'équitation.

Eric marqua une pause dans son entraînement suffisamment longue pour faire les yeux doux, puis enfoncer un doigt dans sa gorge et s'étouffer.

Le cœur de Jeremy commença à tambouriner, alarmé. Il n'avait jamais en fait dit les mots « Je suis gay » à qui que ce soit, pas même à Eric. Et il n'était pas certain de la réaction de son frère. Soudain, il était gelé dans l'air matinal. La chair de poule remonta le long de ses bras maigres et nerveux.

— Alors ? réussit à dire Jeremy.

— Alors, quoi ?

Eric haussa les épaules, comme s'il n'était nullement intéressé.

Il fit tourner la corde au-dessus de sa tête et la lança. Il était loin d'être aussi bon que Ben, qui pouvait faire danser la corde en une boucle parfaite avec à peine un petit coup du poignet, mais il n'était pas complètement nul non plus. Le lasso atterrit autour du fichu gnome, et Eric tira avec un cri de joie pour le resserrer. Ce qui bien sûr attira le gnome des parpaings sur l'herbe. Mais il était pris au lasso, bel et bien.

— Hourra ! hurla Eric.

Il sauta dans l'air et bondit vers Jeremy, sa main levée pour qu'il lui en tape cinq. Jeremy se leva et tapa.

— Impressionnant, frangin.

Eric sourit, puis, parce qu'il était submergé par un marinage complexe d'émotions rempli de plus d'éléments non identifiables que le « bœuf surprise » de Mabe, Jeremy tendit les bras et étreignit Eric.

— Mec ! dit Eric en étreignant Jeremy en retour. Ce n'était pas si génial.

Jeremy aboya d'un rire tremblant.

— Non, juste… merci de ne pas avoir de problème avec… tu sais.

Eric posa les mains sur les avant-bras de Jeremy et le repoussa. Il avait le front plissé, mais souriait.

— Hé, andouille, peu m'importe que tu sois gay. Je suis juste content que tu interagisses avec de vraies personnes au lieu de griffonner dans ton livre tout le temps, dit-il en haussant les épaules. Ça me laisse plus de femmes. Surtout si tu peux faire changer d'avis Chris.

Le visage d'Eric s'assombrit.

— Trix a besoin de moi. Elle travaille si dur. Et avec Janie… continua-t-il en regardant Jeremy dans les yeux, plus sérieux qu'il ne l'avait jamais vu. Et le ranch est tellement… Est-ce que tu as déjà senti que tu avais vraiment ta place quelque part ?

Jeremy, en fait, était sûr de ne jamais avoir eu sa place quelque part, à moins que ce soit dans ses histoires, ou peut-être avec Chris quand ils s'étaient embrassés. Il n'avait voulu être nulle part ni avec personne d'autre en cet instant.

— Je suppose que je sais ce que tu veux dire.

Eric haussa les épaules.

— Eh bien, c'est ce que je ressens à Big Basin. Hé, tu veux parier vingt billets que je peux remettre le lasso sur cette statue en trois essais ?

Jeremy renifla.

— Oui, parce que je n'ai rien de mieux à faire avec vingt dollars.

— Vis un peu, Frangin ! Tu pourrais doubler ton argent.

— Ou le perdre, dit Jeremy en agitant sa main vers lui en bâillant. Non. Je retourne au lit.

Sage décision, parce qu'avant même que Jeremy ne soit retourné dans la maison, le cri de victoire d'Eric s'éleva de nouveau.

JEREMY entra dans le Merc à 12h30, une demi-heure avant que son service commence chez Nora. Cela faisait quatre jours entiers depuis le baiser de ce dimanche matin, et Jeremy pouvait à peine aligner deux pensées. Il avait de nouveau l'impression d'avoir quinze ans, et d'être tellement rempli d'hormones et d'un désir intense purement physique qu'il marchait avec une érection inopportune. Peut-être que Chris le désirait tout autant. Ou un peu. Il se contenterait d'un peu. Et Chris *était* venu au *dîner* avec son père le jour précédent, alors…

Chris était à la caisse à enregistrer un client quand Jeremy entra.

Jeremy se sentit un début d'excitation rien qu'en *voyant* Chris. Il se dirigea vers les allées, tout en essayant de se la jouer cool. Il traînassa dans le rayon médicaments jusqu'à ce qu'il entende les clients partir. Il prit un flacon d'aspirine Bayer, avec l'intention de l'apporter à la caisse, mais quand il se retourna, Chris était là.

— Oh ! Hé, dit Jeremy, surpris.

— Hé.

Oh, le niveau d'éducation de leur séduction. Sérieusement.

Chris lui sourit, et l'expression dans ses yeux provoqua pratiquement la combustion spontanée du jean de Jeremy. *Gah.* Oubliez le niveau d'éducation, sa langue avait complètement oublié comment parler, et il en était réduit à le regarder fixement, figé comme une statue, peut-être intitulée « Désir Maladroit ».

Un coin des lèvres de Chris se souleva, le crétin suffisant.

— Jusqu'à quelle heure travailles-tu ce soir ? Je pensais que nous pourrions aller pêcher plus tard, s'il fait encore jour.

Jeremy hocha la tête.

— Oui. OK. Je veux dire… je débauche à vingt heures.

Chris souleva un sourcil et laissa ses yeux tomber sur les lèvres de Jeremy.

— Plutôt sûr de toi.

Ha, ha, ha. Oh putain.

Un homme avec l'esprit vif, et un minimum d'expérience, aurait rendu la plaisanterie d'un ton ironique. Gary Prince l'aurait fait. Mais Jeremy avait un mètre quatre-vingts de besoin palpitant et était vierge, et il ne pouvait tout simplement pas faire apparaître son sens de l'humour à travers la brume.

Il regarda autour de lui et, confirmant qu'ils étaient seuls, il posa sa paume sur le ventre de Chris. Il ne fit que la poser là, sur sa chemise, quelque part aux alentours de son nombril et au-dessus de sa ceinture. Il voulait toucher *quelque chose*, et c'était l'endroit le plus proche sans peloter des organes génitaux en public.

Les yeux de Chris s'assombrirent et il s'arrêta de sourire. Il parla à voix basse.

— Bon sang. Je te ramènerais dans le bureau tout de suite si je le pouvais.

— OK, dit Jeremy instantanément.

— Non, je ne peux pas. C'est aussi le bureau de mon père, et il traîne plus souvent dans le coin, dit-il en attrapant la main de Jeremy et la serrant. Ce soir ? Vingt heures ? Tu veux me retrouver ici et je peux conduire ?

— Bien sûr.

Jeremy aimait la sensation de la main de Chris dans la sienne, sèche, chaude et tellement prometteuse. Cela lui donnait encore plus envie de toucher tout le reste, encore le ventre de Chris et tout ce qu'il pourrait atteindre d'autre.

Peut-être qu'il était censé partir à ce moment-là, mais il ne fit que se tenir là.

Chris sourit et lui lâcha la main.

— Tu es mignon, dit-il en lui faisant un clin d'œil.

Il tendit la main et repositionna une mèche des cheveux de Jeremy derrière son oreille, ses doigts effleurant le pavillon sensible.

À ce moment-là, Jeremy se retourna et quitta le Merc avant de faire quelque chose qu'il regretterait, comme pousser Chris Ramsey au sol et lui arracher ses vêtements dans le rayon antidouleur et couches pour adultes du Mercantile de Clyde's Corner.

LES jeudis, Trix déjeunait au *diner* de Nora avec ses parents et Janie. Ils étaient tous ranchers, et entre leurs corvées et les siennes, ils ne se retrouvaient pas très souvent. Cependant, la mère de Trix s'était assurée qu'ils se voient au moins une fois par semaine depuis que John était mort.

— Je vais avoir trois cents têtes cette année, lui dit son père avec un grognement de satisfaction. Tous fermiers et nourris à l'herbe du début à la fin. On se penche sur ce Certificat Certifié Sans Cruauté. Tu obtiens ça, et tu peux doubler le prix par livre.

— C'est merveilleux, Papa. C'est une bonne chose de toute façon, tu sais ?

— Eh bien, nous avons toujours fait du mieux que nous pouvions dans ce domaine. Mais si quelqu'un veut me payer davantage pour le faire à leur manière et que c'est mieux pour les animaux, je suis complètement pour, acquiesça son père.

C'était un ancien rancher à bétail d'une race qu'on ne faisait plus, dur et travailleur. Trix avait adoré grandir dans un ranch, mais c'était les chevaux qui l'avaient toujours fascinée. Et même si elle était loin d'être végétarienne, elle appréciait le fait qu'élever et héberger des chevaux ne requerrait que de l'amour, un dos puissant et de la constance. Elle n'avait pas la peau dure requise pour élever des animaux à viande. John ne l'avait pas vraiment eu non plus. C'est pour ça qu'ils avaient vendu le bétail quand ils avaient repris Big Basin.

— Est-ce que tu es allée à l'école pour inscrire Janie à la maternelle en septembre ? demanda sa mère. Elle aura cinq ans en novembre.

Trix grimaça et tendit une main pour toucher les cheveux de sa fille. Janie était complètement absorbée par son nouveau jouet, un cheval que ses parents lui avaient offert, pliant ses jointures articulées en diverses poses. Janie était très gâtée, et c'était une bonne chose.

— Maman, je te l'ai dit, ils ont expliqué que ça dépendait de nous. Je pense qu'elle pourrait avoir besoin de rester une autre année à la maison après… tout ce qui s'est passé.

— Est-ce que tu veux la garder à la maison pour son bien ou pour le tien ? demanda sa mère, doucement. Elle est si intelligente, chérie. Je pense qu'elle adorerait l'école, ça l'éveillerait davantage ! Tu ne veux pas qu'elle prenne du retard.

— C'est dur d'élever un enfant toute seule et de diriger aussi un ranch, ajouta son père.

Comme si elle ne le savait pas aussi bien que n'importe qui sur terre.

— Comment t'entends-tu avec Chris ? demanda sa mère comme par hasard.

— Les choses se passent bien. Tout à fait bien, dit-elle en jouant avec sa salade avant de regarder fermement sa mère. Mais j'y vais lentement. C'est le mieux que je puisse faire actuellement, et il le comprend.

Sa mère tendit le bras pour lui tapoter la main.

— Ne laisse personne te presser, et tu iras bien.

Vraiment ? Qu'est-ce que ça voulait dire ? Quelle était la définition de « bien » ? Ne pas se suicider ? Pouvoir de nouveau sourire et être sincère ?

— Merci, Maman, dit Trix.

— Juste une chose : si tu contiens les braises trop longtemps, elles peuvent finir par s'éteindre, dit sa mère sagement.

— C'est vrai, mon chou, acquiesça son père. Aucun homme ne t'attendra pour toujours.

Trix savait qu'ils étaient seulement inquiets pour elle, et son père voulait simplement savoir qu'elle avait un homme dans sa vie qui « prenait soin d'elle ». Mais c'était tout de même agaçant. John n'était pas parti depuis si longtemps que ça. Pourquoi tout le monde s'attendait-il à ce qu'elle tourne la page ?

— Janie, tu veux aller au pipi-room avec Maman ? demanda Trix.

— Pas besoin d'aller au pot, dit Janie en faisant caracoler son cheval le long du bord de la table, sa petite langue dépassant sous la concentration.

— Très bien. Reste là avec Mamie et Papy, alors. Je reviens tout de suite.

Elle fit un sourire crispé à ses parents et se glissa hors du box.

Dans les toilettes, elle s'assit dans une cabine, la tête dans les mains. Au moins, Nora gardait l'endroit frais avec une sorte de nettoyant au citron et une fenêtre ouverte en hauteur. Elle s'était assise ainsi bien trop de fois depuis que John était mort, se cachant dans les toilettes des sourires acérés et des bonnes intentions cruelles. Elle se demandait si viendrait un jour où elle se rendrait compte qu'elle n'avait plus l'envie de s'échapper, même momentanément.

Elle était sur le point de se moucher le nez et de retourner à la table quand la porte des toilettes s'ouvrit et que deux femmes entrèrent.

— Tu as vu que Trix Stubben est là avec ses parents ? demanda une femme avec désinvolture.

— Oui. Elle a l'air bien, la pauvre.

— Soi-disant qu'elle et Chris Ramsey se dirigent vers l'autel.

Celle qui parlait entra dans la cabine à sa droite. Trix remonta ses chaussures, ne voulant pas qu'elles se rendent compte que c'était elle. Que c'était embarrassant !

Les tuyaux gémirent lorsque l'autre femme tourna le robinet.

— Je ne parierais pas là-dessus, dit celle qui se lavait les mains avec une méchanceté dans le ton.

— Pourquoi pas ? demanda l'autre.

— Parce qu'Eric Crassen s'est subitement trouvé un travail au Big Basin. Ce garçon lui tournera la tête, retiens mes paroles !

— Non ! dit l'autre femme, semblant à la fois horrifiée et titillée. Trix est plus futée que ça ! Pourquoi abandonnerait-elle un bon garçon comme Chris Ramsey pour quelqu'un comme Eric Crassen ?

— Les femmes ont fait des choses plus stupides pour des hommes bien moins beaux qu'Eric, continua la femme, d'une voix suffisante. Et tu te rappelles que Mabe avait l'œil sur Billy Stubben et Big Basin à l'époque ? Peut-être qu'elle a encore dans l'idée d'améliorer la situation des Crassen. Je ne serais pas du tout surprise si Eric obtient de Trix de l'épouser. N'oublie pas, je l'ai dit la première.

La porte s'ouvrit dans la cabine d'à côté et l'eau se remit à couler dans le lavabo.

— J'espère que tu as tort. Même si je n'imagine pas que ça finira bien, dit-elle, désapprobatrice.

— Ce n'est jamais le cas.

Le duo quitta les toilettes.

Trix avait une envie puissante de rire. Elle émit un petit gloussement triste lorsqu'elle quitta la cabine et se lava le visage. Elle se regarda dans le miroir.

Les commérages dans cette ville ! Sérieusement ! Ils pourraient l'imaginer enceinte et fiancée au pasteur de la ville ensuite. Ou passer ses nuits à coucher avec des étrangers à Butte.

Elle ricana à son reflet, mais le rire mourut lentement et la sensation lourde dans sa poitrine revint.

Stupide commérage. Eric avait eu besoin d'un travail, c'était tout. Il n'avait pas commencé à travailler au Big Basin avec le désir de la séduire. De plus, elle était encore en deuil. Elle pouvait à peine ressentir quoi que ce soit pour Chris, encore moins pour qui que ce soit d'autre.

Quant à Eric et Mabe Crassen qui en auraient après son ranch… c'était ridicule, totalement.

Avec un hochement de tête résolu, elle s'essuya le visage et quitta les toilettes.

Chapitre Douze

LE coucher de soleil était prévu à 20h58 d'après l'Internet. C'était parfait en ce qui concernait Chris. Cela leur donnait à Jérémy et à lui juste assez de temps pour arriver à la rivière et s'installer avant que le crépuscule les cache à des possibles témoins.

Dieu le saura. Et toi aussi.

Oui, il le saurait. Il se sentait toujours un peu coupable de faire ça, mais il allait le faire quand même. Il semblait incapable de rester éloigné de Jeremy. Pas pour son propre bien, et absolument pas pour celui de Jeremy quand il le regardait comme il le faisait, tout en désir et puissant besoin. Chris se souvenait de ce que ça avait été de grandir à Clyde's Corner, rêvant d'être avec un homme. Il n'avait lui-même pas pu agir avant l'université.

De plus, après sa discussion avec Trix, il ne se
sentait plus aussi confiant à leur sujet qu'il l'avait été
autrefois. C'était comme si quelqu'un avait allumé
une lumière, et il n'était pas sûr d'apprécier ce qu'elle
révélait. Il avait pris délibérément la décision qu'il
allait explorer ces sentiments avec Jeremy sans plus
attendre. S'il était censé être avec Trix, ça serait clair
une fois qu'il aurait sorti Jeremy de son système. Et
s'il n'était pas censé l'être… eh bien, peut-être que ça
deviendrait évident aussi.

À l'arrière de sa Jeep, il mit deux couvertures de
camping propres, un pack de six bières, et quelques en-
cas, dans l'éventualité où Jeremy aurait faim. Il y mit
des préservatifs et du lubrifiant aussi.

Il était excité et nerveux, plus qu'il ne pouvait
trouver de raisons. C'était vrai, il n'avait pas été avec
un homme depuis presque un an, mais à l'époque,
il avait eu beaucoup d'expériences avec des plans
dragues. Mais Jeremy était différent. Chris n'avait
jamais été attiré si puissamment par une personne
avant, et Jeremy… Ce simple geste de poser sa paume
sur le ventre de Chris… Bon sang. Ça l'avait presque
tué sur place.

— Qu'est-ce qui t'arrive ? demanda son père
lorsque Chris laissa échapper les essuie-tout qu'il
empilait.

— Rien.

Alors qu'il boitillait, son père marqua une pause
dans le rayon et regarda Chris de haut en bas. Il s'était
douché et pomponné, et ce devait être évident.

— Tu vois Trix ce soir ?

— Pas ce soir, non, répondit-il prudemment.

Son père inspecta le travail que Chris était en train
de faire.

— J'ai mis les essuie-tout Bounty sur le rayon du haut parce que la marque la moins chère part plus vite et qu'elle devrait être plus facile à attraper.

— Si les Bounty étaient plus faciles à atteindre, les gens les achèteraient peut-être à la place, et alors on gagnerait un peu plus.

Son père fronça les sourcils, se demandant à l'évidence s'il devait ou voulait en débattre.

— Mets les Bounty sur le rayon du haut s'il te plaît, répéta-t-il avant de s'éloigner en secouant la tête.

Chris les mit sur le rayon du haut, agacé. Il ne cessait de dire à son père de se reposer, mais il disait qu'il s'ennuyait à rester assis à ne rien faire, donc il boitillait dans le magasin, de plus en plus pénible. Il devait parler à son père de prendre sa retraite. D'un autre côté, les choses avec Trix étaient encore tellement vagues. Est-ce qu'il finirait par diriger le Merc ou pas ?

Trix. Et Jeremy, se rappela-t-il. Son cœur s'effondra et se serra. S'il avait été plongeur, cette acrobatie aurait été digne de l'or olympique.

Il regarda sa montre. Plus que deux heures.

JEREMY arriva au Merc quelques minutes après 20 heures. Le magasin étant déjà fermé, Chris l'attendait sur Main Street près de sa Jeep.

— C'était rapide, dit-il, alors que Jeremy approchait à grands pas.

— Il faut qu'on profite du jour.

Le visage de Jeremy avait rougi.

Sans perdre plus de temps en discussion, ils montèrent dans la Jeep et Chris démarra à bonne vitesse, se dirigeant vers le pont sur Sumptown Road.

— Comment s'est passé le travail ? demanda Chris.

Il plaça nonchalamment sa main sur la cuisse de Jeremy, avec seulement l'intention de la serrer et de la retirer ensuite.

— Je pense que j'ai foiré une commande sur deux. Difficile de cuisiner quand tu es…

— Ouais, dit Chris, la gorge serrée.

Il avait aussi passé l'essentiel des six dernières heures à lutter contre une érection.

Jeremy vibrait pratiquement dans son siège, alors il défit sa ceinture de sécurité et rampa pour placer ses lèvres sur le côté du cou de Chris et sa main sur son ventre, exactement où il l'avait mise un peu plus tôt dans la journée. La sensation du souffle de Jeremy sur sa peau, la légère succion de ses lèvres, fit que Chris les fit presque sortir de la route.

— Tu ne devrais pas… *merde*, Jeremy. Tu ne devrais pas enlever ta ceinture.

— Peu m'importe, dit Jeremy, la voix étouffée.

Chris le laissa donc faire, tout en ralentissant et conduisant prudemment. Il y avait très peu de circulation à cette heure de la journée, là où ils allaient. Et heureusement que le pont n'était pas loin, parce que Jeremy n'avait pas l'intention de cesser de bécoter son cou de sitôt, et Chris ne voulait pas qu'il arrête. Sa main était encore sur la jambe de Jeremy et il frotta l'intérieur de sa cuisse par-dessus le denim, le pouce contre la couture pendant que Jeremy frottait son nez contre son cou, tremblant de désir.

Oh, les choses que je vais te faire, pensa Chris, et il ne regrettait absolument rien. Il ne se rappelait plus depuis quand il ne s'était pas senti aussi vivant.

Ils arrivèrent au pont et Chris s'arrêta sur le parking en terre. Il n'y avait personne aux alentours, juste la beauté précédant le coucher du soleil lors d'une journée estivale du Montana. Les pins se balançaient légèrement dans une brise bienvenue. Chris mit la voiture au point mort, éteignit le contact et se tourna dans son siège pour embrasser Jeremy, prenant sa bouche avec la force et la finesse de montagnes russes dans une descente précipitée.

Jeremy gémit, ses hanches se soulevant de son siège.

Mince. Il était tellement prêt. Dans une minute, ils coucheraient ensemble juste là, sur le siège avant de sa voiture alors que toute la nature était juste derrière la portière.

Chris recula et attrapa les mains baladeuses de Jeremy dans les siennes pour les arrêter.

— J'ai amené une couverture. Allons après le tournant. Viens.

Jeremy hocha la tête, même si ses yeux restèrent à moitié-clos. Prenant une profonde inspiration, il ouvrit la portière côté passager et sortit. Chris attrapa les affaires dans le coffre, en tendit la moitié à Jeremy, et ils se mirent en route. Ils ne se donnèrent même pas la peine de prendre le matériel de pêche.

Lorsqu'ils rejoignirent l'endroit où avait eu lieu leur premier baiser – était-ce seulement dimanche dernier ? – Chris posa son chargement et déplia la couverture. La berge était épaisse, avec de l'herbe haute et jonchée de cailloux, mais Chris trouva un carré d'herbe relativement régulier, étendit la couverture dessus et la piétina.

Jeremy défit ses bottes de travail, ses longs cheveux lui tombant dans les yeux, et Chris enleva ses chaussures. Il restait encore de la lumière du jour, mais il était peu probable que qui que ce soit vienne pêcher aussi tard, et Chris s'en moquait. Jeremy tomba sur lui, et le duo se retrouva sur la couverture, avec la férocité de garnements affamés sur un rôti de porc.

Couché à l'horizontale côte à côte avec Jeremy pressé contre lui, l'embrassant, était à peu près la meilleure chose que Chris ait ressentie de toute sa vie. Les vagues de plaisir qui ondulaient à travers lui, du haut de sa tête à ses orteils, ne tournaient pas toutes autour du sexe. On aurait plus dit… de la joie. Il y avait une lumière en Jeremy, et elle débordait et remplissait Chris aussi. Rien n'avait jamais semblé aussi sensé que cet homme dans ses bras – mince, mais fort, dur et en manque d'affection, et tremblant d'enthousiasme.

Les grandes mains de Jeremy erraient, apparemment sans rime ni raison, tandis que Chris se concentrait pour enfouir ses mains dans des longs cheveux et l'embrasser à lui en faire perdre la raison. Puis les mains de Jeremy trouvèrent ses fesses et les serrèrent tandis qu'il faisait pression fortement contre lui. Il gémit, du fond de sa gorge, comme s'il était mourant, et, *bon sang*, la pression sur son sexe dur et sensible envoya Chris trébucher trop près du précipice.

Il recula un peu.

— Ralentis, dit-il en riant. Je ne suis pas aussi jeune que toi. J'ai cette chose qu'on appelle une période réfractaire.

Jeremy s'immobilisa et s'effondra sur le dos.

— Je suis… je ne suis pas très expérimenté. Ou, hum, pas du tout.

Il avait l'air inquiet, et Chris sourit pour le rassurer.

— Je comprends. C'est une petite ville. Je n'avais jamais fréquenté d'homme avant de quitter Clyde's Corner non plus.

— J'ai regardé Grindr un million de fois, mais… ça semblait juste tellement triste. De faire ça avec quelqu'un que je ne connais même pas, au moins la première fois. Et je suis en quelque sorte timide.

— Vraiment ? le taquina Chris. Tu n'es pas timide avec moi.

— Gary Prince, marmonna Jeremy.

— Quoi ?

Jeremy se mordit la lèvre nerveusement.

— Parfois quand je veux me sentir plus sûr de moi, je fais semblant d'être quelqu'un d'autre.

Chris sentit un pincement de tristesse.

— Je t'apprécie comme tu es, Jeremy. Tu n'as pas à être quelqu'un d'autre.

Jeremy déglutit visiblement.

— C'est bien, parce que je ne cesse d'oublier d'être lui de toute façon. Mais est-ce qu'on peut… ne pas s'arrêter ? Tu n'as pas à t'inquiéter pour moi. J'ai regardé du porno. Quoi que tu veuilles faire, ça me va. Tu peux faire n'importe quoi.

Chris savait ce que Jeremy offrait, et il eut un pincement à un souvenir, se rappelant ce que c'était d'être naïf et gay et de penser que tous les gars plus âgés allaient juste vouloir le baiser par derrière, que ça lui plaise ou non.

Il roula au-dessus de Jeremy, l'immobilisant et alignant les renflements de leurs jeans, se balançant tout doucement, à le rendre fou. Il posa ses mains de chaque côté du visage de Jeremy.

— Si tu parles de l'anal, ce n'est pas quelque chose que je ferais avec un homme immédiatement. D'accord ? Alors, ne t'inquiète pas de ça.

— Je ne suis pas inquiet. Je veux tout essayer.

— Pour l'instant, je ne peux rien imaginer vouloir davantage, de plus sexy, que de t'offrir ta première fellation. Parce que c'est, genre, le premier pas de l'homme sur la lune. Comme goûter du sucre pour la première fois. Tu vois ce que je veux dire ?

Il se balança un peu plus fort.

Jeremy hocha la tête énergiquement.

— OK.

Chris laissa sa voix devenir un grognement de gorge, ce qui n'était pas du tout difficile à faire.

— Et j'adorerais être le premier à te rendre fou avec ma langue et ma bouche.

Il lécha les lèvres de Jeremy du plat de sa langue, obscènement, puis l'embrassa et, trouvant sa langue qui s'agitait, la suça en une imitation délibérée de l'acte.

Jeremy produisit un bruit vaguement mammalien et poussa ses hanches vers le haut.

— On peut faire ça *maintenant* ? supplia-t-il, faisant rire Chris.

JEREMY s'éloigna un peu même si la sensation de Chris suçant sa langue était la chose la plus érotique *du monde*. Entre ça et la manière dont Chris se balançait contre lui, il pouvait sentir ses testicules se resserrer bien trop tôt.

— Tu ferais bien de te presser, alors, parce que le train est sur le point de quitter la gare rien qu'à t'entendre en parler.

Chris émit un petit rire, le crétin suffisant, et commença à embrasser le cou de Jeremy. Il s'écarta sur le côté suffisamment loin pour pouvoir lui déboutonner sa chemise et la sortir de son jean.

Oh. Mon. Dieu. Ça arrivait. Jeremy avait attendu ça pendant si longtemps.

Chris le fit se redresser et lui enleva son vieux tee-shirt, éclaboussé de graisse après son service chez

Nora, pour que Jeremy soit torse nu. Puis Chris passa sa chemise rouge vif de marque par-dessus sa tête.

Au lieu de vouloir couvrir son torse nu – des mamelons durs et tout le reste – Jeremy voulait le bomber en avant, pour supplier d'être touché et goûté. Mais Chris était déjà là, repoussant Jeremy sur le sol et passant le plat de ses paumes sur sa peau nue avec une pression délicieuse. Le bord de ses paumes titilla les mamelons de Jeremy, ce qui était bien plus agréable que lorsqu'il se le faisait lui-même. Il produisit un bruit qu'il n'aurait pas cru être capable d'émettre. Un bruyant.

— Oh, Seigneur, je vais être du genre à crier, dit Jeremy, pas aussi gêné qu'il aurait dû l'être.

Chris descendit sur son torse en l'embrassant et suça un de ses mamelons. Jeremy tressaillit et grogna.

— Crier c'est bien, dit Chris entre ses mordillements. C'est comme des applaudissements. La participation du public.

— Mais on est dans les bois.

Jeremy bafouillait maintenant, et suppliait silencieusement Chris d'aller plus bas. Ses hanches étaient pratiquement à un angle de quarante-cinq degrés par rapport à la couverture dans une tentative désespérée d'amener la bouche de Chris où il la voulait.

— Je vais attirer un ours. Il pensera que je suis un animal blessé et attaquera. Ou un ourson. Il pensera que je suis un ourson blessé. On fera la une nationale – un couple gay attaqué par un… oh mon *Dieu* !

Chris suçait et utilisait sa langue sur le nombril de Jeremy tandis que ses doigts défaisaient le bouton et la fermeture.

— Un ourson, hein ?

Chris arrêta ce qu'il faisait – crétin suffisant ! – et attrapa le panier qu'il avait amené.

— Pas terminé par ici ! lui rappela Jeremy.

Chris ne fit qu'émettre un petit rire et se pencha en arrière, tenant une baguette. Il la mit entre les dents de Jeremy comme si on allait lui amputer la jambe ou autre chose.

— Mords là-dessus.

— Hum-K !

Jeremy souleva la tête, résolu à regarder lorsque…

— Humm…

Chris produisit un son délicieux quand il écarta la fermeture ouverte de Jeremy, révélant un gland émergeant avec espoir de l'élastique de son slip. Chris leva les yeux et croisa son regard. Il lui fit un sourire sexy.

— Ooh. Pas circoncis. Mon préféré.

Puis il se pencha et prit le gland suintant de Jeremy directement dans sa bouche, suçant le dessus gentiment, le prépuce ramené sur le gland par la pression. La langue de Chris joua doucement avec.

Oh, putain. Putain, putain, putain. Les fellations. Les fellations étaient la nouvelle chose préférée de Jeremy au monde. Encore mieux qu'il l'avait imaginé, parce qu'on ne pouvait pas s'imaginer des choses pareilles dans sa tête. C'était purement une chose qui devait être ressentie. Il y avait de la friction, mais… humide et glissante. Et la succion, Seigneur. Et l'*idée* de la chose ! Les visuels et…

Il regarda fixement, incapable de détourner le regard, sa longueur dure disparaître entre ces lèvres pleines – entrant et sortant – sucer, glisser, la langue de Chris plate le long du dessous. Puis Chris se retira et prit la base dans sa main et ne fit que lécher le sexe comme si c'était une sucette. Merde, la sensation était incroyable et c'était visuellement si sexy. Jeremy geignit contre la baguette et ses hanches poussèrent de nouveau vers le haut d'elles-mêmes.

Chris le regardait, ses yeux sombres emplis de désir. Il retenait les hanches de Jeremy avec ses avant-bras et le lécha à nouveau, jusqu'en haut. Sa langue joua le long du bord de son prépuce, faisant un cercle autour du gland. Jeremy gémit. Il adorait jouer avec l'extrémité de son prépuce quand il se touchait, mais avoir la langue de Chris à cet endroit était de l'extase pure – de l'extase très, très obscène.

Chris aspira l'extrémité dans sa bouche et suça.

Jeremy laissa sortir un souffle énorme et tremblant et essaya de s'enfoncer plus profondément dans la bouche de Chris. *Tu es doué*, voulait-il dire. Et *fais-le, suce-moi fort, fais-moi jouir*. Mais il n'aurait pas le cran de le dire à voix haute. De plus, il ne pouvait que grogner et gargouiller avec sa bouche pleine de pain.

Chris se retira.

— Tu es magnifique.

Il pompa Jeremy une fois, deux fois, de la main.

— Je suis sérieux, continua-t-il. Tu as une superbe queue. J'adore ton prépuce. J'aimerais toujours avoir le mien.

Jeremy geignit. *Je veux voir la tienne aussi.*

— Ça va venir, dit Chris, lisant dans ses pensées. Tu aimerais jouir ? demanda-t-il, faisant glisser le prépuce de Jeremy et passant la langue partout sur le gland rouge-à-la-limite-du-violet.

Jeremy hocha la tête avec enthousiasme.

— Dans ma bouche, OK ? dit Chris, d'une voix emplie d'un désir aussi épais que de la mélasse.

Oh mon Dieu.

Apparemment, non seulement il était du genre à crier, mais il avait un faible pour les obscénités aussi, parce qu'il perdit presque la tête rien qu'à entendre Chris dire ça.

Puis cela n'eut plus d'importance parce que Chris ferma les yeux et suça Jeremy vraiment sérieusement, durement, rapidement et parfaitement, comme s'il y prenait aussi un immense plaisir. Chris devait être vraiment doué. Ou peut-être que c'était toujours comme ça. Oh, mon Dieu, il était amoureux. Il allait mourir. Il avait l'impression… Il avait l'impression… *Oh putain*.

Il hurla malgré la baguette dans sa bouche, un son qui fut tout de même si bruyant qu'il effraya quelques oiseaux. Et là, il y avait le soleil, et Jeremy Crassen était une fusée qui s'écrasait dessus, heureux d'être anéanti.

QUAND Jeremy reprit enfin l'usage de ses sens, il se rendit compte que Chris avait réussi à prendre son plaisir durant l'apogée de je-ne-le-saurais-pas-si-un-camion-se-dirigeait-droit-vers-moi. Jeremy en fut déçu. Il aurait aimé au moins le voir, s'il n'en était pas la cause. Mais il se sentait trop béat pour en être trop dérangé. Il le mentionna quand même, et Chris se mit à rire silencieusement, son torse rebondissant sous la tête cotonneuse de Jeremy. Ils étaient tous les deux couchés maintenant, Chris le serrait contre lui, et il n'avait aucune idée de quand c'était arrivé, mais c'était agréable.

— Je m'assurerai que tes yeux soient ouverts la prochaine fois. Mais je ne pense pas que je regarderai un jour les baguettes de la même manière.

— Tais-toi, marmonna Jeremy. C'est toi qui l'as coincée là.

— Non, c'était adorable. Sérieusement, tes yeux énormes me regardant et tes gémissements… Bon sang ! C'est une image que j'emporterai dans ma tombe.

— Ce n'était que parce qu'il y a des ours.

Jeremy pensait que ça méritait d'être rappelé.

— Je sais, tr… hum, Jeremy.

Il frotta l'épaule nue de Jeremy, qui commençait à être un peu froide maintenant que le soleil se couchait. Quand était-ce arrivé ?

— Donc… qu'as-tu pensé du sexe oral ?

Jeremy leva un pouce.

— Je suis fan. Super-fan. Un stalker, même.

Chris frotta son nez dans ses cheveux.

— Tu veux dire que tu vas me suivre, me coincer dans des endroits bizarres et me faire te tailler une pipe ?

— Oui.

— Ça m'a l'air bien.

Ils reposèrent là, longtemps sur la couverture, absorbant simplement le crépuscule. Le ciel devint violet foncé, puis gris violacé, s'atténuant, s'atténuant. Les grillons étaient si bruyants qu'ils ne pouvaient même pas être qualifiés de bruit blanc – plutôt de bruit jaune. Ajouté à ça il y avait le bruit des grenouilles-taureaux ponctuant l'obscurité de temps à autre, et un moustique occasionnel qui bourdonnait à leurs oreilles.

C'était, pensa Jeremy, comme une scène dans un livre, seulement meilleure parce que rien ne se passait. Rien ne *devait* se passer. La vie réelle n'était pas comme ça. La vie réelle avait de longues périodes entre les rebondissements. Et c'était excellent parce qu'en cet instant, tenant un homme à moitié nu entre ses bras pour la première fois, Jeremy n'était pas pressé que la vie avance.

Sauf que… peut-être que son cœur était *trop* lourd et rempli. Et peut-être que la pression de la peau de Chris était trop douloureusement douce. Il ressentait plus qu'il le devrait, et absolument plus qu'il était sage.

Chris le *voyait*. Où les yeux des autres survolaient Jeremy Crassen, dédaigneux, Chris *voyait*. De plus, Chris était beau, drôle, honorable, et expert suceur de queue au bon cœur, et un cavalier sérieusement nul. Comment Jeremy pourrait-il s'empêcher de tomber amoureux de quelqu'un comme ça ?

— Tu trembles, dit Chris, lui frottant le dos. Peut-être qu'on devrait remettre nos chemises.

— OK.

Ouais, il avait besoin de protection. Une armure serait bien. Il localisa son tee-shirt et le remit.

— Tu es vraiment complaisant quand tu es repu sexuellement, n'est-ce pas ? Que penses-tu de nettoyer les toilettes au Merc ?

— Une pipe pour chaque cabine, proposa Jeremy en échange.

Il pensait que c'était un juste prix.

Chapitre Treize

BILLY Stubben approcha son pick-up Ford blanc sous le panneau de Big Basin Ranch avec une sensation puissante du *foyer*, suivie rapidement de la morsure du chagrin – *John est mort.*

Le temps qui s'écoulait était une garce. Il avait l'impression que c'était hier qu'il vivait ici avec Polly. Il pouvait voir clairement John, surgissant de la porte-moustiquaire de la maison, âgé de huit ans et un peu trapu – bon sang, ce garçon adorait manger – puis à quatorze ans, quand sa poussée de croissance et son travail avec les chevaux ayant mis un terme à ses membres potelés pour de bon. Et Laura et Sally aussi, ses petites filles.

Ses filles étaient maintenant adultes, mariées, et étaient parties, heureuses avec leurs propres enfants. Et John…

Quand John avait épousé Trixie, une vraie fille à chevaux, Billy et Polly avaient emménagé en ville et ils leur avaient laissé le ranch. Le travail avait commencé à être plus un fardeau qu'un plaisir à cause du dos de Billy, et Polly voulait emménager en ville depuis quelque temps. Pendant quelques années joyeuses, quand ils avaient roulé sous ce panneau, ça avait été pour rendre visite à leur fils adulte, sa femme, et leur petite-fille. Des jours heureux.

Polly n'était plus là maintenant, et John non plus, à la honte éternelle du monde. C'était un déchirement de venir ici maintenant. Il le faisait pour Trix et Janie. Mais aujourd'hui, la mission de Billy était la sienne. Il y avait quelques semaines, Billy avait demandé à Mabe de faire le ménage pour lui, et quelque chose qu'elle avait dit ce jour-là n'avait cessé de tracasser son esprit.

Il savait qu'Eric Crassen travaillait au Big Basin. À entendre Trix, il s'était avéré être un travailleur honnête et une grande aide. Billy avait bien sûr croisé Eric en ville de nombreuses fois à travers les années. Le garçon avait une mauvaise réputation. Mais il avait toujours été simplement le *fils de Mabe* pour Billy. Mince, le garçon ressemblait énormément à cette dernière. Maintenant, il fallait qu'il y regarde de plus près.

Eric aidait deux pensionnaires à seller leurs chevaux dans l'écurie. Il salua Billy d'un hochement de tête.

— J'en ai pour un instant, monsieur.

Billy attendit et observa.

Les pensionnaires étaient deux adolescentes – et que le monde des chevaux en remercie le Seigneur.

L'une était sérieuse et seulement intéressée par le cheval, tandis que l'autre gloussait et soupirait à cause d'Eric. Il les traitait de la même manière, les aida à préparer leurs chevaux avec le minimum d'agitation, et leur tendit les rênes. Les filles se mirent à chevaucher sous le soleil.

Il y avait beaucoup de pistes qui partaient de Big Basin. Le ranch faisait plus de deux cents hectares, cent-vingt de ce côté de la rivière et quatre-vingts hectares sauvages de l'autre. Quand la rivière était basse, on pouvait la traverser vers ces quatre-vingts hectares avec un troupeau de bétail. Billy l'utilisait pour le pâturage d'hiver à son époque. Cette terre était spéciale, intacte. Cela faisait trop longtemps qu'il n'avait pas chevauché là-bas. Mais la piste préférée de Janie était plus courte à travers les bois et le long de la berge. Peut-être qu'elle voudrait faire une promenade avec son grand-père aujourd'hui. Mais d'abord…

— Eric, c'est ça ?

Billy s'avança avec la main tendue.

— Hé, M. Stubben.

Eric lui serra la main d'une prise ferme.

Ce garçon avait une fichue fossette sur le menton et les cheveux brun-roux épais et raides comme des piquets comme ceux de Mabe, si brillants qu'ils semblaient avoir capturé la lumière du soleil et l'avoir retenue. Cela avait toujours été la meilleure particularité de Mabe. Billy jeta un coup d'œil aux épaules d'Eric, fortement charpentées et robustes, et à ses mains, les doigts longs et épais, bronzés et gonflés avec les veines d'un travailleur. Ces mains…

Quelque chose en est ressorti.

Non. Non, ce n'était pas possible. Aucune femme ne pouvait être aussi rancunière et cruelle. *Ou fière.*

Billy retira son chapeau, sortit un mouchoir de sa poche, et s'essuya le visage.

— Je ne suis pas sûr qu'on se soit officiellement rencontrés. Sur mon acte de naissance, c'est écrit William, mais tout le monde m'appelle Billy.

— Ravi de vous rencontrer officiellement, monsieur. C'est un endroit incroyable que vous avez construit ici.

— Oh, je ne peux pas m'attribuer beaucoup de mérite. J'ai fait un changement ou deux, mais c'est mon arrière-grand-père qui a construit le Big Basin.

— Il doit vraiment vous manquer, dit Eric, tout mélancolique, comme s'il ne pouvait pas s'imaginer pourquoi Billy avait voulu en partir.

— Je pense que oui de temps en temps.

Billy se sentait un peu nauséeux, et son cœur tambourinait, comme si quelque chose d'important et de terrifiant s'écoulait en lui. *Ses mains ressemblent aux miennes, à celles de John.*

— Chaude journée, continua-t-il. Bien sûr, on est en juillet.

Eric essuya la sueur de son front avec l'arrière de sa manche.

— C'est vrai qu'il fait chaud. Je peux faire quelque chose pour vous, Billy ? Je crois que Trix est dans la maison, ou peut-être que vous aimeriez que je vous selle un cheval ?

— Ça ne te dérangerait pas de sortir avec moi une minute ?

L'écurie était sombre, surtout après la luminosité de la journée. Les yeux de Billy ne s'ajustaient plus aussi vite qu'avant. Il devait *voir*.

— Bien sûr.

Eric ne demanda même pas pourquoi, se dirigea simplement vers l'extrémité ouverte de l'écurie. Billy le suivit.

Dans la lumière brillante du jour, Eric était si réel que cela lui donna mal à la tête.

Eric se frotta les mains sur ses cuisses gainées de denim avec gêne.

— Désolé. Je suis plutôt sale. Ça devient comme ça, à nettoyer les stalles.

— Pour l'amour de Dieu, mon garçon. Je suis né et j'ai été élevé dans un ranch. J'ai vu plus de poussière, de merde et de pisse qu'un proctologue.

Eric sourit.

— Bon à savoir, que vous ne vous attendez pas à la visite méticuleuse !

Ses yeux bleus scintillaient de bonne humeur, très clairs dans la lumière du soleil, et le cœur de Billy s'arrêta de battre. *Jésus sur sa croix. Oh, Seigneur, ces yeux.*

C'étaient les yeux de la mère de Billy, si similaires qu'ils ramenèrent des souvenirs qu'il croyait avoir oubliés. Les yeux de Billy étaient bleus, mais davantage du type délavé et pâle, pas le riche bleu ciel de ceux de sa mère, avec une minuscule quantité d'or au centre…

Billy réussit à garder une voix neutre, même si ses entrailles étaient tout le contraire et l'arrière de sa gorge le piquait.

— Quel âge as-tu, Eric ?

— Vingt-cinq ans, monsieur, lui dit Eric, avant que son sourire s'efface et il ait l'air un peu mal à l'aise. Je suppose que je suis un peu vieux pour nettoyer des stalles.

— Un homme qui a des animaux doit être prêt à faire tout ce dont ils ont besoin. Il n'y a pas de honte à ça.

— Non, monsieur.

Le menton d'Eric remonta dans les airs, fier.

Comme sa mère. Bon Dieu, elle avait toujours été tellement fière, cette Mabe. Jolie et fière. Il avait presque oublié à quel point elle était fière jusqu'à ce qu'elle réagisse aussi mal dans le magasin juste parce qu'il lui avait demandé de faire le ménage pour lui.

— Vingt-cinq ans ? Quand est ton anniversaire ? demanda Billy, essayant d'avoir l'air décontracté.

— Hum… Le trois avril. Pourquoi ?

— Oh, sans raison.

Billy regarda la prairie, rassemblant ses esprits. Il avait réfléchi aux dates avant de venir, et s'il avait eu besoin d'une conclusion finale, il l'avait maintenant. Lui et Mabe l'avaient fait aussi souvent que des lapins pendant un bon mois, pour tous les deux c'était leur première expérience. Et il avait su qu'elle pouvait tomber enceinte, alors il s'était retiré à chaque fois, comme si c'était infaillible. Des années plus tard, il lui était venu à l'esprit qu'il l'avait échappé belle. Sauf qu'apparemment, il ne l'avait pas échappé si bien que ça. Ensuite, son père lui avait donné « la conversation », et Mabe l'avait mal pris et était partie en trombe, et peu de temps après, elle s'était mise avec Frank Crassen et…

Merde. L'idée ne lui avait jamais traversé l'esprit jusqu'à cet instant déterminant, alors qu'il se tenait là dans le soleil du Big Basin Ranch.

Il voulait repousser Eric et en même temps le serrer fort. Il voulait hurler et crier et frapper quelque chose. Il voulait enterrer ses mains dans la terre et rugir. Il voulait rendre grâce à Dieu et le maudire. Et, oh, il était certain de vouloir tuer Mabe Crassen.

Il ne fit aucune de ces choses.

Eric se tenait là, les mains sur les hanches, à attendre.

— Trix me dit de bonnes choses à ton sujet, dit Billy, la voix rauque. Ça te plaît de travailler au ranch ?

— J'adore ça.

Il n'y avait aucun doute dans la voix d'Eric.

— C'est du travail que j'aimerais continuer à faire, poursuivit-il. Du travail de cow-boy. J'apprends beaucoup de Ben Rivers. Il dit qu'il y a habituellement du travail saisonnier dans le coin à défaut d'autre chose.

— Vraiment ?

Eric hocha la tête.

— Je n'avais jamais eu vraiment l'opportunité de travailler avec des chevaux avant. Ça doit vous manquer, non ?

C'était étrange, pensa Billy, la manière dont Eric s'identifiait si facilement à lui, avec impatience même. Comme s'il s'intéressait au ranch, aux chevaux et à tout ce qui allait avec, y compris un vieux rancher comme Billy Stubben, dont il devait penser qu'il savait tout ce qu'il y avait à savoir sur tout.

Tellement d'années perdues.

Billy se frotta le milieu du torse pour apaiser la douleur.

— Eh bien, Eric, les chevaux ont beaucoup en commun avec les bébés. Quand tu es jeune et plein d'énergie, tu veux avoir le tien. C'est comme une fièvre. Mais quand tu es un vieux gars comme moi, tu es tout aussi heureux de venir voir de temps en temps celui de quelqu'un d'autre.

Eric se mit à rire.

— Vraiment ?

— Ouais. Ces temps-ci, je peux aller faire une bonne promenade, mais c'est toi qui nettoies les

stalles et Trix qui paie pour la nourriture des chevaux
et qui s'inquiète pour eux quand ils sont malades. Et
ça me va.

— Vous êtes un homme chanceux. Vous voulez
que je vous selle un cheval ?

— Pas encore. Je dois aller voir ce que Trix et Janie
fabriquent. C'était agréable de te parler, Eric.

— À vous aussi, monsieur.

Eric disparut dans les ombres de l'écurie, et Billy se
dirigea vers le ranch. Chaque pas le faisait bouillonner
de joie.

CHRIS se sentait succomber et il essaya de revenir à
la raison. Cela ne faisait qu'un peu plus d'une semaine
que lui et Jeremy avaient fricoté pour la première fois
ensemble, mais ça donnait l'impression de tellement
plus longtemps. Il ne cessait de se rappeler, toutes les dix
minutes durant sa journée de travail, que Jeremy n'était
pas pour lui, pas sur le long terme. Il déménagerait
et Trix se remettrait suffisamment pour souhaiter une
vraie relation. Chris s'installerait – homme de famille,
mari, père et propriétaire de ranch. C'était le futur Chris
Ramsey.

Mais le cœur n'en faisait qu'à sa tête.

Le sexe avec Jeremy était… incroyable. Réel.
Ce n'était pas comme les coups d'un soir qu'il avait
eus à Denver. Avec ces types-là, c'était toujours
tellement superficiel. Tout n'était que *Tu es sexy*, et
plus important, *Regarde-moi, je suis pas sexy ?* pour
en arriver directement au point de déboutonner les
fermetures et prendre son pied. « Jouis et c'est fini »,
comme il avait eu l'habitude d'y penser. Cela le faisait
parfois rire de voir à quelle vitesse les mecs pouvaient

disparaître après qu'ils eurent projetés leurs sécrétions. Comme si l'éjaculation était le coup de feu d'un fusil qui les envoyait voler en arrière, au loin.

Seigneur, il commençait à parler comme Jeremy avec sa folle imagination !

— Qu'est-ce qui te fait sourire ? demanda son père.

— Rien.

Chris retourna au tri du stock.

— Je mets toujours les couverts en plastique sur le rayon du bas. Comme ça, c'est un peu plus difficile de les attraper donc il y a moins de déchets.

Son père lui octroya ce sage conseil alors qu'il poussait la porte vers l'avant du magasin.

Chris doutait vraiment que ça fasse une grande différence. Il était probable que ça ne faisait que ralentir leurs employés, mais il n'était pas d'humeur à discuter, donc il le fit de la manière que son père lui suggérait.

Bien sûr, Chris avait eu quelques rendez-vous aussi, à Denver. De vrais rendez-vous. Mais il semblait toujours que soit, l'autre gars n'était pas vraiment son type, soit vice versa. Il avait eu quelques merveilleux amis qui étaient des divas flamboyantes, et ils étaient très sympa, mais ils ne l'attiraient pas particulièrement. Ni les poilus comme un singe, ni les *Daddy* en cuir, ni les sportifs. Il ne savait pas quelle était sa place dans le monde gay.

Il aurait pu aimer Sebastian. Il avait aimé Seb. Mais Seb ne l'avait pas aimé de la même manière. C'est à dire, suffisamment pour arrêter de coucher avec chaque beau mec qui croisait sa route. Seb, au bout du compte, s'était avéré être une personne très égoïste.

Jeremy, cependant... Jeremy pourrait être son type. Jeremy pourrait vraiment être le bon.

Il était spontané et naturel, d'une passion extrêmement joyeuse, souvent drôle, et incroyablement sexy sans essayer de l'être. Et ce n'était pas que Chris avait un fétiche pour les puceaux – en tout cas, il n'avait pas été au courant qu'il en avait un – mais être la première expérience de Jeremy... cela le stupéfiait, le faisait se sentir si protecteur et très affectueux. Câlin, même.

Jeremy était si ouvert. Il donnait presque l'impression à Chris qu'il pouvait arrêter le temps et qu'il pouvait redevenir la personne qu'il avait été avant l'université, avant qu'il ait tout appris sur la vie et le milieu gay, sur le chagrin et les coucheries plus ou moins au hasard ; avant, lorsque le sexe pouvait être simple et doux, que cela *signifiait* quelque chose, quand il croyait encore en la possibilité de deux hommes qui s'aimaient.

Trix et Janie, lui rappela une voix dans sa tête.

Il aimait Trix et Janie. *Vraiment.* Mais... il commençait à s'attacher à Jeremy Crassen aussi.

Pourquoi est-ce que la vie devait être aussi compliquée, bon sang ?

CET après-midi-là, Chris était à la caisse quand Mme Rollingswell s'approcha avec ses achats.

— Oh, hé ! dit-il, content de la voir.

— Bonjour, Chris. Comment vas-tu ?

Mme Rollingswell avait l'air fatiguée.

— Je vais très bien.

Vous savez, je suis juste posé sur le tranchant d'un couteau pour prendre les décisions majeures dans ma vie.

— Je, hum, je suis content que vous soyez venue. Je voulais vous demander quelque chose.

— Oh ? Qu'est-ce que c'est, Chris ?

Ses yeux s'illuminèrent alors qu'elle le regardait, penchant la tête comme un oiseau.

— Vous parliez du livre de Jeremy Crassen, vous l'avez lu ?

Chris espérait qu'il ne rougissait pas même s'il aurait certainement dû, puisque ce n'était pas du tout ses affaires.

Mme Rollingswell sourit.

— Oh, oui. C'est un merveilleux livre !

Chris poussa un soupir.

— Eh bien… Je me demandais si vous aviez toujours une copie, et si vous me laisseriez la lire.

Mme Rollingswell cligna des yeux, son sourire disparaissant.

— Eh bien, fichtre, je ne sais pas. As-tu demandé à Jeremy ?

— Oui. Il a dit non. Écoutez, voilà le truc. Jeremy est trop timide pour laisser les gens lire son travail, mais je pense… Je pense qu'il pourrait avoir besoin d'encouragement. Peut-être que je pourrais l'aider, mais je préférerais ne pas lui donner de faux espoirs avant d'avoir eu l'opportunité d'y jeter un œil.

— Je vois, dit Mme Rollingswell avant d'étudier Chris avec un regard acéré. Je suppose que je pourrais avoir besoin d'un allié, quelqu'un pour m'aider à encourager ce garçon à faire quelque chose de son talent. Tu as vu comme il m'écoute bien !

— Oui, m'dame, dit Chris, en en rajoutant une couche. Je serais heureux d'être cet allié.

— Si tu lui dis que tu l'as lu, il saura que tu l'as eu par moi, signala-t-elle.

— Je ne dirais rien à moins de pouvoir être sincèrement enthousiaste. Et dans ce cas-là, je lui dirai que je vous ai forcé la main.

— Hummph, fit-elle, avant de se pencher en avant, de mettre la main sur le poignet de Chris et de lui envoyer un regard noir à mille watts. Promets-moi que tu ne veux aucun mal à ce garçon, que tu ne le montreras à personne d'autre, que tu ne le posteras nulle part, et que tu essaies vraiment de l'aider. Tu le jures sur la Bible ?

— Bien sûr que je ne… je ne ferais jamais ça à Jeremy, dit Chris, surpris.

— Jure-le, insista Mme Rollingswell.

Chris leva une main.

— Je le jure.

— Tu serais surpris des bêtises que je vois en tant que professeur, dit-elle en reculant et réfléchissant. Bon, très bien. Je sais que je ne le devrais pas, mais ce garçon a besoin d'un coup de pied au derrière. Peut-être qu'il prendra les compliments plus sérieusement si ça vient de toi. Donne-moi ton adresse e-mail, et je te le transmettrai. Et, oh ! Je voudrai t'en parler quand tu auras terminé !

BILLY avait emmené Janie faire une promenade, Trix avait donc quelques heures de liberté. Elle fit le tour pour vérifier que tout allait bien et trouva Eric dans le hangar à tracteurs. Il avait ouvert le capot de leur vieille tondeuse tracteur Ford et était à genoux, tripotant le moteur.

— Qu'est-ce que tu fais ? demanda-t-elle, surprise.

— Je voulais tondre près de la route, mais Hemmy a dit que la tondeuse habituelle ne pouvait pas gérer cette pente, donc que je devrais utiliser ça. Elle ne démarre pas bien.

— Tu t'y connais en moteurs de tracteur ? demanda Trix d'un ton incertain.

Cette vieille Ford avait été là depuis des générations, et John avait toujours dû la bricoler. Voir Eric le faire semblait… bizarre.

Il leva les yeux vers elle et sourit.

— J'ai possédé certaines des voitures les plus merdiques connues de l'humanité. Je n'ai pas trop eu d'autre choix que de comprendre comment les réparer.

Il y avait une traînée de graisse sur son menton et certaines mèches de sa frange étaient plaquées contre son front par la sueur. Sa chemise à carreaux était drapée sur le siège du tracteur, et il ne lui restait qu'un tee-shirt sans manches, les muscles de ses bras se tendant alors qu'il essayait de serrer ou de détendre quelque chose.

Trix s'humidifia les lèvres.

La conversation qu'elle avait entendue au *diner* avait continué à la tracasser, même si elle avait essayé de l'écarter de son esprit. Eric travaillait dur, et elle le payait très peu, et c'était tout ce qui devrait l'inquiéter. Les langues acerbes adoraient s'agiter.

— Pourquoi m'as-tu demandé un travail ici, Eric ?

Il lui lança un drôle de regard.

— J'aime bien travailler au ranch.

— Je sais. Je veux dire… c'est bien. Mais au début. Pourquoi voulais-tu travailler *ici*, au Big Basin ?

Ses yeux l'évaluèrent tandis que ses mains continuaient à travailler sur ce qu'elles faisaient. Une expression chaleureuse apparut sur son visage.

— Je suppose que j'ai toujours eu un truc pour toi, Trixie Twix.

Il le dit de manière si directe, sans honte ni excuse. Comme si c'était quelque chose qu'un ouvrier faisait tous les jours, admettre qu'il voulait travailler pour vous parce qu'il voulait coucher avec vous.

— Ce n'est vraiment pas convenable, dit-elle avec raideur.

Il haussa les épaules et se baissa pour regarder sous le moteur.

Maudit Eric Crassen. Comme s'il savait qu'il était superbe et que toutes les femmes le désiraient. Comme s'il pouvait dire de telles choses et qu'elle devrait se sentir flattée et reconnaissante.

Elle devrait laisser tomber, mais ses paroles lui provoquaient une sensation de démangeaison intérieure.

— Eh bien, quelles que soient tes raisons, tu ferais bien de savoir que je ne cherche pas à rouler dans le foin ou quoi que ce soit. Tu es mon employé et rien de plus.

Il leva les yeux de ce qu'il faisait avec une simple expression : des sourcils levés d'un air dubitatif et un sourire suffisant.

— Je suis sérieuse ! dit-elle fermement.

— Tu peux me donner cette grosse clé à molette là-bas ? demanda Eric d'une voix calme.

Elle alla la lui chercher, ennuyée qu'il ignore ses paroles.

Mais quand elle lui tendit la clé à molette, il en prit l'extrémité, et d'un mouvement rapide, se leva et de ses bras il retourna Trix, pour que son torse soit contre son dos et ses bras autour d'elle. Ils tenaient tous les deux la maudite clé à molette.

— Eric ! protesta-t-elle, et elle fut horrifiée d'entendre le gloussement ravi dans sa voix.

— Tu veux rien avoir à faire avec moi, c'est ça ? ronronna Eric à son oreille.

— Non !

— C'est dommage. Parce que tu devrais savoir que tu es la femme la plus belle du monde pour moi.

Elle poussa un son de pure incrédulité, mais elle ne put se résoudre à s'éloigner. Pas quand ses bras semblaient si sûrs et forts autour d'elle. Seigneur, cette sensation lui avait manqué. Elle voulait s'enfoncer droit dedans et y rester.

— Tu t'attends à ce que je croie ces conneries, Eric Crassen ?

— Je jure devant Dieu. Tu es la plus belle *pour moi*. Tout en toi est exactement comme il faut, Trix. Tes cheveux de la couleur du miel, tes longues jambes, la manière dont ça...

Il ramena ses mains lentement de ses poignets à sa taille et remonta, et Dieu lui vienne en aide, elle ne l'arrêta pas. Il prit ses seins en coupe dans ses deux mains avec juste la bonne pression pour la faire grogner intérieurement.

—... ça correspond à ma paume comme si les anges les avaient créés en un ensemble assorti. Comme je savais qu'ils le feraient. Puis il y a tes yeux. Ton sourire. La manière dont tu es avec les chevaux et avec Janie.

— Arrête, Eric, dit Trix désespérément.

Mais elle voulait dire exactement le contraire. *N'arrête pas, Eric.* Il ne faisait que tenir ses seins en coupe par en dessous, ne bougeant pas du tout ses mains, mais elle désirait qu'il les bouge, elle le voulait plus que sa prochaine respiration.

— Je n'ai jamais cru que j'étais assez bien pour toi, Trix. Tu étais beaucoup trop bien pour moi. Mais maintenant, je sais que je peux l'être. Je peux travailler dur, et je peux être ce dont tu as besoin et de toutes les manières. De toutes les manières, chérie.

Il se pressa contre son dos, et elle sentit son membre, dur et désireux dans son jean. Elle était assez grande pour qu'ils soient presque de la même taille, et il s'appuyait directement contre la fente entre ses fesses. Du bout à la base, elle le sentit – large, chaud et si dur – et c'était comme si un éclair la traversait, comme si un barrage en elle explosait sans avertissement. De la douce chaleur liquide coula dans ses veines en une crue subite et s'accumula dans son entrejambe. Elle s'entendit gémir alors qu'elle faiblissait et se détendait contre lui.

— Trix.

Il grogna le mot et commença à lui embrasser le cou. Ses mains la massèrent très légèrement.

— Je ne peux pas, dit-elle faiblement. Ce n'est pas bien.

— C'est si bien, chérie, dit-il, son souffle la faisant frémir. Si bien. Toi et moi, Trix. C'est comme ça que ça a toujours été censé être.

À ces paroles elle se rappela soudain Eric au début de son année de cinquième, comment elle était revenue à l'école si rêveuse et excitée et anxieuse de le voir. Et la manière dont il l'avait ignorée, la manière dont il les avait tous ignorés.

Taulard Crassen. Maussade, défoncé, bon à rien d'Eric Crassen.

Trix est plus futée que ça ! Pourquoi abandonnerait-elle un bon garçon comme Chris Ramsey pour quelqu'un comme Eric Crassen ?

Elle s'éloigna.

— Non !

Elle se retourna pour lui faire face à une distance sûre et regarda son visage se fermer sur ce qui était clairement de la douleur et de la honte.

Il s'accroupit et retourna au travail sur le moteur comme si rien ne s'était passé.

— Ce n'est pas ça, Eric ! Je… j'aime toujours mon mari ! Et si tu ne peux pas respecter ça, tu… tu ferais mieux de ne plus travailler ici.

Sans attendre de réponse, Trix sortit en trombe de l'écurie.

Elle était à mi-chemin de la maison quand elle se rendit compte de deux choses. Premièrement, elle avait cru ne plus jamais ressentir de désir, qu'il était mort avec John. Mais Seigneur, elle venait de le ressentir, totalement ! Son corps vibrait encore sous sa force. Et deuxièmement, malgré l'excuse facile qu'elle avait donnée à Eric, elle n'avait pas pensé à John une fois, pas une seule fois depuis l'instant où elle était entrée dans ce hangar jusqu'à maintenant.

Ou à Chris non plus d'ailleurs.

Elle s'arrêta au milieu de l'allée et posa une main sur sa bouche. Bon sang, il s'avérait qu'elle était vulnérable aux charmes de ce play-boy après tout. Elle arrivait à peine à y croire. Elle devrait simplement éviter d'être seule avec Eric. Ce n'était que ça.

Elle ignora la douleur dans son cœur et celle entre ses jambes qui n'était pas du tout satisfaite de cette décision. Elle marcha avec détermination vers la maison pour voir si Janie avait fini sa sieste. Elle était une mère et une veuve en deuil. À partir de maintenant, elle agirait comme telle.

Chapitre Quatorze

EN ce chaud dimanche après-midi de juillet, Chris était plus heureux qu'il aurait dû l'être d'avoir l'après-midi de libre. Il était parti pêcher avec Jeremy ce matin et Trix l'avait appelé et avait décommandé leur habituel dimanche après-midi ensemble, en disant qu'elle et Janie avaient toutes les deux besoin d'un peu de repos supplémentaire. Il avait enfin du temps pour lire le manuscrit que Mme Rollingswell lui avait envoyé. Il s'assit sur le lit avec son ordinateur portable, l'esprit s'envolant dans de folles directions.

Comme aider Jeremy à entrer à l'université. Peut-être à Denver dans l'alma mater de Chris.

Comme avoir l'occasion de voir Jeremy connaître une grande ville pour la première fois.

Comme le regarder se réaliser, loin de Clyde's Corner, où il ne serait pas que *Jeremy Crassen*, le garçon discret du lotissement de mobile homes avec une mauvaise famille, le cuistot presque invisible du *Diner* de Nora.

Jeremy était tellement plus.

Et Mme Rollingswell avait raison. Jeremy était talentueux. C'était un talent brut, mal dégrossi, mais qui hurlait pratiquement sur la page. Il était dans la tournure de phrase de poète simple, dans la crudité de l'émotion, le caractère saisissant de son imagination, la manière dont on se sentait connecté au personnage principal dès la première page.

Chris n'était pas sûr de savoir à quoi il s'était attendu, mais certainement pas à ça. Le livre de Jeremy, *Enfermé*, parlait d'un garçon de son âge, Trevor, qui était au mauvais endroit au mauvais moment et était envoyé en prison. Au début, la condamnation menaçait de détruire à la fois Trevor et sa famille, qui étaient ostracisés dans leur communauté, mais lentement Trevor se défendait avec une volonté pure et simple et une décence élémentaire. Après qu'il eut pris position en prison et en soit presque mort, il était protégé par un homme massif du nom de Skully, un tueur condamné qui était peut-être innocent ou peut-être pas. Ils devenaient peut-être amants à la fin ou peut-être pas.

Ces réponses étaient peut-être dans le chapitre dix-sept ou peut-être pas, pour lequel Chris tuerait joyeusement.

Enfermé était aussi un livre très personnel qui permettait à Chris de comprendre Jeremy d'une manière qu'il n'aurait jamais pu le faire autrement. Il était dans les parages quand le père de Jeremy avait été arrêté, et il se souvenait des commérages, mais il ne s'était pas rendu compte à quel point c'était grave, la manière dont

l'arrestation de Frank Crassen avait affecté sa famille –
la honte, les moqueries et le dénigrement qui allaient
avec. La manière dont Jeremy devait avoir désiré que
son père soit un héros, même en prison. Le livre parlait
beaucoup de sang – de sang impur, de sang pur. Est-
ce que Jeremy pensait qu'il avait du « sang impur » ?
Était-ce une des choses qu'il craignait ?

Chris supposait que Trevor était à la fois Jeremy et
son père, mais le petit frère de Trevor, raillé à l'école
jusqu'à ce qu'il disparaisse essentiellement en lui-
même, était absolument et entièrement Jeremy.

Il y avait aussi d'autres visages familiers de Clyde's
Corner dans le livre. Et la façon dont sa petite ville natale
du Montana manquait à Trevor quand il était en prison
était très émouvante, la manière dont il la décrivait,
détaillée et aimante. Jeremy voulait peut-être s'enfuir à
l'université, mais le livre prouvait qu'il avait de profondes
racines à Clyde's Corner aussi, tout comme Chris.

Peut-être que lui et Mme Rollingswell *pourraient*
comploter ensemble. Peut-être qu'ils pourraient
préparer un coup. Ou une intervention. Ou un
kidnapping. Simplement voler Jeremy sous le nez de
Mabe Crassen et de Nora et le déposer dans une salle
de classe à l'université quelque part au loin.

Si seulement c'était si facile.

*Et toi ? Comment te sentiras-tu quand Jeremy sera
parti vivre sa vie, et que tu te seras installé avec Trix et
Janie ? À prendre soin de ce que John a laissé derrière
lui ? Est-ce que tu seras heureux à ce moment-là ?*

Chris n'avait pas de réponse.

C'ÉTAIT la fin du mois de juillet, le dernier jour de
leur cours d'équitation de six semaines. Joshua et Ben

avaient prévu un barbecue qui les attendait près de la rivière comme petit extra. Mais d'abord, ils devaient y arriver. Le parcours comprenait une colline qu'ils n'avaient jamais gravie avant.

Jeremy chevauchait derrière Chris, et il pouvait voir par la raideur de son dos et la manière dont il ne cessait de jeter un œil dans le ravin sur leur gauche que Chris n'appréciait pas plus l'aventure que lui.

Le temps qu'ils rejoignent la rivière et mettent pied à terre, l'imagination de Jeremy avait vécu l'enfer.

Chris cogna l'épaule de Jeremy après avoir mis pied à terre et attaché son cheval.

— Dis-moi que tu ne nous imaginais pas en train de tomber dans ce ravin, dit-il en poussant un petit rire.

— Oh que si ! Il y avait des serpents, des ours, des crues subites et toutes sortes de circonstances désastreuses que j'ai imaginées, une douzaine de raisons pour lesquelles ces chevaux auraient pu s'emballer.

— Oh !

La compréhension de Chris était purement fausse. Il posa malicieusement une paume sur la tête de Jeremy, et le corps de celui-ci s'y pencha immédiatement, comme une plante vers une fenêtre.

— J'imaginais d'autres choses aussi, dit Jeremy, à voix basse. Comme toi et moi, sur ce coteau dans l'herbe, et oublie les satanés chevaux.

— Ah oui ? dit Chris, l'air intéressé, mais son estomac gargouilla. Bon sang, ce barbecue sent bon.

C'était vrai. Rien n'était vraiment comparable à l'odeur de la viande sur le grill et la sauce sucrée lorsqu'elle se mêlait à l'odeur des pins et de la rivière. Genre, si Jeremy pouvait la mettre en bouteille, il l'appellerait « Le Meilleur de l'Été ». Tout ça et aussi son *amant* Chris Ramsey. C'était une sacrément bonne journée.

— Allons faire la queue avant qu'Eric ne mange tout, suggéra Jeremy.

Il avait en effet remarqué qu'Eric rôdait déjà à côté de Charlie près du grill.

— Je pensais que tu n'allais jamais me le demander.

Ils prirent leurs assiettes et allèrent dans « leur coin » sur la rive pour manger. Il y avait des côtelettes, des cuisses de poulet, de la salade de chou, des haricots, et des frites, et Jeremy pouvait à peine se retenir de se précipiter dessus comme un homme affamé. Il avait sauté le petit déjeuner, et la nourriture avait le goût du paradis.

Quand il mit enfin de côté son assiette vide, Chris le regardait avec une expression amusée.

— Tu avais faim ?

— Hum. Peut-être, esquiva Jeremy en riant.

— Eh bien, je le pense, dit Chris en imitant le ton nasillard enroué de Joshua.

Cela fit sourire Jeremy.

— Hé, cow-boy, tu veux venir chez moi quand on aura terminé ici ? Eric travaille et Maman aussi, tout l'après-midi. On pourrait avoir un vrai lit. Se bécoter un peu. Et par « un peu » je veux dire « beaucoup ».

Chris sourit de ce sourire que Jeremy chérissait tant, celui qui était 70 % de vrai bonheur et 30 % de pensées grivoises.

— À l'intérieur, hein ? Une zone sans ours ? Est-ce que ça veut dire que je n'aurai pas à te bâillonner ?

— Tu le peux encore si tu veux, dit Jeremy avec une ardeur narquoise.

Il n'arrivait pas à le croire parfois, les choses qu'il faisait devant Chris, les mots qui sortaient de sa bouche.

Il avait peut-être été en retard à la fête du sexe, mais maintenant, il avait l'impression d'être simplement une grande zone érogène en permanence. Heureusement, Chris ne s'en plaignait pas.

— J'allais travailler un peu au Merc cet après-midi, mais je peux appeler mon père et décommander. Ça ne le dérangera pas.

Donc il ne voyait pas Trix aujourd'hui. Cela dit, Jeremy savait que Chris la voyait habituellement avec Janie les dimanches après-midi. Les voyait *encore* les dimanches.

Ce qu'il ne comprenait pas, c'était que lui et Chris fricotaient à la moindre opportunité, et qu'il sortait toujours avec Trix. Il avait dit qu'elle « n'était pas prête » pour quoi que ce soit de physique, et Jeremy le croyait. Mais ça faisait quand même mal. Pas qu'il s'en soucie, si Chris était un ami pour elle et l'aidait ainsi que sa petite fille régulièrement. Mais il était presque sûr que Trix et tout le monde pensaient encore qu'ils *sortaient ensemble*, et il n'avait pas eu le courage de le questionner à ce sujet directement.

Jeremy savait qu'il ne devrait pas s'attendre à ce que Chris laisse tout tomber dans sa vie parce qu'ils fricotaient. Il avait dit à Chris qu'il ne resterait pas à Clyde's Corner. Sauf que maintenant, il se sentait un peu malade parce que tout était tellement indécis. Il appréciait tellement Chris que ça lui faisait mal. S'il pouvait avoir tout ce qu'il voulait, ce serait d'avoir Chris, pour de bon.

— J'ai lu ton livre, *Enfermé*, dit Chris.

Jeremy s'étouffa pratiquement avec son soda.

— Quoi ?

Chris eut l'air embarrassé.

— J'ai obtenu de Mme Rollingswell qu'elle m'envoie une copie par e-mail. Ce n'est pas sa faute. J'ai menacé son approvisionnement de haricots. Tu n'as aucune idée du pouvoir qu'un épicier peut exercer.

Jeremy était agacé, gêné, et franchement, terrifié. Il détourna le visage.

— *Hé*, dit Chris en posant son bras autour de ses épaules avant de les serrer. Ne fais pas ça. J'ai adoré. Vraiment.

Jeremy tripota une herbe, incapable de lever les yeux. Une mèche de cheveux tomba sur sa ligne de vue.

— Je suis désolé de t'avoir contourné. J'espère que tu n'es pas trop en colère. Mais je suis sérieux, Jer. Tu es vraiment talentueux.

Jeremy déglutit, avec l'impression qu'il pourrait vomir et pleurer de bonheur en même temps.

— Pas vraiment.

— Si, tu l'*es*. Regarde-moi.

Jeremy se ressaisit et plaça ses cheveux derrière son oreille, se redressa, et croisa le regard de Chris d'un air de défi.

L'expression de Chris était mortellement sérieuse.

— Je le pense vraiment. Je crois que tu as un don, et que tu dois l'utiliser. Tu ne devrais pas passer des heures à retourner des steaks hachés quand tu peux écrire comme ça.

— J'ai eu trois lettres de rejets de la part d'agents, alors, peut-être pas.

— Ah bon ? Où as-tu eu les noms des agents ?

— Internet.

Jeremy prit une gorgée de son soda. Il se souvenait de chaque ligne accablante de chacune d'entre elles.

— C'est pour ça que j'ai laissé Mme Rollingswell le lire. Après la troisième, j'avais juste besoin d'une autre opinion, je suppose. Elle l'a aimé, mais bon, elle était mon professeur, donc…

Il haussa les épaules.

— Eh bien, Seigneur, Jeremy, ces agents en ligne doivent recevoir des milliers de soumissions de gens qu'ils ne connaissent pas. Tu as besoin de quelqu'un qui connaît des personnes pour te défendre et t'aider. Tu as besoin… tu as besoin d'aller à l'université. Je sais que tu le veux. Et je sais que tu as l'impression que tu n'as pas l'argent, mais…

— Ce n'est pas que ça.

— Alors c'est quoi ?

Jeremy ne répondit pas. *Tout. Rien. Maman. Moi. Toi.*

— Est-ce que ça t'a vraiment plu ? Honnêtement ? Tu n'es pas juste gentil ? demanda-t-il à la place.

Il n'aurait jamais eu l'audace de lui donner un de ses écrits. Mais maintenant, il ne voulait rien d'autre que croire que Chris « comprenait » son travail.

— Oui, dit Chris sérieusement. Ça m'a vraiment, *vraiment* plu.

Jeremy soupira, ses nerfs vibrant.

— Écoute, le truc de l'université n'est pas aussi écrasant que ça en a l'air. Je peux t'aider. Tu me laisseras faire ?

Chris avait toujours le bras autour des épaules de Jeremy, et celui-ci regarda autour de lui pour voir si quelqu'un les observait. Ben et Eric étaient serrés l'un contre l'autre au-dessus d'une corde. Grosse surprise. Mais Charlie les regardait, lui et Chris. Il avait une drôle d'expression perplexe, du genre *des homos, des homos partout.* Mais Jeremy savait qu'il s'en moquait, ou il ne travaillerait pas avec Joshua et Ben.

Jeremy se retourna.

— Qu'est-ce que tu veux dire par m'aider ? demanda-t-il avec inquiétude.

Chris soupira.

— J'ai suivi un cours de création littéraire à l'université quand j'y étais. Seulement parce que le professeur est légendaire et qu'il est tordant. Ses cours sont toujours bondés. En tout cas, je lui ai parlé quelques fois en personne. C'est un mec sympa, et je pense que si je lui envoie un e-mail et le lui demande, il jettera un œil à ton livre.

Jeremy souffla.

— Allons. Je suis sûr qu'il est trop occupé.

Le bras de Chris retomba, et quand Jeremy le regarda, il affichait une expression coupable.

— OK, il se pourrait que je lui aie déjà envoyé un e-mail ? Ne sois pas en colère. J'étais tellement euphorique après avoir lu ton livre, il le fallait. Je me suis extasié encore et encore à ton sujet. Et il m'a répondu immédiatement et a dit qu'il serait heureux d'y jeter un œil.

— Oh mon Dieu, dit Jeremy en mettant sa tête entre ses mains. Pourquoi ne pas simplement prendre un couteau et m'éventrer ? Étendre mes intestins sur le sol. Inviter des fourmis pour une fête.

— Allons, dit Chris en donnant un coup de coude à l'épaule de Jeremy. Ce n'est pas une affaire. Tu ne le connais même pas. Mais s'il le lit vraiment, au moins tu auras une autre opinion. Pas vrai ? Et il est bon, Jeremy. Il l'*est*.

Et si ce légendaire professeur le détestait, Jeremy voudrait sauter du pont le plus proche.

Mais si ce n'est pas le cas ?

— Respire, ordonna Chris.

Ce qui expliquait pourquoi la rivière était soudain devenue très bruyante.

Jeremy respira.

— Je veux du sexe maintenant.

Chris renifla.

— Tu es reconnaissant à ce point ?

— Non, je suis effrayé à ce point, et j'ai besoin de quelque chose qui puisse me faire arrêter d'y penser.

Chris émit un petit rire.

— OK, bébé ours. Nous devons juste survivre à un parcours de plus pour rentrer au ranch. Je pourrai te rejoindre et…

Les paroles de Chris s'interrompirent lorsqu'ils entendirent tous deux le bruit caractéristique de quelqu'un qui se prenait un coup de poing au visage.

***MERDE** alors !* pensa Chris.

Joshua Braintree venait de faire voir trente-six chandelles à Eric Crassen.

Eric était étendu sur le dos au sol, levant les yeux vers Joshua avec une expression abasourdie, sa main tenant son nez ensanglanté. Et Joshua… nom de Dieu. Chris n'avait jamais vu Joshua le décontracté en colère, mais il l'était vraiment maintenant. Il se tenait au-dessus d'Eric, les deux poings serrés, le visage rouge et furieux. Il avait l'air d'un serpent à sonnettes énervé prêt à frapper.

— Lève-toi et bats-toi comme un homme ! cria-t-il à Eric.

— Que diable t'arrive-t-il ? demanda Ben, l'air sidéré, en attrapant le bras de Joshua. Qu'est-ce qu'il a fait ?

— Qu'est-ce qu'il a *fait* ? répéta Joshua en regardant Ben comme s'il était fou. Il te colle comme une mouche sur du miel depuis le premier jour !

— Ce n'est pas ça !

Eric leva les deux mains d'un geste apaisant, mais il resta sagement sur le sol.

— Il voulait apprendre comment lancer une corde ! Et attacher des nœuds ! Et… Seigneur, Joshua. Tu as vraiment une aussi piètre opinion de moi ?

L'expression de Ben passa de choquée et déroutée à blessée en une seule et terrible seconde. Il avait presque l'air d'être sur le point de pleurer.

— Je ne ferais jamais ça ! Juste parce que je… Ce n'est pas comme…

Il fit volte-face et partit entre les arbres.

— Ben ! l'appela Joshua, avec un tel abattement dans la voix qu'il devait savoir qu'il avait gravement foiré.

Il souffla et tendit une main à Eric. Celui-ci la prit avec méfiance et laissa Joshua le remettre sur pieds.

— Désolé, marmonna Joshua. Je pense que c'était déplacé.

— Che t'pwomets que ch'était pas cha, marmonna Eric à travers sa main ensanglantée.

L'autre main était toujours levée en un geste signifiant « recule ».

— Je pense que non. Désolé, Eric.

Joshua avait l'air mortifié et frustré. Il partit rejoindre Ben entre les arbres.

Chris se sentait mal. Il se sentait plus mal qu'il l'aurait dû. Puis il se rendit compte qu'il avait placé ses espoirs en Joshua et Ben d'une certaine manière. S'ils pouvaient y arriver – être un vrai couple avec un vrai foyer, et être heureux – alors peut-être qu'il pourrait aussi. Avec un homme.

Jeremy sembla lire dans ses pensées. Il donna un petit coup du doigt sur le flanc de Chris.

— Ils s'en sortiront. Joshua devra simplement ramper un peu. Mais au moins, on peut voir à quel point il aime Ben. Ça ne me dérangerait pas que quelqu'un soit jaloux comme ça à mon sujet.

— Vraiment ? dit Chris avec un rire surpris.

Jeremy haussa les épaules.

Chris pensa à quel point le géant Skully avait été protecteur dans *Enfermé*. Était-ce le fantasme secret de Jeremy ? Que quelqu'un l'aime assez pour le protéger du monde ? Avec ses poings, si nécessaire ? Chris supposa qu'il ne pouvait pas l'en blâmer. Mais ça lui faisait mal de penser que Jeremy pourrait un jour trouver cet homme, et que ce ne serait pas lui.

— Je ferais mieux d'aller aider mon frère, dit Jeremy en se levant.

— On dirait que Charlie est déjà sur le coup.

Il tenait un chiffon humide contre le nez d'Eric et lui faisait pencher la tête en arrière.

— Oui, mais je suis son petit frère. Je dois me tracasser pour lui. Ça lui donne l'impression d'être spécial.

Jeremy lui fit un clin d'œil et s'éloigna.

Chapitre Quinze

MABE Crassen se sentit comme une reine lorsqu'elle se regarda dans le miroir de la penderie. Ses cheveux étaient d'un roux profond et coupés en dégradé, grâce à Karen de l'institut de beauté. Elle avait ressorti un lot de bigoudis chauffants qu'elle n'avait pas utilisés depuis vingt ans. Sa coiffure sophistiquée reposait en boucles sur ses épaules presque comme lorsqu'elle était une jeune fille.

Karen avait proposé de lui prêter un pull et une jupe vraiment jolis en cashmere, mais Mabe avait refusé. Elle ne pouvait quand même pas arriver dans une tenue pareille pour faire le ménage. Par contre, elle avait acheté un nouveau soutien-gorge qui remontait sa poitrine là où elle était censée être, et elle avait enfilé par-dessus un tee-shirt noir avec des ornements en dentelle de chez Walmart [8]. Et grâce à un nouveau régime, elle rentrait dans son ancien jean. Et pour terminer, un maquillage complet avec un rouge à lèvres rouge. Seigneur, de quand datait la dernière fois où elle avait porté une telle couleur ?

Elle n'était plus la jeune fille qu'elle avait été. Elle avait quarante-deux ans, et les kilomètres au compteur étaient visibles autour de ses yeux, sa mâchoire et dans le pincement de sa bouche carmin.

— On ne pourra pas faire mieux, Mabeline, dit-elle au miroir.

Elle aimerait faire regretter à Billy Stubben le choix qu'il avait fait toutes ces années auparavant, lui faire ressentir un tout petit peu de cette douleur dont il l'avait couverte. Ou même juste être mélancolique. Elle s'accommoderait de la mélancolie de Billy, ou de même un petit coup d'œil appréciateur ici et là. C'était un espoir assez petit, pensait-elle, même pour la mère de deux garçons adultes.

BILLY l'accueillit poliment à la porte. Ses yeux s'écarquillèrent quand elle enleva son manteau et qu'il la vit. Mais il fut très professionnel en lui faisant visiter la maison.

— Tu veux quelque chose de spécial ? demanda-t-elle, regardant la salle de bain principale.

Billy avait l'air mal à l'aise, comme cette fois où ils avaient rendez-vous et qu'il était venu la chercher au lotissement de mobile homes et avait rencontré ses parents. Comme à ce moment-là, il avait une expression perplexe, comme s'il n'arrivait pas tout à

8 Grande enseigne de supermarché.

fait à comprendre comment il en était arrivé là et qu'il n'appréciait pas beaucoup d'y être.

— Juste l'ordinaire, dit-il avec raideur. La poussière, l'aspirateur, la vaisselle et les sols dans la cuisine, et les trucs comme ça.

La maison en avait vraiment besoin. Ce n'était pas une porcherie, mais il était certain que Billy ne faisait aucune des choses qu'il avait listées, sauf peut-être la vaisselle de temps à autre.

— Je ferais mieux de commencer, dit Mabe.

Elle fit le premier étage d'abord – deux salles de bain et trois chambres. Deux des chambres étaient inutilisées, cependant elles avaient besoin d'un bon dépoussiérage et d'être aérées. Elle aimait se plaindre du ménage, mais à la vérité, cela ne la dérangeait pas. C'était un travail physique qui la maintenait en forme, et elle aimait quand la maison était silencieuse et qu'elle pouvait laisser son esprit se vider. Elle aimait la manière dont le bois et le verre reluisaient en les frottant un peu avec un spray et un chiffon. Elle aimait mettre les choses en ordre. Et si elle était honnête, elle aimait avoir un aperçu aussi personnel dans la vie des autres.

Leurs vieilles chaussures. Les robes de taille 38 que la vieille Mme Temple gardait au fond de sa penderie même si elle ne reverrait jamais l'envers de la taille 50. Les magazines avec des dames asiatiques aux grosses poitrines que le pauvre veuf M. Carson gardait sous son matelas. Elle n'avait pas eu l'intention de les trouver, mais elle devait changer le drap du dessous, pour l'amour du ciel.

Elle ne trouva rien de similaire dans la chambre principale de Billy, pas même quand elle jeta un rapide coup d'œil dans la table de nuit.

Non, ça ne la dérangeait pas de nettoyer, mais ce qui la dérangeait, c'était que c'était payé si peu et que ce n'était pas le genre de travail que les gens respectaient. La propreté était peut-être l'image de la netteté de l'âme, mais personne ne la traitait comme un pasteur.

Elle termina l'étage et descendit à la cuisine. Elle espérait que Billy était dans le coin, comme elle le lui avait demandé. Elle avait préparé beaucoup de questions bêtes au cas où elle aurait la chance de l'ennuyer.

Il s'avéra que ce n'était pas nécessaire. Billy l'attendait à la table de cuisine.

— Mabe, veux-tu t'asseoir s'il te plaît ? Il faut qu'on parle.

— Mais je n'ai pas fini de travailler.

— Je le sais, mais j'ai réfléchi à ce que je dois dire, et je ne veux plus attendre. S'il te plaît ?

Le visage et la voix de Billy étaient sombres, et Mabe sut que c'était quelque chose d'important. Mais elle ne savait pas quoi. Peut-être qu'il ne voulait pas qu'elle nettoie sa maison après tout. Et ne serait-ce pas un coup brutal ?

Sans un mot, elle s'installa sur une chaise devant la jolie table en chêne, qui était pratiquement plus grande que sa cuisine entière. Billy était assis en face d'elle, et il étudia son visage comme s'il essayait de comprendre quelque chose. Elle leva le menton obstinément.

— Quand on s'est séparé, il y a toutes ces années, pourquoi ne m'as-tu pas dit que tu portais mon enfant ?

C'était comme être frappée par un seau d'eau froide. Mabe en resta bouche bée et bredouilla, sur le point de le nier, mais la certitude sur le visage de Billy lui dit que ce cheval avait déjà sauté la clôture.

— Eh bien ? insista-t-il.

Elle se redressa, fière, sur sa chaise pour lui montrer qu'il ne l'intimidait plus.

— On était déjà séparés quand je l'ai su.

— Et ? Tu aurais quand même dû me le dire.

— Et faire dire à tout le monde et à l'univers que je t'avais piégé pour que tu m'épouses ? Que je l'avais fait exprès ? Ton père surtout, Billy. Il l'aurait dit, et tu le sais !

— Qui se soucie de ce que les gens auraient dit ? C'était *mon fils*. Tu n'avais aucun droit de me l'enlever !

Billy semblait vraiment en colère, sa voix tremblait sous l'émotion.

— Tu *m'avais* déjà rejetée, Billy Stubben. Pourquoi j'aurais pensé que tu voudrais de notre bébé ? Et de toute façon, le temps que je comprenne, j'avais tourné la page sur toi, quoi qu'il en soit.

Oh, c'était faux. Bon Dieu, non. Avait-elle un jour tourné la page sur Billy Stubben ?

— Je ne t'ai pas rejetée ! C'était juste parce que mon père a dit que tu étais une croqueuse de diamants...

— Et tu n'as pas pris ma défense non plus !

Billy frappa la table du plat de la main, bruyamment.

— Personne ne discutait avec mon père. Et de plus, je... dit-il en secouant la tête. Je ne savais pas quelle était la vérité. Et tu ne m'as pas vraiment donné la chance de le découvrir. Tu es juste partie en trombe. La seconde d'après, tu flirtais avec tous les garçons de la ville.

— Je n'allais pas rester là où on ne voulait pas de moi.

Mabe renifla, relevant son menton davantage dans les airs. Elle avait essayé de rendre Billy jaloux en traînant avec d'autres garçons. Ça avait été la chose la plus stupide qu'elle avait faite de toute sa vie, parce qu'alors tout le monde avait pensé qu'elle était facile – le pensait encore, à ce jour – alors que la vérité était que seuls Billy et Frank avaient partagé son lit. Et ces rumeurs n'avaient fait qu'éloigner Billy davantage.

Mabe et Billy se fixèrent.

— Ta fichue fierté, dit Billy avec dégoût, secouant la tête.

— *Ta* fichue fierté. Ton père t'a donné une excuse pour douter de moi, parce que j'étais pauvre. Et tu l'as prise.

— Et tu t'es assurée de remuer le couteau dans la plaie.

Mabe ne dit rien, mais elle souleva un sourcil.

Billy soupira profondément, se tassant. Il avait soudain l'air vieux.

— Mabe, je ne pense pas que je comprendrai un jour ce qui s'est et ne s'est pas passé entre nous, même si je suis sûrement à blâmer pour au moins la moitié. Mais Eric est *mon fils*. J'aurais dû être un père pour ce garçon.

Sa voix était rauque et ses mains tremblaient sur la table. Dieu du ciel, il pleurait pratiquement.

Et Mabe se sentit sacrément coupable soudainement.

— Peut-être que j'aurais dû te le dire, admit-elle à contrecœur. Mais… Frank voulait m'épouser. Il voulait que tout le monde pense qu'il était le père. Et tu t'es fiancé à Polly. Ensuite, plus tard, tu as eu le petit John et tes filles… Je suppose que j'ai pensé qu'il était inutile de compliquer les choses pour nous tous. Dieu sait que cette ville est suffisamment petite comme ça.

Billy hocha la tête. Il s'essuya le visage. Il s'écoula un moment avant qu'il puisse parler.

— Perdre John a été la pire chose qui me soit arrivée de toute ma vie, Mabe. La pire. Même plus dure que de perdre Polly.

— Je peux le comprendre.

— Et savoir que j'ai un autre fils… Que j'aurais pu… Il ne remplacera jamais John, bien sûr. Mais je veux connaître Eric. Et j'ai l'intention de… enfin. Je veux juste que tu saches… j'ai l'intention de dire la vérité à Eric. Et je ne te demande pas ta permission.

Mabe redressa le dos.

— Eh bien. S'il doit le découvrir, il vaudrait mieux que ça vienne de moi.

Billy y réfléchit. Il hocha finalement la tête.

— Très bien. Mais je veux que ce soit fait cette semaine.

— Bien, dit Mabe en se levant. Je suppose que je vais retourner travailler alors.

— Tu n'as pas à terminer. Je te paierai pour la journée entière.

Le tempérament de Mabe s'enflamma et elle posa les mains sur ses hanches.

— Si tu penses que je vais laisser cette cuisine dans cet état, tu te mets le doigt dans l'œil ! J'ai ma dignité, Billy Stubben.

Il souffla.

— Très bien ! N'en fais pas toute une histoire. Je vais aller consulter mes e-mails dans mon bureau.

Et éviter de voir tout le dur travail, pensa-t-elle.

— Vas-y, alors. Et quand j'aurais fini, tu pourras me donner un chèque. Un bien gros.

Elle n'avait pas eu l'intention que ça sorte comme ça, mais elle reconnut bien le flamboiement de passion qui illumina momentanément les yeux de Billy. C'était bien de savoir qu'il y avait encore un peu de ce garçon lubrique sous cet extérieur coincé.

Elle balança peut-être les hanches plus que nécessaire en retournant au travail. Mais alors qu'elle frottait le sol de la cuisine, elle commença à se sentir effrayée.

Comment Eric allait-il réagir quand elle lui dirait que Frank Crassen n'était pas son père ? Et s'il ne lui pardonnait jamais ?

— **EMBRASSE-MOI,** dit Jeremy, ce qui était un peu redondant puisqu'ils s'étaient embrassés en sortant de la voiture, jusqu'à la porte du mobile home, en grimpant à l'intérieur, et en allant au bout du couloir vers la chambre de Jeremy.

Mais à la vérité, il n'arrivait jamais à se rassasier de Chris pour que ça lui aille.

— T'embrasser où ? demanda Chris, tout en sensualité, alors qu'il mordillait la lèvre inférieure de Jeremy.

— Partout, c'est bien. Je peux indiquer des endroits clés si tu as besoin d'indications.

— Je pense que je peux deviner, dit Chris avec un petit rire.

Il riait toujours, ce que Jeremy adorait. Il n'avait jamais été à proximité de quelqu'un qui riait aussi facilement que Chris, ce qui lui donnait envie de rire aussi.

— Et cette fois, tu pourras être aussi bruyant que tu voudras, ajouta-t-il.

— OK, dit Jeremy, testant déjà sa toute nouvelle liberté avec un hoquet bruyant lorsque Chris passa le nez sur son cou et frotta son entrejambe gonflé à travers son jean. *Oh, ouais !*

Il pouvait sentir Chris sourire contre sa peau.

Ils avaient réussi à partir en douce ensemble une demi-douzaine de fois depuis la première fois, toujours à la rivière après la nuit. Jeremy avait reçu autant de suçons de Chris que de piqûres de moustiques, et ils avaient appris à rester aussi couverts que possible. Maintenant, il avait hâte de retirer les vêtements de Chris. Tous.

— Tu es sûr que ta mère et Eric ne vont pas revenir ? demanda Chris.

— Maman fait le ménage pour M. Stubben, et Eric est au Big Basin. Mais j'ai une serrure sur ma porte juste au cas où.

— Bien.

Ils arrivèrent à la petite chambre de Jeremy, et celui-ci verrouilla la porte. Il se retint, la main sur la poignée, et ne fit que regarder. Il avait besoin de ralentir et d'apprécier ce moment – un homme sexy, Chris Ramsey, était dans sa chambre, prêt à tout. Et il était tout à lui.

— Je ne sais pas par où commencer. Je veux tout, admit-il précipitamment.

Le sourire de Chris s'effaça et ses yeux prirent une expression affamée. Il tira lentement sa chemise par-dessus sa tête et la laissa tomber. Ses doigts allèrent à sa ceinture et il frotta la boucle du pouce, faisant pulser le sexe de Jeremy contre sa fermeture éclair en commisération. Chris défit lentement la boucle, défit sa fermeture, et baissa puis retira son jean, se débarrassant de ses chaussures et aussi de ses chaussettes. Jeremy ne prit pas d'autre respiration jusqu'à ce que Chris se tienne là sans le moindre carré de tissu. Jeremy avait senti ce corps, avait rêvé de ce corps, avait posé ses mains et sa bouche sur certaines parties. Mais c'était différent de voir Chris ainsi, nu comme au jour de sa naissance.

Il était solide, plus épais à la taille que Jeremy, et plus large dans les biceps et les épaules qu'il en avait l'air complètement habillé. Ses jambes étaient minces, légèrement musclées, et avaient des poils bruns. Il était épilé, pensa Jeremy, il ne restait qu'un peu de poils bruns au-dessus, et ses testicules pendants étaient nus et avaient l'air doux. Son pénis était circoncis, épais et arrondi, dur et faisait saillie. Le fixer donnait envie aux genoux de Jeremy de se plier et sa tête tournait de désir. Il serra la poignée plus fort.

— Enlève tes vêtements, dit Chris, les yeux sombres et attentifs.

Jeremy cligna des yeux, revenant d'un hébétement provoqué par le désir, et trouva la force de bouger. Il retira rapidement ses vêtements, ne se souciant même pas que son corps soit loin d'être parfait. Chris le fixait comme s'il était un buffet avec ses plats préférés.

— Seigneur, Jeremy, dit Chris, la voix rauque.

— Je veux tout faire. On peut ? J'ai acheté… des trucs.

Chris afficha un rapide sourire.

— Moi aussi. Dans ma poche. Mais…

— Quoi ?

Jeremy trouva impossible de ne faire que le regarder plus longtemps, donc il fit un pas en avant et caressa la chair dure et fière de Chris avec deux doigts, légèrement aguicheur.

Chris ferma les yeux et déglutit.

— Puisque c'est ta première fois, je veux que tu me prennes. Je fais des rêves où j'avais ton monstre doux et non circoncis en moi.

Monstre doux et non-circoncis. Seigneur, c'était ridicule et donnait l'impression à Jeremy d'être un Dieu en même temps.

Attends… quoi ?

— Tu me laisserais faire ça ? Je veux dire… tu veux ça ? demanda Jeremy, incapable de croire qu'il avait bien entendu.

Chris ne fit que lui lancer un regard disant « regarde-moi » et glissa à genoux pour faire un peu de vénération préliminaire à l'autel.

Mais Jeremy l'arrêta d'une main sur le coude.

—Attends.

Il prit une profonde inspiration, essayant de calmer son enthousiasme nerveux. Chris lui avait bien fait comprendre durant leurs rencontres précédentes qu'il adorait sucer son sexe. Et Jeremy adorait que Chris le fasse. Mais en cet instant, il voulait donner plutôt que recevoir. Il avait besoin de montrer à Chris tout ce qu'il ressentait puisqu'il n'oserait jamais le lui dire.

— Je peux te toucher cette fois ? demanda Jeremy.

Un coin de la bouche de Chris se courba en un sourire, et un de ses doigts effleura la joue de Jeremy.

— Bien sûr. Je suis tout à toi.

Il se coucha sur le lit, plaçant ses mains derrière sa tête et écartant légèrement les cuisses, levant un genou et laissant l'autre jambe s'ouvrir vers l'extérieur. Ses cheveux bruns et sa peau pâle ressortaient contre l'édredon bleu.

Il n'avait jamais rien vu d'aussi attrayant de toute sa vie.

— Oh waouh, souffla Jeremy.

Il s'agenouilla sur le lit et passa ses mains sur les jambes de Chris, surpris par la douceur de sa peau à l'intérieur des cuisses.

Chris prit une brusque inspiration et ne bougea pas.

Jeremy y frotta le nez, ressentant la texture de cette peau sur sa joue, le goûtant avec des coups de langue de chaton et de brèves succions. D'abord ses mollets. L'intérieur de ses genoux. Ses cuisses. Ses bourses. Chris se tortilla puis respira en petits halètements rapides.

Cet endroit était attirant – chaud et il sentait la terre, le musc et la chair. Jeremy ferma les yeux et laissa l'odeur s'imprégner à travers lui, pénétrer dans son sang, et le rendre plus dur et prêt, oh, tellement prêt pour n'importe quoi.

Il attira doucement dans sa bouche un testicule ferme mais doux, la peau était détendue, presque comme le prépuce de Jeremy. Il passa la langue dessus, faisant des cercles et des cercles.

— Jeremy, mon Dieu ! marmonna Chris de très loin.

Il essaya l'autre, le retenant dans sa bouche pendant qu'il utilisait sa langue pour caresser le dessous, pour remonter et chatouiller l'espace derrière. Les hanches de Chris décollèrent du lit, et Jeremy gémit malgré sa bouche pleine.

— Oh mon Dieu ! hoqueta Chris, riant à moitié.

Il devait être chatouilleux à cet endroit, présuma Jeremy.

Il laissa le morceau en forme d'œuf glisser hors de sa bouche, et il remonta le sexe de Chris en le léchant. Il en adorait la substantialité, le pouvoir court et brutal de la manière dont Chris était bâti. De la base à l'extrémité, il ne faisait probablement pas plus de treize centimètres, mais il était large avec un gland gros et volumineux, et il palpitait de vie et de sexualité brute.

Jeremy le happa profondément. Ce n'était pas la première fois qu'il le prenait dans sa bouche, mais au bord de l'eau, il n'avait jamais eu la liberté ou le temps de le vivre complètement, de mémoriser chaque détail. Le bulbe du gland de Chris s'ajustait profondément dans sa bouche, comme un bouchon dans une bouteille. Il avait découvert qu'il pouvait lutter contre la bouffée de malaise, d'un réflexe nauséeux qui menaçait de se déclencher, et qu'il pouvait le combattre, sentir le membre de Chris qui recouvrait et se pressait contre le voile de son palais, de sa langue et jusqu'au fond de sa gorge, et que ça l'excitait férocement. Il ferma les yeux et recommença, encore et encore, tout en le suçant, pour mieux glisser à nouveau le membre de Chris au plus profond de sa bouche. Bon Dieu, il adorait ça. Il adorait les petites poussées grognées que Chris semblait faire involontairement quand il touchait cet endroit.

C'était sexy, purement obscène d'une manière qui achevait pratiquement Jeremy. Il gémissait sans discontinuer au fond de sa gorge et serrait sa chair excitée dans son poing.

Chris commença à trembler sous lui, relevant un peu plus ses hanches.

— Oh, putain, Jeremy. Arrête, dit Chris en le repoussant pour remonter péniblement le long du lit. Seigneur, tu vas me faire jouir. Je ne veux pas faire ça avant que tu sois en moi.

Jeremy était lui aussi proche de l'orgasme, et les paroles de Chris n'aidaient pas. Il se serra durement à la base, prenant un instant pour se calmer pendant que Chris sortait du lit et fouillait dans son jean. Il revint avec un sachet de lubrifiant et un préservatif.

— Utilise le lubrifiant, donna-t-il comme instruction, en lui tendant les articles. Un doigt, puis deux. Sois doux. Ça fait un moment. D'accord ?

Jeremy hocha énergiquement la tête, incapable de parler.

Chris sourit devant l'expression sur le visage de Jeremy et se pencha pour l'embrasser gentiment. Puis il se coucha sur le ventre.

Il avait un homme nu dans son lit, cette fois avec une vue sur un dos et des fesses rebondies. C'était tout ce que Jeremy avait toujours voulu. Et il allait…

Merde alors. Il ne pouvait même pas penser à ce qui allait se passer ou il ne tiendrait jamais le coup.

Il frotta ses mains de haut en bas sur le dos et les jambes de Chris pendant un moment avant d'ouvrir le sachet de lubrifiant. Il lui en mit un peu dans le creux à la base de la colonne vertébrale et utilisa ses deux mains pour écarter doucement ses fesses.

Bon sang. Il avait regardé du porno, alors ce n'était pas comme s'il n'avait jamais vu l'anus d'un homme avant, mais c'était réel et écrasant, rose et propre. La vue, et la légère bouffée de musc qui s'éleva, excitèrent quelque chose d'enterré dans son cerveau reptilien. Cela lui donna une envie brusque de *baiser* et de *baiser tout de suite.*

Jeremy se pencha en avant, respirant Chris. Il y plaça un baiser léger. Puis un autre.

Chris se mit à rire et soupirer en même temps, mais il souleva les hanches, suppliant pour en avoir plus. Jeremy trempa un doigt dans le lubrifiant transparent et le tapota à l'endroit où Chris était bien fermé. Il sentit le muscle élastique se détendre.

Cela arrivait vraiment. Il allait *vraiment* coucher avec quelqu'un pour la première fois.

Chris n'offrit pas d'autres instructions, seulement des grognements, des soupirs et des gigotements pendant que Jeremy prenait son temps, excité par la mécanique de la chose, la confiance et l'intimité. Ce fut un choc quand il sentit la chaleur intérieure de Chris, la douceur, la manière dont son corps agrippait ses doigts. Comment serait la sensation quand ce serait son *sexe* ? Seigneur, il tiendrait deux secondes.

— Maintenant, bébé, dit Chris, se redressant à quatre pattes.

Bébé. Jeremy fut ravi par ce mot. Il ouvrit l'emballage du préservatif avec des doigts tremblants. Chris était patient, attendant qu'il trouve comment l'enfiler. C'était la première fois qu'il mettait un préservatif. L'idée en était sexy, *Je porte un préservatif*, mais il n'était pas sûr d'aimer la sensation. D'un autre côté, tout ce qui l'empêcherait de jouir immédiatement était probablement une bonne chose.

Il mit du lubrifiant sur le préservatif et se mit en position, s'agenouillant sur le lit derrière Chris. Il marqua une pause, son extrémité placée contre l'orifice. Il passa à nouveau ses mains de haut en bas sur sa colonne vertébrale. Peut-être qu'il était naïf et stupide, mais il avait l'impression qu'il voulait dire quelque chose, quelque chose comme *Je t'aime*. Il avait l'impression que ça devait être dit alors qu'il était sur le point de prendre le corps de Chris comme ça, de devenir une partie de lui d'une manière aussi intime. Il n'avait jamais osé espérer être amoureux de la personne quand il le ferait pour la première fois. Mais il l'était. Il l'était vraiment.

Il ne le dit pas, il prononça seulement le nom de Chris, même si les mots étaient dans son inflexion si quelqu'un savait comment écouter. Il poussa à l'intérieur lentement, essayant de prêter attention à la résistance, de ne pas lutter contre, de laisser Chris l'attirer. Mais quand il sentit ses testicules toucher l'arrière des cuisses de Chris, toutes ses pensées quittèrent son esprit.

— Chris !

Celui-ci grogna et tendit la main en arrière pour saisir la cuisse de Jeremy et l'encourager.

Ce n'était pas nécessaire. La nature savait ce qui devait être fait, connaissait le plaisir du va-et-vient, de la plongée et de la friction, de serrer et d'être serré. Les mains de Jeremy serrèrent fort les flancs de Chris tandis que ses hanches et son esprit s'envolaient.

— Chris. Chris, scandait Jeremy bruyamment, et à chaque assaut, Chris laissait sortir un hoquet qui portait le son du nom de Jeremy.

Le plaisir était intense, encore plus intense que la bouche de Chris sur lui. C'était chaud et étroit et il n'y avait plus de résistance, plus de tout. Il eut l'impression de danser au bord du précipice longtemps, mais cela aurait pu n'être que quelques minutes.

Il était vaguement conscient de la main de Chris volant sur lui-même, des signes qui lui montraient qu'il allait jouir. Mais même si Chris n'avait pas été prêt, Jeremy n'aurait jamais pu s'arrêter, pas alors qu'il était à l'intérieur d'un autre corps pour la première fois.

Il ferma les yeux et cria alors qu'il explosait. Et même là, il fallait aussi qu'il sente Chris. Il s'effondra sur son dos et mit sa main au-dessus de celle de son amant pour pouvoir partager la palpitation et le déversement de son orgasme pendant que son propre sexe pulsait encore *cinq, six fois*, aussi profondément qu'il pouvait aller.

Chapitre Seize

ILS avaient tous les deux chaud et étaient collants, mais Chris attira Jeremy près de lui alors qu'ils reposaient côte à côte sur le lit.

La chambre de Jeremy. Chris avait à peine eu le temps de la regarder, mais ses yeux errèrent dessus maintenant, le torse nu de son propriétaire pressé contre le sien, les entrejambes et ventres gras de semence et de lubrifiant.

C'était un lit double, déformé avec un édredon bleu. Il y avait une commode blanche, un ordinateur portable et une pile de carnets perchée dessus. Presque chaque autre centimètre carré de la chambre était envahi par des étagères et des livres, des livres de poche abîmés comme des réserves de noisettes. Il y avait un autocollant sur la partie supérieure de la petite fenêtre qui montrait un chemin dans la forêt. Cela ressemblait au parfait pictogramme de Jeremy Crassen, un vagabond dans l'âme, ne serait-ce que dans son esprit, une voie simple qui pourrait mener à des merveilles et de la magie.

— Tu me plais. Beaucoup, lui dit Jeremy, sa main jouant paresseusement avec la ligne de poils de l'abdomen de Chris.

Son corps devint un peu tendu, et le silence qui suivit et qui venait de lui sembla forcé.

Chris ferma les yeux. Il avait été dans le grand monde, et il savait qu'un autre homme se serait levé d'un bond et aurait disparu en un éclair, à l'écoute de mots pareils. Ils étaient doux et lourds, comme une ruche de quarante-cinq kilos remplie de miel.

Honnêtement, ces mots le rendaient un peu anxieux, mais seulement parce qu'il tenait à Jeremy et qu'il ne voulait pas le blesser.

Il ne s'était jamais senti aussi proche de quelqu'un, durant les ébats ou même après. Il n'avait jamais passé chaque instant éveillé à se demander quand ils seraient à nouveau ensemble. Il n'arrivait pas à imaginer une autre personne dont le corps, dont la passion au lit, ne l'ennuierait jamais. Quant à traîner simplement ensemble, ils s'accordaient comme s'ils s'étaient connus toute leur vie.

Jeremy lui plaisait aussi. Vraiment.

Merde.

Il était couché là, laissant passer ses doigts sur le bras de Jeremy et essayant de penser à ce qu'il pourrait dire qui serait gentil, mais freinerait les choses, au moins un peu. Il s'impliquait trop intensément et trop vite, et il s'en inquiétait plus pour le bien de Jeremy que pour le sien. Mais avant qu'il trouve quelque chose à lui dire, ils entendirent le bruit de la porte du mobile home se fermer violemment.

Chris se redressa rapidement.

Jeremy se précipita hors du lit.

— Merde, dit-il, sautant sur une jambe et enfilant son jean, sans sous-vêtement.

Le préservatif tomba sur le sol en lino avec un *splatch* et Jeremy le poussa avec un orteil sous le lit.

Chris se mit à rire, trouvant ça inexplicablement hilarant, alors même qu'il plongeait, paniqué, sur ses vêtements.

Ils émergèrent de la chambre de Jeremy quelques minutes plus tard. Chris essaya d'agir avec décontraction, mais il supposa que n'importe qui avec des yeux et un sens de l'odorat saurait ce qu'ils avaient trafiqué.

Mabe Crassen était assise à la petite table en Formica qui était attachée au mur à côté de la cuisine. Il y avait deux verres glacés de limonade posés là et un autre partiellement vidé dans sa main.

— Les garçons, dit-elle calmement.

Chris n'avait jamais eu beaucoup d'interactions avec Mabeline Crassen sauf à la caisse du Merc. Elle avait l'air différente aujourd'hui. Ses cheveux étaient teints et bouclés et elle avait l'air d'avoir rajeuni. Elle n'avait pas l'air en colère, mais il y avait une tristesse dans ses yeux qui mit Chris mal à l'aise.

— Mme Crassen, dit-il poliment.

— Hé, Maman. Tu connais Chris. Nous étions juste… hum… en train de regarder certains de mes livres, dit Jeremy en essayant vaillamment.

Mabe souffla.

— C'était « l'observation de livres » la plus bruyante et gémissante que j'ai jamais entendue.

Jeremy devint rouge vif, et Chris souhaita fortement avoir un téléporteur ou un trou noir.

— Prends de la limonade, Chris, dit Mabe en poussant le verre vers lui. Ne t'inquiète pas, je ne l'ai pas empoisonné. Ni même craché dedans.

Mabe souleva un sourcil vers lui comme si elle le défiait de le refuser, donc Chris n'eut pas d'autre choix que d'accepter le verre et d'en prendre une gorgée.

Elle était fraîche et bonne. Il en prit une autre gorgée. Il faisait terriblement chaud dans le mobile home.

— Merci.

Elle poussa l'autre verre vers Jeremy.

— Bois, Jer, avant de t'évanouir de pur embarras.

Jeremy prit le verre et descendit d'un coup. Il s'essuya la bouche de son bras.

— Nous ne sommes pas… commença-t-il, lançant un regard gêné à Chris. C'est à dire, personne n'est au courant. Et ils ne peuvent pas l'être, Maman. Pas comme ça. *S'il te plaît.*

Quelque chose que Chris ne comprit pas passa entre Mabe et Jeremy.

Elle secoua la tête et baissa les yeux vers ses mains. Elles étaient rêches, ses ongles courts. Elle joua avec l'un d'eux qui s'était cassé.

— Jeremy, pour l'instant mon garçon, j'ai d'autres chats à fouetter. Tout ce qui m'intéresse, c'est que tu ne me laisses pas. Tu ne me laisseras pas, n'est-ce pas ?

Elle leva le regard vers lui, les yeux humides. Il fronça les sourcils de confusion.

— Non, Maman. Pourquoi ?

Elle secoua la tête comme pour dire qu'elle ne voulait pas en discuter.

— Je vais préparer quelque chose pour le repas de ce soir. Il faut que je te parle à toi et à Eric, Dieu me vienne en aide. Les garçons, allez-y, maintenant, et emmenez ça ailleurs, dit-elle en reniflant avant de secouer la tête avec un petit sourire ironique. Je pense que mon cœur a eu assez d'excitation pour aujourd'hui.

— C'était bien de vous voir, m'dame, réussit à dire Chris alors que Jeremy le poussait pratiquement par la porte de devant.

— Sois à la maison pour sept heures, hein, Jeremy ! leur lança Mabe.

Près de la voiture, Chris vit correctement le visage de Jeremy. Il avait l'air sous le choc.

— Tu vas bien ? demanda-t-il.

— Je viens de faire mon coming-out à ma mère, dit Jeremy, émerveillé.

— Et tu as été l'actif pour ta première fois.

— Et j'ai été l'actif pour ma première fois ! répéta Jeremy, comme s'il ne pouvait pas le croire.

Chris sourit.

— Félicitations. Je pense que ça mérite un soda à la crème glacée, pas toi ? On peut aller chez Sheila.

Le drive-in, juste à la sortie de la ville, avait les meilleures glaces à l'italienne de la région.

— Oui, dit Jeremy, lui rendant son sourire. Oui. Un soda à la crème glacée me semble parfait.

Jeremy semblait plutôt heureux alors qu'ils roulaient vers chez Sheila, mais quelque chose tracassait Chris. *Tu ne me laisseras pas, n'est-ce pas ?* avait dit Mabe. Était-ce pour ça que Jeremy n'était jamais allé à l'université ? Est-ce que Mabe l'avait forcé à rester par culpabilité ?

Il était possible que la situation de Jeremy soit plus compliquée que Chris l'avait cru.

JEREMY regarda Eric enfourner le ragoût de steak haché de leur mère comme si c'était son dernier repas avant la potence. Leur mère tripotait le sien comme un moineau avec un trouble alimentaire.

Et Jeremy était énervé.

— Hé ! dit-il d'une voix forte, et ils le regardèrent tous deux. C'est logique que le jour où je suis heureux comme tout, vous deux soyez des Grincheux. Qu'est-ce qui se passe ? demanda Jeremy. Maman ? Est-ce que tu voulais qu'on soit tous ensemble pour une raison ?

Il avait eu l'impression que sa mère avait quelque chose à dire. Il aimerait qu'elle le fasse sans plus attendre. Il était presque sûr que ça ne concernait pas le fait qu'il était gay, mais plus elle attendait longtemps pour cracher le morceau, plus il devenait nerveux.

— Hein ? dit Eric en levant les yeux de son assiette. Désolé, je n'écoutais pas.

— Mon Dieu, frangin, tu es tellement amoureux ! renifla Jeremy. Pourquoi ne jettes-tu pas simplement Trix par-dessus ton épaule à la façon d'un homme des cavernes comme tu le fais d'habitude ?

Eric le foudroya du regard.

— C'est une dame. Elle doit le comprendre par elle-même.

— Bon, on n'est pas là pour parler de Trix, interrompit leur mère avant que Jeremy ne puisse contre-argumenter, juste pour le principe.

— Alors nous sommes là pour parler de quoi ?

Leur mère posa sa fourchette, leva le menton, et installa ses mains sur ses genoux d'un air très digne. Mais ses yeux restèrent fixés sur son assiette.

— Eh bien, je suppose que vous savez que j'ai toujours eu une tendresse particulière pour le Big Basin alors que je n'ai jamais eu beaucoup de bien à dire sur Billy Stubben. Il y a une raison à ça.

Elle leva les yeux et regarda Eric. Il y avait une sorte de panique en eux que Jeremy n'avait jamais vue avant, et ça l'effrayait.

— Maman ?

Eric ne fit que la fixer, les sourcils froncés.

— Quoi ? Tu as quelque chose à dire ?

Elle prit une inspiration pour s'encourager.

— Inutile de tourner autour du pot. La vérité est que… la vérité est que Billy et moi sommes sortis ensemble pendant un moment, et j'étais enceinte de l'enfant de Billy quand j'ai épousé Frank Crassen. Eric, Billy Stubben est ton père naturel.

Le silence dans le mobile home faisait mal, tellement il était étourdissant. Jeremy sentit que sa bouche ouverte pendait, il la referma d'un bruit sec.

L'expression sur le visage d'Eric écrasa pratiquement Jeremy. Son visage se décolora vers un blanc maladif sous son bronzage, et il donnait l'impression que le sol venait de se dérober sous ses pieds. Il déglutit et déglutit à nouveau.

— Est-ce que Frank est *mon* père ? demanda Jeremy.

— Bien sûr que oui ! dit Mabe en lui lançant un regard noir. Je n'ai jamais couché avec d'autres hommes derrière le dos de ton père. Eric était… déjà fait avant que je rencontre Frank.

— Donc… Eric et moi sommes demi-frères ?

— Oui.

La position de la bouche de Mabe était bizarre, presque comme si elle s'attendait à un coup quelconque. Elle ajusta ses mains sur ses genoux et regarda Eric, attendant qu'il dise quelque chose.

— Est-ce que Papa savait pour Eric ? demanda Jeremy.

— Il savait, dit Mabe en levant le menton. Je ne lui ai jamais menti. Frank te voulait Eric. Il t'a toujours traité comme son fils, et il t'aimait. C'est ce que tu devrais te rappeler.

— Est-ce que Billy Stubben savait ?

Eric donna l'impression que ça lui faisait mal de sortir cette question.

Leur mère secoua la tête et baissa à nouveau les yeux sur son assiette.

— Il vient de le comprendre. Il a dit qu'il te le dirait lui-même si je ne le faisais pas. Alors je te le dis.

— Tu me dis…énonça Eric prudemment, que John Stubben était mon demi-frère. Et que Billy est mon père. Et que j'aurais pu être quelqu'un ? J'aurais pu faire partie légitimement de Big Basin *tout ce temps* ?

Jeremy fut choqué par le niveau de colère et de peine dans la voix de son frère. Et aussi un peu insulté.

— Seigneur, Eric, tu es quelqu'un. Et moi aussi. Et notre père aussi !

Eric se leva, ramassa son assiette et la lança si fort dans le petit évier qu'elle se fracassa en un million de morceaux. Puis il saisit le chapeau de cow-boy qu'il avait porté et s'en alla. Un instant plus tard, le bruit de sa Camaro démarrant en trombe leur arriva.

Leur mère posa les coudes sur la table et enfonça la tête dans ses mains tremblantes.

— Oh Seigneur, il me déteste.

Jeremy était inquiet aussi, mais il essaya de la faire se sentir mieux.

— Il ira bien. Il s'agit de Trix. Pour la première fois de sa vie, Eric veut vraiment quelque chose et il ne peut pas l'avoir.

Peut-être, pensa Jeremy, qu'Eric voulait *être* John, ou en tout cas être comme lui. Et peut-être qu'il aurait pu l'être si leur mère avait dit la vérité il y avait des années. Cela craignait plutôt pour Eric.

Et peut-être que pour la première fois de sa vie, Jeremy voulait vraiment quelque chose aussi.

Chapitre Dix-sept

TRIX arriva à la maison de Billy stressée et anxieuse. Billy et Polly avaient acheté un joli petit cottage quand ils avaient emménagé en ville des années plus tôt. Mais habituellement, ils lui rendaient visite au Big Basin, pas le contraire. Aujourd'hui, son beau-père lui avait demandé de passer pour une « réunion de famille », et lui avait dit de venir seule.

Trix ne se souvenait pas d'avoir était convoquée par Billy pour une réunion familiale. S'il l'avait fait un jour quand John était vivant, celui-ci ne l'avait jamais mentionné. Quand Billy avait quelque chose dont il devait discuter avec John, il passait simplement au ranch. Donc Trix ne pouvait pas imaginer ce qui pouvait bien se passer.

Et elle avait eu un mal de chien à mettre ça en place. On était mercredi, et pas du tout pratique pour sa mère de venir, donc elle avait dû déposer Janie au ranch de ses parents en avance. Et puis, il fallait que ça tombe ce jour-là, Eric avait appelé pour dire qu'il ne pourrait pas arriver avant midi. Elle avait dû expédier les corvées du matin et afficher un panneau et enregistrer un message téléphonique pour annoncer que l'écurie était fermée pour la demi-journée, ce qu'elle détestait faire.

Que diable voulait Billy ?

Elle fut surprise de voir la Camaro d'Eric garée dans l'allée de Billy. Elle gara son SUV à côté avec une perplexité complète.

Est-ce que Billy allait donner à Eric une augmentation ou une promotion ? Elle pensait qu'elle devrait faire quelque chose à ce sujet, et peut-être qu'elle avait traîné trop longtemps, mais ce n'était plus les affaires de Billy de s'occuper du ranch.

Ou peut-être qu'il avait surpris Eric à faire quelque chose qu'il n'aurait pas dû ? Est-ce qu'il allait le confronter devant elle ? C'était un problème dont elle n'avait vraiment pas besoin.

D'une secousse de la tête, Trix entra.

— Bonjour ! lança-t-elle depuis le hall d'entrée.

— Par ici, Trix ! Viens à l'arrière.

Elle entra dans la salle à manger douillette, toujours aménagée avec le papier peint rose et le chintz que Polly avait choisis. Il y avait un bon petit déjeuner disposé sur la table – et Eric Crassen assis là avec Billy.

Ils se levèrent tous deux lorsqu'elle entra.

— Bonjour, Trix. Assieds-toi et mets-toi à l'aise. J'ai pris la liberté de faire livrer un petit déjeuner par Nora, dit Billy.

— Bien, de quoi s'agit-il donc, Papy ? demanda Trix.

— On va y arriver. Assieds-toi.

Elle s'assit donc.

Eric ne disait rien. Il était habillé soigneusement avec une de ses chemises de cow-boy, et ses cheveux étaient peignés. Sans la sueur du dur travail et sans son chapeau, il avait l'air différent. Toujours beau comme le péché, mais plus mature. Ou peut-être que c'était l'expression étrange sur son visage – en quelque sorte incrédule et plein d'espoir en même temps. Il croisa son regard, puis détourna le sien.

Billy lui versa du café sans le lui demander et déplaça le pichet de crème vers elle. Il attendit qu'elle en mette.

Elle commençait à avoir un très mauvais pressentiment.

— Papy ? l'incita-t-elle.

Billy s'éclaircit la voix.

— Eh bien, le fait est que j'ai des nouvelles incroyables. J'ai appris récemment que John n'était pas mon seul fils.

Sa voix trembla un peu.

Trix ne pouvait plus respirer.

Billy hocha la tête vers Eric, les yeux humides.

— Il s'avère qu'Eric est ma chair et mon sang. Tu vois, je suis sorti avec sa mère, Mabe, quand j'avais dix-sept ans. Et, enfin, je suppose que je n'ai pas besoin de t'expliquer les mystères de la vie.

La tasse de café de Trix tinta dans la soucoupe, et elle leva les deux mains vers sa bouche. Elle regarda fixement Eric.

Comment ne l'avait-elle pas vu ? Ou peut-être qu'elle l'avait remarqué et simplement pensé qu'elle s'imaginait des choses. Maintenant que la vérité était devant elle, il était clair qu'Eric tenait de John de bien des manières. Ou puisque Eric était plus âgé, peut-être que c'était l'inverse. Ce n'était pas simplement dans les lignes de son corps ou de la manière dont il s'y prenait pour faire son travail – identique à John. C'était là dans la position de sa mâchoire, dans sa présence même.

Pas étonnant que Janie se soit prise d'affection pour Eric si rapidement.

Pas étonnant que moi aussi, pensa-t-elle.

— Qu'est-ce que ça veut dire, Papy ? réussit-elle à dire.

— Eh bien, maintenant… Tu sais que quand John et toi vous vous êtes mariés, j'ai partagé ma propriété entre mes enfants. John a eu le ranch, Laura et Sally partageront tout le reste, selon mon testament. Mais Laura et Sally n'ont jamais eu aucun intérêt pour le ranch. Eric, ici, en a. Et Eric… c'est *mon fils*.

Les avant-bras d'Eric étaient posés sur la table, ses grandes mains en coupe autour de son mug de café. Billy tendit le bras et posa une main sur l'un de ses bras. Eric offrit un regard au vieil homme qui contenait autant de gratitude et de nostalgie que de gêne.

Et l'expression sur le visage de *Billy*, bon Dieu ! Trix sut immédiatement qu'elle avait perdu. Billy avait parfois été dur avec John, mais celui-ci avait été pratiquement son unique monde. Et maintenant… Billy avait un autre fils.

Billy avait un autre héritier.

Billy avait raison. Eric avait ce qu'il fallait pour être un rancher, peut-être un bon. Et elle lui avait donné l'opportunité de le prouver et l'avait payé pour ce privilège.

Elle était une idiote certifiée.

Elle sentit une douleur qu'elle n'avait pas ressentie depuis la mort de John lui emplir la poitrine.

— Janie est *ta petite-fille*. Est-ce que tu vas simplement la chasser maintenant que tu as à nouveau un étalon familial ? C'est ça, Papy ?

Billy eut l'air choqué.

— Trix, non ! Non ! Il ne s'agit pas de ça du tout !

— Je ne ferais jamais rien pour vous blesser, toi ou Janie, ajouta Eric, le visage inquiet.

— Alors, quoi ? Qu'est-ce que c'est ?

La voix de Trix tremblait.

Billy soupira.

— C'est pour ça que je vous ai convoqué à cette réunion d'famille. J'espère qu'on pourra trouver quelque chose qui sera bien pour tout le monde. Je pensais donner à Eric ces quatre-vingts hectares de l'autre côté de la rivière. Puisque toi et John avez vendu le bétail, vous n'en avez pas vraiment besoin. Et on pourra mettre une voie d'accès ainsi qu'un pont correct, en faire une propriété séparée, dit Billy, sa voix contenant une note d'excitation. J'aiderai Eric à faire construire une petite maison, peut-être redémarrer l'exploitation de bétail de Big Basin. Mais écoutez-moi délirer ! Ça dépend entièrement d'Eric. Je devrais le laisser parler.

Billy rayonnait pratiquement, c'était clair comme le jour pour Trix. Billy récupérerait son fils – ou *un* fils. Il serait ravi de voir Eric élever du bétail. Il roulerait sur cette « voie d'accès » vers les quatre-vingts hectares trois fois par jour. Tout ça à côté de Trix et Janie.

Et pourquoi ça lui donnait une si désagréable sensation ? Elle devrait être heureuse pour Billy. Et pour Eric. Et même si elle utilisait effectivement ces hectares pour faire pousser du foin pour les chevaux, elle supposait qu'elle pourrait acheter ce même foin assez facilement. Ce n'était pas comme si ce que Billy suggérait ferait sérieusement souffrir son exploitation.

Mais Big Basin – entièrement – était le droit de naissance de John. Et donc, celui de Janie, et le sien, en tant qu'épouse de John.

Pire encore, Eric l'avait utilisée. Il l'avait utilisée pour atteindre Billy d'une manière ou d'une autre, s'était joué d'elle. Et, nom de Dieu, même si elle lui avait résisté, elle avait *voulu*, n'est-ce pas ? Elle avait voulu qu'Eric soit sérieux, que la manière dont il lui faisait ressentir des choses soit réelle. Et même Janie s'était attachée à lui, nom de Dieu.

Eric Crassen lui avait brisé le cœur – encore.

TRIX quitta la maison de Billy afin de pouvoir s'abandonner à ses larmes et à sa frustration. Logiquement, elle savait qu'elle ne gérait pas ça comme elle aurait dû, mais sur le moment, tout ce qu'elle ressentait c'était de la trahison.

— Trix, attends ! l'appela Eric avant qu'elle rejoigne sa voiture.

Elle y monta tout de même, mais il était là, tenant la portière ouverte et l'empêchant de la fermer.

— Hé ! Je suis désolé si tu te sens ébranlée par tout ça. Je ne le savais pas non plus jusqu'il y a quatre jours.

Trix poussa un son de pure incrédulité.

— Je ne savais pas ! insista Eric.

— Oh, allez ! Tu m'as demandé un travail parce que tu voulais mettre un pied dans la place au Big Basin. Admets-le !

Eric commença à dire quelque chose, puis il s'arrêta, l'air coupable.

C'était bien la confirmation dont Trix avait besoin.

— Lâche la portière.

— Trix, s'il te plaît. Je... J'ai une propriété maintenant. Je peux enfin essayer de devenir quelqu'un. Et peut-être qu'on pourra élever des animaux ensemble. Tu ne crois pas ? Ça ne dépend pas de Billy maintenant, mais de toi et de moi.

— Toi et moi ? dit Trix en riant amèrement. C'est comme ça ? Maintenant, tu es copropriétaire de Big Basin avec moi ? À *mon* niveau ? Je ne pense pas, Eric Crassen ! Laisse-moi tranquille ! Et au fait, tu as peut-être berné le vieil homme, mais on ne me la fait pas. Tu es viré !

Son expression réjouie retomba comme sa main, et Trix ferma la portière d'un coup sec. Elle démarra et recula hors de l'allée, refusant d'envoyer encore un regard à Eric.

CHRIS était derrière la caisse quand Trix entra en trombe dans le Merc. Il sut immédiatement que quelque chose n'allait pas. Son visage était pâle et sillonné de larmes séchées, et ses lèvres étaient retroussées en une ligne blême.

Il concluait la grosse commande hebdomadaire de M. Montago, et ils s'arrêtèrent tous deux pour regarder Trix se rapprocher de lui.

— Que s'est-il passé ? demanda Chris.

S'il vous plaît, mon Dieu, que ce ne soit pas Janie.

Trix lui fit un demi sourire.

— Toi et moi on va à Vegas. Tout de suite !

— Quoi ?

— Tu m'as entendue ! Tu es prêt ? J'ai appelé ma mère en chemin, et elle peut garder Janie pendant quelques jours. Allons à l'aéroport, et on se débrouillera quand on y sera.

Chris n'arrivait pas à trouver un sens à ce que Trix lui disait, même si le mot « Vegas » lui amenait certaines choses à l'esprit. Que diable ?

— Vous pouvez attendre un instant, M. Montago ? demanda Chris. Je vais vous envoyer Minola immédiatement.

— Bien sûr. Et félicitations !

M. Montago semblait mieux saisir que Chris.

Chris prit le coude de Trix et la guida dans l'allée à l'arrière du magasin. Il demanda à Minola d'aller dans le magasin, emmena Trix dans le bureau de son père, et ferma la porte.

— Très bien. Maintenant, qu'est-ce qui se passe ?

Trix avait le sourire, mais il avait l'air terriblement hystérique.

— Je veux me marier ! Maintenant. Toi et moi, Chris. Qu'est-ce que tu ne comprends pas ?

— Eh bien… *pourquoi maintenant*, d'abord ? Que s'est-il passé ?

Trix souffla, croisa les bras et commença à faire les cent pas dans la petite pièce.

— Ça, il s'est passé quelque chose. Tu savais qu'Eric Crassen était le *frère* de John ?

— Quoi ?

— Enfin, demi-frère, je suppose. La mère d'Eric et Billy sont sortis ensemble il y a plusieurs années. Apparemment elle ne lui avait jamais dit jusqu'à récemment qu'Eric était *de lui*. Pratique, hein ?

Chris ne savait pas par quel bout le prendre.

— Et pour Jeremy ?

— Qui ?

Trix arrêta de faire les cent pas et fronça les sourcils.

— Jeremy Crassen, le frère cadet d'Eric.

Trix haussa les épaules.

— Je ne sais pas pour lui. Je présume qu'il ne nous est pas apparenté puisque Billy et la mère d'Eric se sont séparés avant sa naissance. Tu as entendu ce que j'ai dit, Chris ? Eric est le *demi-frère* de John ! Et maintenant, Billy veut lui donner la moitié du ranch !

— Oh.

Chris se demanda si Jeremy venait de le découvrir aussi et comment il l'avait pris. Il se souvenait de Mabe disant qu'elle avait quelque chose à dire à Jeremy et à Eric. C'était ça ? Ou est-ce que Jeremy l'avait su depuis le début ? Et… pourquoi cela semblait-il important ?

— Eric m'a utilisée ! continua Trix, faisant de nouveau les cent pas. Il a été génial et serviable dans le ranch, et maintenant Billy pense qu'il a récupéré un « cow-boy de fils », et il lui donne un gros morceau de ma maison. La maison de *Janie* !

À l'évidence, Trix était fâchée, mais Chris n'était pas sûr de ce qu'il devait ressentir. Son opinion d'Eric s'était adoucie en voyant sa concentration durant les cours d'équitation, et, eh bien, en s'attachant à Jeremy. Chris savait que Jeremy et Eric avaient tous deux eu des difficultés après que leur père – ou beau-père, dans le cas d'Eric – eut été mis en prison. Est-ce que ce serait une mauvaise chose si un homme bien comme Billy Stubben montrait de l'intérêt pour cette famille ? Arrangeait un futur pour Eric ? Peut-être que ça libérerait Jeremy pour qu'il aille à l'université et…

—… et je me suis faite avoir ! Tu n'arriverais pas à croire la manière dont il a essayé de me charmer, Chris.

— Qu'est-ce que tu veux dire ?

— Eric ! Il a prétendu qu'il m'appréciait vraiment ! Il… il a essayé de… me séduire ! Est-ce que tu t'en fiches complètement ?

Chris sentit une sensation de colère en entendant cela.

— Est-ce que tu dis qu'Eric a profité de toi ? demanda-t-il ostensiblement.

Trix poussa un soupir exaspéré.

— Pas *exactement*. Je veux dire, il n'a pas… je n'ai pas… Oooh ! Oublie ça ! Il ne s'agit pas d'Eric Crassen !

— Vraiment ?

— Non ! Je veux qu'on se marie !

Trix se jeta dans les bras de Chris, le serrant à la taille. Il mit facilement ses bras autour d'elle.

— Tu as dit que tu voulais qu'on se marie à un moment ou à un autre, continua-t-elle. Alors pourquoi pas maintenant ?

L'estomac de Chris remua légèrement, écœuré.

— Et *tu* as dit que tu n'étais pas prête.

— Eh bien, maintenant je le suis, dit Trix fermement.

— Mais… pourquoi ? Je veux dire… est-ce que le fait qu'on se marie va affecter ce que Billy fera du ranch d'une certaine manière ?

Trix recula pour le regarder.

— Non. Billy donnera ces quatre-vingts hectares à Eric, quoi que je fasse.

— Est-ce que tu vas perdre la maison ?

— Non. Il donne à Eric des hectares, ceux de l'autre côté de la rivière. Je garderai la maison, l'écurie et tout ça, donc je peux toujours diriger mon affaire.

Chris lutta pour comprendre, vraiment. Mais une peur profonde de toute cette affaire de mariage soudain l'empêchait d'être très objectif.

— OK. Alors pourquoi est-ce que tu flippes ? Et pourquoi es-tu aussi déterminée à aller à Vegas tout de suite ?

Trix recula, clairement agacée.

— Est-ce que tu veux m'épouser, Chris Ramsey, ou pas ? Parce que tu m'as dit que oui !

C'était le moment de vérité, et Chris le savait. Il était temps de faire ses besoins ou de se lever du pot. Et peut-être qu'il avait compris que ce temps viendrait, mais il n'avait pas pensé que ce serait aussi vite. Il n'était pas prêt. Il n'était pas sûr de ce qui allait se passer avec Jeremy. Il était dingue de ce garçon, mais est-ce qu'ils avaient un futur ?

Puis il s'imagina le visage de Jeremy quand il devrait lui dire que c'était terminé – que lui et Trix s'étaient enfuis, qu'il était un homme marié. Il s'imagina dormir avec Trix alors qu'il voulait Jeremy. Il s'imagina Jeremy blessé, peut-être avec une cicatrice sur le cœur changeant son niveau d'ouverture aux autres et sa confiance pour toujours.

Mais surtout, Chris était un connard égoïste. Il ne pouvait pas abandonner Jeremy, même s'il ne leur restait que peu de temps.

Il se força à croiser le regard de Trix.

— Non.

Trix fronça les sourcils, ne comprenant pas.

Il prit une profonde inspiration. Il y avait beaucoup réfléchi dernièrement.

— Écoute. Quand John est mort... Je pense que je suis devenu un peu fou. C'était mon meilleur ami, *et de mon âge*. Tu sais ? Ça m'a donné l'impression... qu'il y a tellement peu de temps. Que je devais m'installer *tout de suite*. Et tu sais que je vous aime, toi et Janie, et je voulais prendre soin de vous, pour John.

— Je n'ai jamais demandé à personne de prendre soin de moi, dit Trix sur la défensive, croisant de nouveau les bras.

— Je sais. Tu es forte et compétente, Trix. Tout le monde le sait. Mais je sais également à quel point *tu* as été blessée par la mort de John. Tu n'aurais jamais pensé à m'épouser autrement.

— Ce n'est pas vrai !

Chris secoua la tête, impuissant.

— Si c'est vrai. Je suis gay, Trix. Oui, j'ai été avec quelques femmes, mais ça n'a jamais été aussi fort pour moi qu'être avec un homme. Je pensais que ça m'allait, que cela me conviendrait que nous ayons un mariage basé sur l'amitié et peut-être à élever des enfants. Mais… ce n'est pas bien. Je n'ai même pas encore trente ans. Il y a encore une chance pour moi de tout avoir, et toi aussi. Tu mérites de tout avoir, Trixie Twiks, pas un homme qui ne peut pas te vénérer de la manière dont tu le mérites. Je veux être là pour toi et Janie. Je le serai. Juste… pas en tant que mari.

Cela faisait mal de le dire, mal de l'admettre. Et une partie de lui, lui chuchota qu'il faisait une erreur, en abandonnant quelque chose de bien et qui en valait la peine – la chance d'avoir ses propres enfants, une bonne amie comme épouse, un magnifique foyer comme Big Basin. Ce n'était pas un choix facile, mais c'était le seul qu'il puisse faire. Une pierre fut levée sur son cœur.

Malheureusement, cela blessait clairement Trix de l'entendre. Son visage se déforma. Chris ferait n'importe quoi pour ne pas lui avoir causé plus de peine.

— Bien, dit Trix. Si c'est comme ça que tu le veux.

— Trix…

— Je ne suis pas en colère, Chris. Mais pour l'instant… j'ai juste besoin de sortir d'ici.

Chris accompagna Trix à la porte d'entrée et la regarda monter dans sa Wrangler et s'éloigner.

QUAND Trix revint au ranch, elle était encore bouleversée. Et elle savait qu'elle n'avait personne d'autre à blâmer qu'elle-même.

À quoi avait-elle pensé en allant au Merc comme une crétine désespérée pour demander à Chris de monter dans un avion pour Vegas ? Comme si elle pouvait se prouver que *quelqu'un* voulait d'elle. Comme si elle pouvait se convaincre qu'elle n'avait jamais rien ressenti pour ce menteur d'Eric Crassen.

Et Chris l'avait rejetée. Pauvre Chris. Elle l'avait à peine vu durant les semaines précédentes, la tête emplie d'Eric à la place. Et elle et Chris n'avaient jamais vraiment… consommé d'engagement. Une partie d'elle avait toujours su qu'elle et Chris Ramsey liés par les liens sacrés du mariage était… décalé, comme essayer de faire un sandwich avec de la moutarde et de la sauce au chocolat. Mais Chris avait raison : la mort de John l'avait laissé meurtrie. Elle avait voulu faire ce qui était facile et sûr, pour Janie aussi.

Maintenant que le feu de l'action était passé, tout ce à quoi elle pouvait penser c'était, Dieu merci, il l'avait rejetée.

Janie avait été silencieuse depuis que Trix était passée la prendre chez ses parents, assise dans son siège auto à l'arrière, serrant une grosse pomme rouge que sa mamie lui avait donnée et regardant par la fenêtre. Mais dès qu'elles se garèrent dans l'allée du ranch, elle exigea d'être sortie de son siège auto – bruyamment.

— Juste ciel, Janie. Quel tapage ! dit Trix en lui enlevant la ceinture de sécurité puis la soulevant. Pourquoi es-tu aussi pressée, hein ?

Janie leva la pomme.

— C'est pour Eric.

Avant que Trix ne puisse dire quoi que ce soit, Janie était partie vers l'écurie.

Trix ferma les yeux et soupira. Nom de Dieu. Elle suivit sa fille, pensant à la difficulté que cela allait être de remplacer Eric. Elle devrait afficher de nouveau une annonce en ville. Et probablement passer par une série de ratés avant de trouver un autre travailleur fiable.

Pendant ce temps-là, Eric construirait son propre ranch juste à côté. La pensée la tua pratiquement. Et depuis quand en était-elle arrivée à avoir un tel béguin pour Eric Crassen, de toute façon ?

Janie se tenait dans l'allée pour nourrir les animaux, appelant :

— Eric ! Eric !

— Janie, il n'est pas là, dit Trix en la rattrapant. Viens. Allons à la maison.

— Pourquoi ? demanda Janie, fronçant son petit front. Eric est toujours là.

— Plus maintenant, Microbe. Eric ne travaille plus ici. OK ? Viens, allons manger un en-cas.

— Pourquoi ? insista Janie bruyamment. Pourquoi Eric ne travaille pas ici ? Il travaille toujours ici !

— *Janie*, dit Trix d'un ton d'avertissement, mais sa fille était déjà dans tous ses états.

— Tu as fait partir Eric !

Trix ferma les yeux et compta jusqu'à dix. Le poids de ce qui s'était passé la frappa. Eric s'était insinué dans leurs vies et dans le cœur de sa petite fille. Bien sûr que Janie appréciait Eric. Il devait lui rappeler son père de tant de manières – son odeur, sa silhouette, son contact… Et il avait atteint Billy aussi. Billy pourrait peut-être oublier John et le remplacer par Eric. Janie aussi, elle était tellement jeune. Mais pas Trix. Elle ne déshonorerait jamais la mémoire de John ainsi. Personne ne pourrait le remplacer.

— Je veux Eric ! cria Janie d'une voix perçante et bruyante, au bord de l'hystérie.

Trix explosa. Elle ouvrit les yeux et saisit Janie par les bras.

— Eric n'est pas ton papa ! Ton papa était ton papa, et c'est mal de l'oublier aussi vite. C'est *mal*, tu m'entends ?

Le visage de Janie se relâcha, choqué par les paroles de sa mère. Puis elle se libéra d'un coup sec et courut hors de l'écurie.

Chapitre Dix-huit

JEREMY volait dans les airs avec des ailes dorées. Le paysage en dessous était le Montana pur, lors d'une journée d'été, la brise jouait dans ses cheveux et s'engouffrait dans ses vêtements. Il se sentait incroyablement bien, comme si c'était le meilleur moment de sa vie. Juste lui, le ciel, la brise, la nature et…

Oh, regardez, un ptérodactyle.

Non. Non, ce n'était pas ce genre de rêve. Le ptérodactyle disparut. Tout n'était que perfection, sécurité et amour, amour, amour et joie, joie, joie, joie, joie.

— Dieu dans les cieux, c'est un sourire que je n'ai jamais vu avant. S'il te plaît, dis-moi que tu penses à moi.

Il ouvrit les yeux et les leva vers Chris. Il se profilait contre le ciel de l'après-midi, mais Jeremy pouvait toujours discerner l'expression perplexe sur son visage. Ce vendredi matin, il avait envoyé un SMS à Chris pour lui dire qu'il allait à leur habituel lieu de pêche. Mais il n'avait pas pensé qu'il arriverait si vite.

Chris se laissa tomber dans l'herbe à côté de lui.

— Tu t'es vite échappé.

— Oh, mon père travaillait dans le magasin ce matin. J'étais dans ses pattes… ou il était dans les miennes. Il m'a dit de prendre ma journée. En tout cas, ne change pas de sujet. Qu'est-ce qui te fait sourire comme ça ?

Jeremy sentit son sourire doubler en taille en prenant une feuille de papier pliée à l'intérieur de sa chemise, à côté de son cœur. Elle était dans un petit sac pour ne pas devenir toute moite et dégoûtante. Il ouvrit le petit sac et tendit la page pliée à Chris.

— Qu'est-ce que c'est ?

— C'est un e-mail de ce professeur, Robert Optner. Je l'ai imprimé.

Chris souleva un sourcil. *Aussi bien que ça, hein ?* Il déplia le papier.

— Lis-le tout haut ! l'encouragea Jeremy, en gloussant presque.

Il se redressa et croisa les jambes sous lui, trop excité pour rester immobile.

— Cher Jeremy, un de mes anciens étudiants, Chris Ramsey, m'a envoyé votre manuscrit. Pour être honnête, je n'avais prévu de lire que le premier chapitre, mais je me suis retrouvé absorbé et j'ai continué jusqu'à la fin de ce que j'avais. Première question : Où est le chapitre dix-sept ? Vous pouvez imaginer ma détresse quand j'ai tourné la dernière page et qu'il n'y en avait pas d'autres. Étant moi-même écrivain et professeur d'écriture, je crois fermement au besoin d'une éternelle pratique, de l'apprentissage et de la compréhension des éléments du métier. Mais je crois aussi que le talent inné existe. Vous l'avez. Si vous êtes intéressé et que vous décidez d'aller à l'Université de Denver, je serai ravi de vous avoir comme élève. Bien sûr, les critères normaux d'entrées s'appliqueraient, mais si vous envoyez votre candidature, veuillez me le faire savoir. Je serais heureux d'y ajouter une lettre de recommandation.

Bien à vous, Robert Optner.

Jeremy remua pendant que Chris lisait les mots qu'il avait mémorisés maintenant. Il était tellement rempli de lumière qu'il ne pouvait pas rester immobile. Il voulait se lever et danser. Il voulait taper dans ses mains, frapper son torse, projeter sa tête en arrière et pousser le cri de Tarzan.

À la place, dès que Chris eut terminé de lire, Jeremy le tacla et l'embrassa, fort. Quand il laissa enfin Chris respirer, ils riaient tous les deux.

— Oh mon Dieu, Jeremy. Je n'arrive pas à le croire ! C'est incroyable.

— C'est tellement incroyable ! répéta Jeremy.

— Avoir une recommandation d'Optner comptera beaucoup. À moins que tes notes de lycées soient vraiment nulles.

— Non, elles sont bonnes.

Jeremy avait obtenu des notes pratiquement maximales au lycée. Ce n'était pas si dur quand il n'avait rien d'autre à faire.

— Je ne pensais pas qu'elles le seraient. Tu es bien trop intelligent.

Chris tira sur une mèche de cheveux de Jeremy.

— Il l'a apprécié ! dit Jeremy, encore incapable de le croire. Et j'ai fait des recherches sur lui. Il a publié cinq romans. *Cinq*, Chris ! Et ils ont reçu de bonnes critiques aussi. C'est un véritable écrivain et il apprécie mon livre !

— Bien sûr que oui. Il est bon, Jeremy.

— Mais tout de même… je ne sais pas comment je pourrai me permettre de partir à Denver. Je n'ai que cinq mille dollars d'économisés de chez Nora. Je paie une partie du loyer chaque mois pour Maman, et les courses…

— Écoute, dit Chris fermement, lui saisissant les mains.

Il s'immobilisa complètement et devint très sérieux avant de continuer :

— C'est une opportunité que tu dois saisir. Tu peux postuler pour une aide financière et un travail sur le campus. L'université de Denver a un excellent programme d'aide, et tu pourrais obtenir une bourse avec la contribution d'Optner. Ce n'est pas insurmontable. Je t'aiderai.

Les paroles de Chris étaient sûres, mais son sourire disparut lentement.

— Qu'est-ce qui ne va pas ? demanda Jeremy.

— Rien. C'est incroyable. Je, hum, j'ai des nouvelles pour toi aussi.

— Quoi ?

Chris frotta ses pouces sur le dos des mains de Jeremy.

— Je… j'ai rompu avec Trix. C'est à dire que, je l'ai à peine vue dernièrement, mais elle est venue au Merc avant-hier et elle était toute bouleversée.

Chris marqua une pause, étudiant le visage de Jeremy.

— Tu savais qu'Eric est le fils de Billy Stubben ?

La joie de Jeremy s'évanouit. Il retira ses mains, ayant besoin d'un peu de distance.

— Oui. Maman vient de nous le dire, à moi et à Eric. J'arrive à peine à le croire.

— Ce doit être bizarre.

— Très bizarre. Je ne savais même pas qu'autrefois Maman était sortie avec Billy Stubben. Et puis entendre qu'Eric est seulement mon *demi*-frère... Et il le prend mal. Il est assez en colère contre Maman.

Chris hocha la tête.

— Billy l'a dit à Trix. Il semblerait qu'il veuille donner la moitié du ranch à Eric. Trix n'est pas contente. Elle est venue au Merc et voulait qu'on s'envole pour Vegas... pour se marier.

— Quoi ?

Le sol bascula sous les pieds de Jeremy. Peut-être que c'était parce qu'il avait plané tellement haut plus tôt, mais il avait l'impression que ses ailes venaient de lui être arrachées complètement.

— C'est bon, dit Chris en reprenant une des mains de Jeremy dans la sienne. Je lui ai dit que je ne pouvais pas. Et je lui ai dit que je ne le ferais jamais, que nous devions rester amis. C'est terminé entre elle et moi. Les rendez-vous en tout cas.

— Vraiment ?

— Oui, confirma Chris en souriant tristement et en plaçant une longue mèche des cheveux de Jeremy derrière ses oreilles. À la vérité, j'en pince pour quelqu'un d'autre.

Les ailes de Jeremy étaient de retour et elles étaient carrément *énormes*. Est-ce que cette journée pouvait encore *s'améliorer* ? Il ne s'était pas rendu compte à quel point ça lui faisait mal de savoir que Chris voyait encore Trix, qu'une partie de lui avait toujours l'intention d'être avec elle un jour, que lui, Jeremy, ne lui suffisait pas.

— Je vais aspirer ton cerveau par ta queue, dit Jeremy avec une ambition intense.

Chris se mit à rire alors qu'il était plaqué dans l'herbe.

Jeremy remonta sa chemise et commença à lui embrasser le ventre.

— Es-tu sûr que tu ne préférerais pas aller pêcher ? le taquina Chris d'une voix haletante.

— Uh-uh. Tu as été un très, très bon garçon et tu mérites une récompense.

— Oh oui. Oui, en effet, acquiesça Chris, tandis que Jeremy ouvrait sa fermeture à boutons. Tu sais qu'on est en milieu de matinée. N'importe qui pourrait arriver pour pêcher.

— Tu ferais mieux de faire le guet, alors, conseilla Jeremy.

Impossible qu'il s'arrête, pas alors que Chris était déjà gonflé et dur sous son boxer. Bon Dieu, Jeremy était le Roi du Monde.

— Jeremy…

Chris le suppliait déjà. Bien.

Jeremy descendit suffisamment le haut de l'élastique pour révéler le gland en forme de cœur de son érection. En effet, il ressemblait presque à un cœur, à la manière dont la cicatrice sur son frein tirait le gland gonflé vers le bas. Jeremy n'avait jamais autant désiré quelque chose ou quelqu'un comme Chris – cette partie de Chris et tout de lui.

Il lui baissa son boxer jusqu'aux testicules et lécha son membre.

— Oui, chuchota Chris.

Jeremy le suça.

Je t'aime, essaya-t-il de lui faire comprendre avec sa bouche. *Je t'aime, Chris.* Il n'était pas assez courageux pour prononcer les mots à voix haute, mais il pouvait les dire avec son corps. Il pouvait lui faire l'amour avec tout ce qu'il avait.

Jeremy s'arrêta suffisamment longtemps pour tirer le jean et le boxer de Chris jusqu'à ses mollets et s'installer entre ses jambes pour un long moment. Il leva les yeux vers lui en s'affairant.

Chris s'appuya sur un coude et glissa son autre main dans les cheveux de Jeremy, les enroulant autour de ses doigts.

— J'aime tes cheveux. J'aime tes yeux. Tu es si beau.

Jeremy pensait que c'était probablement la fellation qui parlait, mais cela le rendit heureux quand même. Il ferma les yeux et montra à Chris ce que cela lui faisait ressentir.

Pour une fois, c'était Chris qui gémissait, hoquetait et disait *c'est ça, ouais,* et *oh mon Dieu,* et *oh putain, ouais.* Et Jeremy ne s'inquiétait même pas des ours. Une parade d'ours de cirque pourrait passer sur la rivière avec des trompettes qui hurleraient, et il s'en ficherait.

Mais les sons que Chris produisait étaient si sexy que Jeremy ne put s'empêcher de glisser une main dans son pantalon et se toucher. Puis lorsque Chris pulsa contre sa langue, Jeremy se mit à geindre et jouir dans ses sous-vêtements, flottant sur des vagues de plaisir qui le remplissaient, corps et âme.

Seigneur, c'était une journée parfaite. Pourquoi est-ce qu'*Un Jour Sans Fin* ne pouvait pas arriver lors d'une journée comme celle-ci ?

Chris attira Jeremy sur l'herbe près de lui et réarrangea ses vêtements. Il se coucha à ses côtés et sourit.

Jeremy soupira, la main toujours dans son pantalon.

— Tu as joui dans ton pantalon ? dit Chris avec un sourire suffisant.

— Oui.

Jeremy ne ressentait aucune honte. Aucune.

— Tu vas laisser ta main là toute la journée ?

— Oui.

— Tu as peur que ta queue aille quelque part ?

Jeremy émit un petit rire.

— Elle le ferait probablement si elle pouvait, juste pour ramper de mon corps et s'attacher à toi de manière permanente.

Chris se mit à rire et à l'embrasser.

— Ce serait pratique. Dommage que ça ne marche pas comme ça, dit-il.

Son visage devint sérieux alors qu'il regardait Jeremy dans les yeux.

— Je suis si heureux pour toi.

Il y avait une touche de tristesse dans sa voix aussi.

Et il vint à l'esprit de Jeremy que s'il faisait ça, s'il postulait à l'université et qu'il l'intégrait, ça signifierait laisser Chris derrière lui. Et soudain, ce rêve – ce rêve qui était juste devant lui pour la première fois de sa vie, si proche qu'il pouvait tendre la main et le toucher – ne lui sembla pas si proche après tout.

— Hé, dit Chris, avec une gaieté qui sonnait un peu faux. Je veux t'inviter à un vrai rendez-vous, Jeremy Crassen. Qu'en dis-tu ?

— Quand ?

— Quand peux-tu avoir une nuit de libre ?

Jeremy y réfléchit.

— C'est trop tard ce week-end, mais je pourrais demander à Nora si je peux avoir la soirée de vendredi. Elle me dit toujours de demander si j'en ai besoin, et je ne l'ai jamais fait.

— OK, alors, vendredi prochain. Où veux-tu aller ?

Jeremy y réfléchit. Il savait ce qu'il voulait, mais il avait peur de le demander. Pour se donner du temps, il se leva et alla vers la rivière pour se laver les mains. *Dégoûtant*. Ses sous-vêtements étaient collants. Tellement classe.

— Est-ce qu'il faut que ce soit en dehors de la ville ? demanda-t-il de manière décontractée par-dessus son épaule.

Il regarda en arrière, Chris l'observait, une étrange expression sur le visage, presque comme de la culpabilité.

— Non, pas forcément hors de la ville. Je serais plus qu'heureux d'être vu avec toi à Clyde's Corner.

Est-ce qu'il voulait dire comme un ami ?

— Ouais, mais...

— Pour un *rencard*. Oui, Jeremy. Je serais heureux d'être vu avec toi pour un rencard. Dans notre ville.

Jeremy savait que Chris n'était pas vraiment « ouvertement gay » en ville, pas de la manière où « tout le monde le sait ». Pourtant, il était prêt à ce qu'ils soient vus ensemble et à tracer une ligne dans le sable. Jeremy se retourna vers la rivière et se lava de nouveau les mains, les frottant dans l'eau froide.

Combien de fois l'avait-il imaginé ? Marcher dans Main Street main dans la main avec un bel homme. Un petit fantasme de revanche mineure dont il n'était pas du tout honteux. *Allez-vous faire voir, je suis gay, et regardez cet homme magnifique qui veut de moi.* Moi, *Jeremy Crassen.*

— Tu es sûr ? demanda-t-il en retournant s'asseoir dans l'herbe près de Chris.

Celui-ci était à moitié couché, appuyé sur un coude. Il avait l'air si jeune en cet instant, avec sa courte frange brune redressée.

Jeremy ne pouvait s'arrêter de sourire.

— Oui. Oui, j'aimerais être ouvertement gay… avec toi. C'est à dire, si tu veux. Mais ça me va si ce n'est pas le cas.

Putain, tu te moques de moi ? Je veux me faire tatouer ton nom sur le front, pensa Jeremy. Mais ce qu'il dit fut :

— Chez Nora on sert un bon steak de poulet frit le vendredi soir.

Chris se mit à rire.

QUAND Jeremy se leva le samedi matin, Eric était assis à la table du petit déjeuner avec un débardeur blanc crasseux, une expression morose et l'air d'avoir la gueule de bois.

Oh-oh, avança une voix dans la tête de Jeremy, de manière plutôt inutile. C'était une image plutôt familière d'Eric, mais qu'il n'avait pas vue depuis un moment.

— Quoi de neuf ? lui demanda-t-il en se versant une tasse de café. Où est Maman ?

— Elle travaille. Elle a dit qu'elle faisait quelque chose *bla bla* à propos du garage chez Billy.

Jeremy renifla.

— Vraiment engagé dans cette conversation, hein ?

— Tais-toi.

Jeremy prit quelques gorgées de café savourées tranquillement avant de réessayer.

— Nous n'avons pas de cours d'équitation aujourd'hui. Tu travailles au Big Basin ?

— Viré, dit Eric d'une manière rappelant profondément Bourriquet [9].

Sa tête penchait en arrière paresseusement et ses yeux étaient fermés, mais son visage était tendu.

Jeremy eut le pressentiment que c'était sérieux et peut-être qu'il devrait essayer d'être un frère décent pour changer. Il recula une des chaises de cuisine et s'assit.

— Que s'est-il passé ?

Eric leva le regard vers lui, ses yeux bleus assombris de souffrance. Il prit une profonde inspiration.

— Billy a décidé, qu'en tant que fils, je devais avoir une partie de Big Basin. Il a un avocat qui rédige les papiers maintenant pour que j'aie quatre-vingts hectares.

Jeremy l'avait entendu par Chris, même s'il était surpris que ça arrive aussi vite.

— Et pourquoi es-tu déprimé ?

— Billy a convoqué Trix et moi pour une réunion avant même que je puisse lui en parler et l'a annoncé comme ça. Maintenant, Trix me déteste. Elle m'a viré et elle me déteste, Jer. Elle pense que je l'ai piégée ou autre chose, je ne sais même pas.

Jeremy n'était pas vraiment surpris. Il avait toujours douté qu'il puisse faire en sorte que Trix Stubben le prenne au sérieux. Mais il savait aussi qu'il le voulait vraiment. Il n'avait jamais vu Eric vouloir quelque chose à ce point et travailler aussi durement pour l'obtenir.

— Je suis désolé pour Trix. Mais regarde le bon côté. Tu as découvert que tu aimes vraiment l'élevage,

9 Personnage de Winny l'ourson.

tu vas carrément *posséder* ton propre ranch de quatre-vingts hectares, et tu as un père qui est vivant et veut être à tes côtés. C'est très bien, non ?

C'était bien pour Jeremy aussi. Si Eric possédait son propre ranch, il pourrait bien gagner sa vie et lui et sa mère s'en sortiraient financièrement. Alors peut-être que Jeremy pourrait partir, même si la pensée de quitter Chris lui donnait envie de vomir.

— Je sais ce que tu dis, dit Eric, et je suis... reconnaissant. Mais quelle importance sans Trix ?

Les mots étaient sincères et prononcés simplement. Ils surprirent Jeremy. Il semblait qu'il n'était pas le seul à avoir passé l'été à tomber amoureux.

— Si tu veux vraiment Trix, bats-toi pour elle. Chris n'est plus dans la course maintenant, donc elle ne voit personne.

— Elle me déteste.

— Eric, personne ne peut te *détester*. Tu n'es pas détestable.

C'était vrai, pensa Jeremy. Eric pouvait être fainéant parfois, mais il était intrinsèquement sympathique. Il avait bon cœur, dans l'ensemble. Jeremy ne l'avait jamais entendu dire du mal de qui que ce soit, peu importe les bêtises qu'Henry Atkins avait crachées en sa présence.

— Eh bien, Trix a trouvé un moyen de me détester. Et le truc le plus stupide, c'est que je ne le mérite même pas cette fois. Elle pense que je savais tout au sujet de Billy qui est mon père, et que d'une certaine façon je l'utilisais pour l'atteindre. Mais ce n'est pas vrai.

— Alors, dis-le-lui. Et continue à le lui dire jusqu'à ce qu'elle te croie.

— Elle ne me croira pas.

Eric avait ce regard que Jeremy avait vu trop de fois. Celui qui disait *pourquoi s'embêter*, une expression d'*abandon* sur la bouche. Jeremy savait tout du poids qui entraînait Eric vers le bas, lui donnant l'impression qu'il n'en valait pas la peine. Et ça l'énerva.

— Écoute : n'abandonne pas. Tu es allé si loin. Non. N'abandonne pas.

Eric le fixa, songeur.

— Tout est tracé pour toi, Eric. Sois sympa avec Trix, sois super gentil avec elle, et finalement elle changera d'avis. Tu as du temps. N'a-ban-don-ne-pas.

Eric se redressa sur sa chaise. Ses yeux devinrent lointains, et un lent sourire s'étira sur son visage qui était plus sexy que tout ce que Jeremy avait voulu voir un jour sur le visage de son frère.

— Ouais. Peut-être que tu as raison.

— Et voilà.

Jeremy était heureux de voir que la bonne humeur d'Eric revenait.

Il voulait qu'Eric soit heureux. Il voulait qu'il ait Trix et Janie. Seigneur, ne serait-ce pas fantastique ? De le voir heureux, installé avec une fille aussi géniale et s'en sortant bien ? Et avec un père qui se souciait de lui aussi.

Et pour Jeremy ? Il n'allait pas avoir un gentil père fortuné qui sortirait des ombres pour lui, comme Cendrillon. Mais ça allait. Celui qu'il avait eu était peut-être mort en prison, mais il avait aimé Jeremy et il était un héros pour lui au moins.

Non, ce que Jeremy voulait, c'était Chris – pas pour sa mère, ou pour Eric, mais pour lui-même. Et peut-être qu'il devrait rester et le prouver à Chris aussi.

N'abandonne pas.

— Je suis toujours ton frère, pas vrai ? À 100 % ?
dit Eric.

— Bien sûr. Branleur.

— Scribouillard.

Jeremy sourit, mais le cœur n'y était pas.

Chapitre Dix-neuf

LA semaine suivant cette terrible journée dans la maison de Billy – la journée où elle avait perdu l'esprit et s'était jetée au cou de Chris Ramsey – était l'une des plus dures dont Trix se souvenait. Toute la semaine, il y avait eu des choses à régler au ranch. Hemmy assurait le remplacement çà et là, mais il était trop vieux pour se déplacer facilement, et il y avait trop de travail. Pourquoi semblait-il y avoir plus de travail maintenant qu'il y en avait avant qu'elle engage Eric ?

Janie avait été casse-pieds toute la semaine. Ce n'était même pas comme si elle était en colère contre Trix. Elle était juste malheureuse – malheureuse, s'ennuyait, et pleine de ressentiment au fond d'elle d'une manière qui brisait le cœur de Trix.

Billy passa jeudi et emmena Janie faire une longue promenade et un pique-nique pour laisser Trix respirer. Avant qu'ils partent à cheval, il lui avait dit sa façon de penser.

— Pourquoi diable as-tu viré Eric ? Il aurait continué à travailler pour toi. Merde, tu as besoin de lui ici.

— Je ne lui fais pas confiance, avait-elle dit d'un ton inexpressif.

Cela ne l'intéressait pas d'en discuter.

— Pour ce que j'en ai vu, il n'a jamais rien fait pour mériter ta méfiance.

Comment pouvait-elle dire à Billy qu'Eric s'était joué d'eux ? Elle savait qu'il n'apprécierait pas qu'elle insulte son nouveau fils.

— Lui donner ces quatre-vingts hectares était mon idée, Trix, et tu sais que tu peux t'en passer. J'ai essayé de mon mieux d'être juste.

La culpabilité la rongea. Après tout, elle n'était pas la chair et le sang de Billy. Il n'avait pas à leur donner quoi que ce soit, encore moins la meilleure partie du ranch. Elle se sentit honteuse.

— Je suis désolée, Papy. Bien sûr, le ranch principal nous va très bien à Janie et à moi. Et je suis si reconnaissante de tout ce que tu as fait pour nous. Vraiment.

Impulsivement, elle l'étreignit, et Billy en fit autant, l'air autour d'eux évoquant la perte.

Billy recula et secoua la tête.

— J'aimerais que tu reconsidères ta décision à propos d'Eric. Tu as déjà entendu l'expression « se faire du tort en voulant se venger » ? Tu as besoin d'aide ici.

Il commença à s'éloigner, mais Trix devait lui demander.

— Depuis combien de temps Eric sait-il que tu es son père ?

Billy se retourna et lui lança un regard de remontrance.

— Mabe Crassen a tellement bien gardé ce secret que je ne suis pas sûr que le médecin du bébé le savait. Je viens juste de le découvrir, et j'ai forcé la main de Mabe pour obtenir d'elle qu'elle le dise à Eric. Et c'est un fait.

Le ton de Billy convainquit Trix que lui, au moins, pensait que c'était vrai. Elle voulait le croire, mais ce n'était sûrement pas une coïncidence si Eric s'était pointé devant sa porte à la recherche d'un travail si récemment. À moins que seule Mabe le savait et pas Eric ? Est-ce que Mabe avait encouragé Eric à postuler pour le travail pour ses propres raisons ? Si seulement Trix pouvait le savoir avec certitude.

Elle soupira.

— Merci d'emmener Janie dehors aujourd'hui, Papy.

— Toujours un plaisir.

CE vendredi à l'heure du dîner, Trix était épuisée et n'avait plus aucune réserve. Heureusement, Janie était silencieuse et mangea son poulet et ses macaronis au fromage sans faire d'histoires.

— À quoi tu penses, Microbe ? demanda-t-elle.

Elle n'avait jamais vu sa fille de quatre ans aussi distraite.

— Papy m'a dit qu'Eric est le frère de papa, dit Janie, regardant sa cuillère tourner et retourner dans ses macaronis au fromage.

Trix aurait préféré avoir cette conversation avec sa fille elle-même. Mais bon, peut-être que son beau-père avait supposé qu'elle le savait déjà.

— Oui, je crois que c'est vrai.

— Donc c'est mon *Oncle* Eric. Papy a dit que c'est comme ça qu'on le dit : « onc-*leu* ».

— Oui, c'est très bien. Et je pense qu'Eric est ton… ton Oncle.

Trix découpa soigneusement un morceau de son poulet et en prit une bouchée bien qu'elle n'en voulait pas vraiment.

— Comment ça se fait que je l'appelais pas Oncle Eric, alors ? Comment ça se fait que personne me l'a dit ?

Janie semblait à la fois perplexe et énervée. C'était une question raisonnable.

— Eh bien… quand Eric travaillait ici, on ne savait pas que c'était ton oncle. On vient juste de découvrir que c'est le frère de ton papa.

— Comment vous pouviez pas le savoir ? demanda Janie en fronçant ses sourcils dorés.

Bon Dieu. Trix n'était pas prête pour avoir cette conversation. Janie savait que les « mamans » et les « papas » faisaient des « bébés », que ce soit des humains ou des chevaux. Mais elle ne savait pas le comment, et Trix n'allait pas le lui dire. Pas avant des années, si elle pouvait l'éviter.

— Eh bien… Je sais que tu ne te souviens pas très bien de ta Mamie Polly, mais c'était la maman de ton papa. Et Eric a une autre maman, une dame avec qui Papy est sorti quand il était jeune. Et *cette* maman a eu Eric, mais n'en a pas parlé à Papy jusqu'il y a quelques semaines.

Merde, ça n'avait pas de sens, même pour Trix. Elle ne savait pas comment Janie était censée le comprendre.

— Tu veux dire, comme Triumph a des bébés avec différentes mamans cheval ? suggéra Janie.

— C'est exactement ça, dit Trix, même si elle ne pensait pas que Papy apprécierait d'être comparé à un étalon reproducteur.

— Oncle Eric est le frère de Papa, même s'il a une autre maman ?

— Oui. En fait, on dit que c'est un « demi-frère ». Ça veut dire qu'il a un même parent et que l'autre parent est différent.

Le visage de Janie était tordu de concentration.

— Donc je dois dire « demi-oncle » ?

Trix sourit.

— Non, Microbe. Tu peux l'appeler Oncle Eric.

— OK.

Janie sourit largement pour la première fois de la semaine.

Trix sentit une vague de soulagement, suivie rapidement d'une légère culpabilité. C'était vrai, Eric *était* l'oncle de Janie. Est-ce que Trix avait le droit de les garder éloignés ? Peut-être que l'affection qu'il avait pour elle était sincère, et à l'évidence elle le voulait dans sa vie. C'était Trix qui flippait. Mais n'était-ce pas ça d'être parent ? Placer le bien de son enfant avant son intérêt et ses complexes ?

Se faire du tort en voulant se venger, avait dit Papy. Peut-être qu'elle le faisait. Et peut-être qu'elle était assez têtue pour accepter les difficultés qu'elle avait provoquées en virant Eric. Mais ça ne semblait pas bien de rendre la vie de sa fille plus dure.

Mais avant qu'elle puisse dire quoi que ce soit, Janie changea de sujet.

— Je peux aller au lit après le dîner ?

— Qu'est-ce qui ne va pas ? Tu ne te sens pas bien ?

Janie n'avait pas l'air malade ou fatiguée. Elle haussa les épaules.

— Juste envie. Tu peux me lire Grognours ?

— Bien sûr, Microbe.

Janie n'allait normalement pas au lit avant vingt heures trente, mais dehors, la pluie avait apporté le froid dans l'air et les ténèbres avant l'heure dans le ciel.

En fait, se pelotonner à ce moment-là dans son pyjama semblait une bonne idée à Trix aussi.

CHRIS prit son temps pour se préparer pour son rendez-vous de vendredi soir. Il avait décidé que s'il allait accompagner Jeremy en ville ce soir, il serait *visible*. Il repassa une chemise de couleur raisin jusqu'à ce qu'elle crisse pour demander pitié, et il l'assortit d'un jean moulant, des bottes de cow-boy blanches piquées, ainsi que d'une longue cravate blanche et violette. Il appliqua plus de gel sur sa frange pour les faire arquer comme des anges en extase. Pour finir, il s'aspergea d'une lourde dose de son parfum musqué favori.

Il alla dans le salon pour souhaiter une bonne nuit à ses parents.

Son père lui lança un regard et se redressa dans son fauteuil inclinable.

— Tu as un rendez-vous avec Trix ce soir ?

Chris se prépara. Il avait su que ça allait arriver.

— Non, Papa. Je ne vois plus Trix de cette façon-là. Nous sommes simplement amis. J'ai un rendez-vous avec Jeremy Crassen.

Silence. Sa mère et son père le fixaient depuis leur fauteuil respectif. Sa mère aimait le décor western, donc les sièges étaient en bois de chêne ornés d'un tissu écossais, et les appliques au-dessus de leurs têtes faites en fer forgé noir avec des cerfs dessus.

Chris se sentait comme ces cerfs en cet instant. Quelqu'un à la télé se mit à rire, alors que c'était tellement inapproprié à ce moment-là.

Son père se leva lentement, avec de la déception sur chaque ligne de son visage.

— Je pensais que tu allais reprendre ta vie en main.

À l'intérieur de Chris, les eaux en crue se soulevèrent et il ne put pas retenir sa langue.

— Je n'ai pas besoin de « reprendre ma vie en main ». Je suis gay. Je suis un homme gay. J'ai pensé à épouser Trix, oui, parce que je voulais bien agir envers John, et je voulais une famille. Mais je me suis enfin rendu compte que ce ne serait pas juste pour elle ou moi. J'espère toujours avoir un foyer et une famille, mais si c'est le cas, ce sera avec un homme. Je suis désolé si ça te déçoit.

Avant ce soir, il n'avait jamais dit les choses aussi franchement à son père, non jamais. Ils avaient souvent tourné autour, essentiellement depuis qu'il avait quinze ans. Mais c'était la première fois qu'il s'affichait simplement.

Son père le regarda fixement, le visage dérouté, comme s'il ne comprenait pas.

Sa mère posa sa main sur le bras de son père.

— Chris, tu sais que nous t'aimons quoi qu'il arrive. Bien sûr, nous sommes déçus. Mais si tu dois être avec un… un homme pour être heureux, alors c'est ce que tu dois faire.

C'était un gros effort pour elle, Chris le savait. Elle avait été si excitée à la perspective d'avoir une fille et une petite-fille.

— Merci, Maman.

Elle se rapprocha et le prit dans ses bras. Quand elle recula, elle affichait un sourire déterminé.

— Alors tu sors avec Jeremy Crassen ? C'est nouveau ?

— Pas si nouveau que ça, admit Chris.

Il ne put empêcher le sourire qui arriva furtivement sur son visage.

Le sourire de sa mère glissa vers quelque chose de plus naturel.

— Je ne le connais pas très bien, mais il a toujours eu l'air d'un gentil garçon discret.

— Il l'est.

— Il travaille au *diner*, n'est-ce pas ? Nora semble l'apprécier.

— Oui, c'est vrai. Eh bien… passez une bonne nuit.

— Tu ferais bien de mettre un imperméable et de prendre un parapluie. Ça devient orageux dehors. Les infos ont dit qu'on pourrait avoir jusqu'à 500 millimètres.

Arg. Autant pour ses cheveux parfaitement stylés.

Chris étreignit sa mère une dernière fois avant de sortir un ciré du placard et de quitter la maison.

Son père n'avait pas dit un mot, mais c'était probablement une victoire pour tous les deux.

JEREMY s'était arrangé pour retrouver Chris au Merc pour leur rendez-vous de ce soir. Ils auraient pu se retrouver au *diner*, mais il voulait traverser la ville en marchant. Et puisque le Merc était à l'autre extrémité de Main Street par rapport à chez Nora, cela lui donnait l'excuse parfaite.

Il n'avait pas dit à Chris que c'était pour ça qu'il voulait le retrouver là, mais il était presque sûr que Chris le savait, surtout quand Jeremy se gara sur le parking du Merc et vit ce que Chris portait.

Bon Dieu. Jeremy dut se pincer pour croire que c'était bien réel.

Chris portait un imperméable sur le bras, et Jeremy était content qu'il n'ait pas couvert toute cette beauté. Il portait une chemise violette, une longue cravate chic, un jean qui moulait le moindre centimètre, et des bottes de cow-boy blanches. Ses cheveux étaient tout... Chris-ifiés. Il avait l'air d'être sur le point de monter sur scène pour un concert de musique country. Ou un concours de beauté pour hommes gay sexy.

Les orteils de Jeremy se recroquevillèrent dans ses chaussures et sa bouche se remplit de salive d'une manière embarrassante. Il se moqua de lui-même. Seigneur, il l'avait dans la peau.

Chris se tenait près de la voiture, et regardait Jeremy, un sourcil suffisant relevé.

Bon. Il était censé sortir de la voiture maintenant.

Jeremy lissa son nouveau pull en V léger encore une fois. Il avait fait des folies pour l'occasion. Il était de couleur crème et faisait ressortir ses cheveux et son teint selon lui. La texture était très douce. Il s'était bien lavé la tête. Avec le sèche-cheveux et une brosse, il avait discipliné ses longues mèches. Il avait même rasé les petits duvets qui avaient tendance à s'accumuler sur son menton et au-dessus de sa lèvre.

Il ouvrit la portière et sortit de la voiture. Il se tint là, ne sachant pas quoi dire. Pourquoi était-il aussi nerveux ? Il avait pourtant retrouvé Chris plein de fois.

Mais pas comme ça. Là, c'était lui et Chris, en public, *ensemble*. Chris Ramsey et Jeremy Crassen, un couple devant tout Clyde's Corner. Comme Roméo et Juliette, Bonnie et Clyde, Kim Kardashian et Kanye West…

— Tu es superbe, lui dit Chris en se rapprochant.

Il posa la main sur le bras de Jeremy et lui donna un baiser. Ce n'était pas un baiser sensuel, mais Chris n'était pas tendu ni nerveux non plus. C'était une déclaration. *Détends-toi. Tu es avec moi. Et nous faisons ça en grande pompe ce soir.*

Jeremy sentit une poussée d'excitation et de bonheur tellement vifs qu'il ne put rien faire d'autre que de sourire comme un idiot.

— Tu as l'air d'un homme-sundae au raisin dans cette chemise. J'ai déjà hâte d'être au dessert.

Chris se mit à sourire d'un air narquois et lui fit un clin d'œil.

— Dans ce cas, on ferait bien d'aller dîner. Prêt ?

Jeremy l'était. Il était tellement prêt que son visage lui faisait mal à force de sourire.

— Oui.

Chris prit la main de Jeremy dans la sienne, et ils commencèrent à avancer dans Main Street.

LA ville était calme pour un vendredi soir, probablement à cause de la tempête qui approchait. Les cheveux de Jeremy étaient fouettés par le vent, et la sensation était grisante et un peu dangereuse. Ils voulaient faire une petite promenade, alors ils tournèrent à gauche du Mercantile, marchèrent vers l'extrémité de la section affaires de Main Street, traversèrent la rue, et retournèrent de l'autre côté, prenant un long trajet vers le *diner*. Ils virent le Maire Thomas et sa femme qui marquèrent tous les deux un temps d'arrêt puis les saluèrent poliment. Henry et Lloyd passèrent dans le pick-up rouge d'Henry et klaxonnèrent – d'une manière étonnamment amicale. Et Jeremy ne se soucia même pas de l'expression vilaine et pincée sur le visage de Mme Temple lorsqu'elle les dépassa. Il ne fit que serrer plus fort la main de Chris.

Puis, la pluie commença – de grosses gouttes froides – alors Chris et lui coururent tout le reste du chemin jusqu'au *diner* et y entrèrent brusquement.

— Eh bien, n'êtes-vous pas beaux comme des camions ? dit Nora quand elle apporta des menus dans leur box.

Elle avait l'air aux anges, même si ses paroles avaient tout à fait l'air d'une réprimande.

— Tu m'as caché des choses, Jeremy Crassen.

Jeremy ne savait plus où se mettre sous sa taquinerie.

— Je ne déballe pas tout.

— Hum-hum. Eh bien, il était temps que je te voie faire les quatre cents coups. Je te jure, j'étais sur le point de te prendre pour moi.

— Nora ! protesta Jeremy sans conviction.

— Et toi, Chris Ramsey. Tu ferais bien d'être correct avec mon employé préféré. Je sais où tu habites, chéri.

— Oui, m'dame, dit Chris sérieusement.

— Que puis-je servir à deux beaux jeunes hommes ?

Ils commandèrent tous deux le spécial puis Nora les laissa à leur soirée.

Le steak de poulet frit était bon, mais Jeremy était tellement excité qu'il n'avait pas beaucoup d'appétit.

Il plongea dans la purée de pommes de terre et lécha la cuillère de manière exagérée.

Chris plissa les yeux et joua avec sa paille. Haut. Bas. Haut. Bas.

Jeremy comprit qu'il était dépassé quand il s'agissait de flirter, et qu'il devait arrêter avant que quelqu'un ne soit blessé. Il mangea le reste de son repas humblement. Ils parlèrent de pêche, de livres et de films, et de pistes de randonnée locales.

C'était un repas agréable et lent, et plusieurs tables avaient été servies et desservies pendant qu'ils s'attardaient. Pendant le café après le dîner, Chris se pencha en avant, l'air sérieux.

— Hé. Tu n'as pas répondu à mon SMS pour savoir si je devais imprimer les formulaires de candidature pour l'université et les aides financières.

— Nan, c'est bon. Je peux les imprimer à la maison.

— OK. Tu veux que je passe pour t'aider à les remplir ? Demain peut-être ?

La joie d'être à son premier rendez-vous s'effaça un peu. Jeremy baissa les yeux vers sa tasse de café, souhaitant qu'ils puissent changer de sujet.

— Il n'y a pas d'urgence. Le site web dit que les admissions en avance ne commencent pas avant le premier novembre. On n'est qu'en août.

— Oui, mais c'est pour l'admission pour l'automne de l'année prochaine. C'est trop loin. Je pense que tu devrais battre le fer pendant qu'il est chaud et que le Professeur Optner s'intéresse à toi. Sa recommandation pourrait t'obtenir une grosse bourse. Même si tu n'y entres pas au mois de septembre, tu pourrais l'intégrer pour le trimestre hivernal.

Jeremy se cacha derrière une partie de sa frange qui était retombée et leva les yeux vers Chris, essayant d'évaluer son expression. Est-ce qu'il était si impatient de se débarrasser de lui ? Mais Chris avait l'air sincère.

— Qu'y a-t-il ? Tu ne veux pas y aller ? Il y a un autre endroit qui t'intéresserait ? demanda Chris.

Il n'y avait pas d'endroit. Il n'y avait pas d'université avec un programme d'écriture de quatre ans à distance raisonnable de Clyde's Corner – Jeremy avait cherché. Il y avait d'autres écoles, bien sûr, comme l'Université du Montana à Missoula. Mais même celle-là semblait hors de portée financièrement – et trop loin de Clyde's Corner.

— Si je vais à l'université, dit Jeremy lentement, frottant son pouce sur la table en bois poli, je ne pourrai plus te voir.

Le visage de Chris s'assombrit. Il ouvrit la bouche, mais rien n'en sortit, comme s'il n'était pas sûr de savoir quoi dire. Ou peut-être qu'il n'y avait rien qu'il puisse dire.

Demande-moi de rester, souhaita Jeremy de tout son cœur. *Ou au moins, dis-moi que je te manquerais.*

Chris était sur le point de parler quand son téléphone se mit à sonner, déversant les sons de « SexyBack » depuis la poche de son manteau.

— Désolé, dit Chris avec un sourire de regret.

Il fouilla dans le manteau et l'en sortit. Il jeta un coup d'œil à l'appelant et marqua une pause, l'air coupable.

— Prends-le, insista Jeremy.

Chris le fit.

— Allô ?

Même depuis l'autre côté de la table, Jeremy put entendre le rythme affolé de la voix de quelqu'un.

Le visage de Chris devint pâle.

— Je suis sûr qu'elle va bien, Trix. J'arrive tout de suite. Tiens le coup.

Il posa le téléphone, et Jeremy se sentit partir à la dérive, complètement vidé, comme s'il s'était dégonflé après avoir plané et qu'il flottait en direction de la terre, triste et à plat.

— C'est bon... commença-t-il, prêt à excuser Chris que leur rendez-vous soit écourté sans qu'on le lui demande.

C'était moins humiliant ainsi.

— Janie a disparu.

Chris avait l'air effrayé. Il jeta un coup d'œil à l'avant du *diner*, et Jeremy se tourna pour regarder dehors aussi. Maintenant, la tempête était complètement sur eux. Sur le trottoir, les branches d'un arbre étaient fouettées par le vent, et la pluie, projetée par des bourrasques, frappait en cascade la fenêtre.

Janie avait quatre ans.

— Putain ! Tu crois qu'elle est dehors dans ce chantier ?

— C'est obligé. Trix m'a dit qu'elle n'était pas dans la maison. Je lui ai dit que je passerai.

— C'est bon. Tu devrais y aller.

Chris secoua la tête.

— Tu viens avec moi. Je m'occupe de l'addition.

Il se leva et fit signe à Nora.

Jeremy lui attrapa le bras.

— Chris... tu es sûr ? On dirait que Trix a suffisamment à gérer sans... tu sais.

Qu'on lui jette toi et moi au visage.

— Viens avec moi, dit Chris, posant la main sur celle de Jeremy et en la serrant. Je veux que tu sois là. OK ?

Jeremy hocha la tête. Si Chris pensait qu'il pouvait aider d'une manière ou d'une autre, il serait là.

Pendant que Chris payait l'addition, Jeremy sortit son téléphone et passa le pouce sur l'écran. Il savait qu'Eric et Trix étaient brouillés à cause de l'histoire concernant M. Stubben qui était le père d'Eric. Mais il savait aussi que son frère tenait à Trix et Janie. Beaucoup.

Jeremy afficha sa liste de favoris et l'appela.

QUAND Chris arriva avec sa Jeep à Big Basin, il pleuvait si fort qu'il y avait des courants d'eau qui s'écoulaient dans l'allée légèrement en pente. Le tonnerre et les éclairs crépitaient et grondaient au loin. Il vit la lumière dans l'écurie et se gara devant. Le pick-up blanc de Billy Stubben était déjà là. Chris et Jeremy s'y précipitèrent.

À l'intérieur, Trix sellait un cheval brun-noir, et M. Stubben se disputait avec elle.

— Tu ne vas rien arranger, à détaler tête baissée, lui dit-il, tenant la bride de son cheval. Et c'est trop dangereux de monter Triumph dans cette tempête.

— Janie est dehors, et elle a pris Annabelle ! Triumph est le cheval le plus fort que je possède.

Trix était dans tous ses états, le visage crispé et apeuré, plus effrayée que Chris l'avait vue de toute sa vie, même à l'enterrement de John.

— Hé, on est là, dit Chris.

Il se dirigea vers la stalle où Trix et Billy jouaient au tir à la corde avec la bride du cheval. Triumph avait l'air anxieux, percevant probablement le stress de Trix.

Elle cligna des yeux vers lui comme si elle avait oublié un instant qu'elle l'avait appelé.

— Merci d'être venu. Oh, Chris !

— On la retrouvera, dit Chris fermement.

Il tira sur la manche du pull de Jeremy et n'était pas entièrement surpris de découvrir qu'il le tenait.

— Voici Jeremy Crassen. Je dînais avec lui quand tu as appelé, donc j'ai pensé qu'il pourrait aider aussi.

— Salut, Jeremy.

Trix hocha la tête vers lui avec un froncement légèrement perplexe entre ses sourcils. Mais l'instant d'après, elle se concentra de nouveau sur Billy.

— Il faut que j'y *aille*. Je ne peux pas rester là.

— Tu le sais aussi bien que moi, dit Billy avec un calme admirable. Il y a une douzaine de pistes hors de ce ranch et Janie les connaît toutes. Et il n'y a absolument aucune visibilité dans cette pluie. Nous avons besoin d'un *plan*, Trix.

— Savez-vous depuis combien de temps elle a disparu ? demanda Chris.

Avant que Trix puisse répondre, il y eut le bruit rageur d'un coup de frein à l'extérieur et d'une portière qui claque. Un instant plus tard, Eric entrait brusquement dans l'écurie. Il avait l'air hagard, et pas de la manière que Chris associait normalement à Eric. Ses cheveux bruns étaient trempés de pluie, et elle coulait sur son visage. Il ne s'était pas apparemment embarrassé d'un manteau, et son tee-shirt à manches courtes était plaqué contre sa peau. Il serrait et desserrait ses poings, son visage ouvert et à vif.

Il ne dit rien. Il ne fit que fixer Trix, et elle en fit de même.

— Eric… commença Billy.

— Laisse-moi t'aider, dit Eric d'une voix détruite, les yeux toujours fixés sur Trix. Je veux aider à la chercher.

Elle hocha la tête, d'une manière saccadée.

— S'il te plaît. Merci d'être venu.

C'était un échange bizarrement intense, et Chris sut qu'il signifiait quelque chose, mais ce n'était pas exactement le moment de s'interroger là-dessus.

— Depuis combien de temps Janie a-t-elle disparu ? redemanda-t-il.

Les yeux de Trix quittèrent Eric, elle fit face à Chris et expira profondément.

— Je… nous avons dîné puis elle a dit qu'elle voulait aller au lit de bonne heure. J'aurais dû savoir… Elle était en pyjama dans son lit quand je lui ai fait la lecture. C'était vers sept heures, je pense. J'ai regardé un film et j'ai pris un verre de vin, et quand je suis passée la voir, elle avait disparu.

Chris regarda sa montre. Il était vingt et une heures quinze.

— Est-ce que vous vous êtes disputées ? Était-elle bouleversée ? demanda Billy.

Trix jeta un coup d'œil coupable à Eric.

— Elle n'était… pas contente que je me sois passée d'Eric. Elle parlait encore de lui au dîner, dit-elle en se tournant vers Billy. Papy, est-ce qu'elle t'a dit quelque chose quand tu l'as emmenée en promenade hier ?

— Nous avons parlé d'Eric, oui. Elle ne m'a rien dit qui m'amènerait à penser qu'elle s'enfuirait.

— Est-ce qu'elle sait où on vit ? demanda Jeremy à Eric. Peut-être qu'elle est partie te rendre visite.

Eric secoua la tête.

— Non, je ne lui ai jamais parlé du mobile home. Je ne pense pas qu'elle aurait la moindre idée d'où me trouver.

— Oh mon Dieu.

Cela provenait de Billy qui gémissait. Il posa une main sur la porte de la stalle pour se stabiliser, l'air d'avoir mille ans.

— Qu'y a-t-il ? demanda Trix, alarmée.

Billy avait l'air hanté lorsqu'il croisa son regard.

— J'ai... J'ai dit à Janie qu'Eric aurait les hectares de derrière. Je suis vraiment désolé. Je n'aurais jamais *imaginé*...

Trix plaqua une main sur sa bouche d'horreur, les yeux écarquillés.

— Oh Seigneur, dit Eric. Elle est à la rivière.

Chapitre Vingt

ERIC chevauchait sous la pluie battante sur Scarlet, un des chevaux de Trix. Même dans les circonstances les plus favorables, les sentiers de randonnées équestres autour du ranch et sur les routes et champs voisins étaient de la terre douce avec une légère couche d'aiguilles de pin sèches provenant des arbres à proximité. Ce soir-là, toute cette terre douce s'était transformée en une boue glissante, et les branches des arbres qui avaient été coupées pour les cavaliers laissaient toute cette eau céleste tomber directement sur la piste et la tête d'Eric. Ce qui le ratait frappait probablement Jeremy, qui chevauchait derrière lui, en plein visage.

Heureusement, Scarlet voulait suivre Trix, qui montait Triumph. Enfin, quand les deux chevaux n'essayaient pas de se retourner pour rentrer à l'écurie.

Trix luttait avec le grand étalon, mais elle avait insisté pour le monter. Elle ne mettrait pas en danger l'un des chevaux de leurs pensionnaires pour chevaucher dans des conditions pareilles, donc elle avait octroyé à Eric Scarlet, à Jeremy un cheval plus âgé appelé Apple, et avait pris elle-même Triumph.

C'était le plan qu'ils avaient tous accepté. Eric, Trix et Jeremy étaient sortis à cheval pour chercher Janie. Billy allait faire le tour en voiture vers la partie arrière du ranch par le long chemin au cas où Janie aurait réussi à traverser la rivière. Chris était censé attendre au ranch au cas où Janie reviendrait d'elle-même. Trix voulait que quelqu'un avec qui Janie était à l'aise y soit, et, même si elle ne le dit pas, elle semblait savoir que Chris n'était pas un bon cavalier. Jeremy ne l'était pas non plus, mais Trix ne le savait pas, et Eric présuma qu'il pourrait au moins rejoindre la rivière et en revenir.

Un éclair blanc comme un flash illumina l'air, et une seconde plus tard, le tonnerre résonna si fort qu'il secoua les arbres. Se découpant contre la lumière qui s'affaiblissait, Eric vit Triumph se cabrer. Il cria, sa voix disparaissant dans l'air. Mais Trix était terriblement douée. Elle tint bon jusqu'à ce que Triumph ait reposé ses jambes antérieures sur le sol et resta collée à lui, l'apaisant, tandis qu'il remuait d'avant en arrière, terrifié.

Sous les cuisses d'Eric, les flancs de Scarlet tremblaient. Il ne cessait pas ses murmures à voix basse, lui frottant le cou. Elle semblait figée de peur. Mais quand Trix réussit de nouveau à faire avancer Triumph, Scarlet suivit. Il regarda derrière lui. Jeremy était une forme sombre dans les ténèbres après l'éclair, mais il était toujours sur son cheval.

S'il était un homme meilleur, pensa Eric, il aurait pris le cheval le plus difficile au lieu de laisser Trix le monter. John l'aurait fait. John n'était pas un cow-boy débutant comme Eric.

Un éclair se dispersa de nouveau, le bruit arrivant cinq secondes plus tard cette fois – plus loin, grâce au ciel. Cette fois, aucun des chevaux ne se cabra ni ne s'emballa, mais Scarlet se figea sous lui et refusa de bouger. Eric se rappela ce que Ben lui avait dit pour contrôler un cheval – pas par la peur ou la douleur, mais avec une assurance et un amour absolu. Il se pencha par-dessus la corne de sa selle et dit à Scarlet qu'ils devaient trouver Janie, qu'elle pouvait le faire, en gardant une voix calme. Elle hésita, ses jambes faisant des éclaboussures nerveuses dans la boue, mais finalement, elle se remit à avancer.

Cela leur prit une éternité pour arriver à la rivière. Les éclairs devinrent moins fréquents, ce qui aida, mais cela laissait la piste dans les ténèbres complètes. Ils avaient de la chance que tous les chevaux de Big Basin soient passés sur cette piste une centaine de fois. Ils ne virent aucun signe que Janie était passée par là. Mais la pluie et les ténèbres conspiraient pour tout recouvrir de nuances humides de gris.

Lorsqu'ils sortirent des bois sur la berge, Trix jeta un coup d'œil en arrière pour s'assurer qu'ils étaient encore avec elle, puis elle chevaucha Triumph le long de la rive, criant le nom de Janie, son langage corporel tendu comme un lance-pierre.

Eric savait ce que Trix craignait qu'ils trouvent : Janie noyée, ou Janie grièvement blessée, ou, pire d'une certaine manière, pas de Janie du tout. Eric posa la main sur la corde enroulée qu'il avait emportée, rigide et humide à l'arrière de la selle.

Janie était si indépendante parfois, mais à d'autres moments elle n'était qu'un bébé, aussi affectueuse qu'un chiot, aussi vulnérable qu'une fleur. Elle avait fait ressentir une tendresse à Eric qu'il n'avait pas ressentie depuis que Jeremy n'était qu'un petit garçon. Il ne pouvait même pas s'imaginer que quelque chose pourrait lui arriver. Et si Janie avait été blessée ou tuée en essayant de lui rendre visite… ? Seigneur, Trix ne le lui pardonnerait jamais. Jamais. Jusqu'à la fin des temps. Bon sang, il ne se le pardonnerait jamais.

Trouve-la, alors. La voix dans sa tête était ferme, et Eric l'écouta. Il devait pouvoir la trouver. Pas vrai ? Les petites filles ne disparaissaient pas dans les airs.

Il serra les jambes et s'assit en avant sur la selle. Scarlet trotta docilement en avant mais hésita au bord de l'eau. Le niveau de la rivière qui coulait était monté – plus haut que d'habitude d'un bon mètre cinquante. Et elle était rapide aussi, de minuscules crêtes blanches passaient rapidement, écrasées par encore davantage de pluie.

Jeremy se rapprocha à côté d'Eric. Apple rejetait la tête en arrière, et il marchait d'avant en arrière sur la berge, regardant l'eau nerveusement.

— Tu vas bien ? cria Eric par-dessus le vent.

Jeremy secoua la tête, le visage pâle.

— Juste inquiet pour Janie, cria-t-il en retour.

Trix approcha Triumph de l'autre côté d'Eric.

— Je ne la vois pas ! cria-t-elle au milieu du vent.

— Moi non plus ! lança Eric.

Un éclair se dispersa, éclairant la rivière comme le jour. Eric la scanna autant qu'il put, mais la lumière disparut rapidement.

— Prends ça !

Trix lui tendit une grosse torche, et Eric la saisit. Elle en avait une aussi. Il essaya de garder Scarlet stable d'une main pendant qu'il allumait la lampe torche et faisait briller le faisceau le long de l'eau.

Trix vérifiait son téléphone.

— Aucune nouvelle de personne !

Janie n'était pas retournée au ranch alors, et Billy ne l'avait pas trouvée non plus.

La voix de Trix était brisée.

— Toi et Jeremy allez à droite, j'irai à gauche.

— Sois prudente, dit Eric.

Mais Trix s'éloignait si vite qu'elle ne l'entendit probablement pas.

ERIC bascula le faisceau en amont, mais ne vit rien. Il tourna Scarlet à droite, en aval, et chevaucha le long de la berge avec Jeremy qui le suivait. La pluie tombait si fort qu'une sorte de brume flottait là où la pluie rencontrait la rivière, et cela lui donnait l'impression que sa vision était brouillée aussi. Il ne cessait de s'essuyer les yeux. Puis, aux confins les plus lointains de sa lumière, il pensa avoir vu quelque chose bouger dans l'eau. Il donna un coup de talon à Scarlet pour aller plus vite. La forme vague dans l'eau se redéfinissait parmi les remous gris.

C'était un cheval. Annabelle. Elle était au milieu de la rivière, luttant dans l'eau. Janie était sur la selle, mais pas assise correctement. Elle avait glissé sur le côté, comme si elle n'était encore sur le poney que parce que son pied était pris dans l'étrier. Elle était affalée sur le cou du poney, le visage caché, son corps dans un ciré jaune et un jean. Sa petite main trop blanche se cramponnait à la crinière d'Annabelle.

Grand Dieu, depuis combien de temps étaient-elles dans l'eau ? Elle avait disparu depuis trois heures. Annabelle essayait de nager, tentant de lutter contre le courant, mais ses yeux étaient révulsés sous la panique, montrant leurs blancs, ses naseaux étaient levés et elle avait de l'écume autour de la bouche. Elle était épuisée. Au moins, la prise de la main de Janie montrait qu'elle était toujours vivante, consciente.

Eric hésita, rempli de peur. Puis il se tourna vers Jeremy. Apple remonta près du flanc de Scarlet, comme s'il ne voulait pas être seul. Eric pointa l'eau du doigt.

— La voilà ! Va chercher Trix ! cria-t-il.

Jeremy hocha la tête une fois et utilisa les rênes pour essayer de faire tourner Apple. Il peinait, mais Eric ne pouvait pas s'en inquiéter maintenant.

Il ramena son attention sur Annabelle et Janie. Devait-il attendre ? Mais qui savait combien de temps cela prendrait à Jeremy pour trouver Trix et revenir avec elle ? Il n'avait pas le temps.

Utilise la corde.

Les paroles étaient tout à fait claires dans sa tête, comme si quelqu'un d'autre les avait prononcées.

La corde. Eric la sentait à l'arrière de la selle, où il l'avait mise. Scarlet recula, puis avança, trahissant sa nervosité à la vue de la rivière en furie et peut-être aussi par la détresse d'Annabelle. Eric pesa sur ses étriers, espérant lui donner un soutien. Il défit l'extrémité du rouleau et regarda l'eau.

Janie et Annabelle étaient trop loin.

— Allez, encouragea-t-il Scarlett, utilisant ses talons pour la faire avancer jusqu'au bord de la berge.

Annabelle perdait lentement du terrain. Elle cessa de lutter pendant un instant et fut emportée sur trois bons mètres avant de recommencer à lutter.

Une terreur froide se précipita à travers Eric, et il encouragea Scarlet de nouveau à continuer.

Je ne vais pas y arriver. Elle va se noyer.

Utilise la corde. Fais-le.

Il amena Scarlet à l'opposé d'Annabelle autant que possible sur la rive. Il laissa tomber les rênes et tint la corde lâchement dans une main comme Ben le lui avait appris. Il leva le lasso au-dessus de sa tête et le fit tournoyer.

La pluie et le vent empêchaient le lasso de tourner correctement et le faisaient répondre lentement. Tout de même, il le lança. Il atterrit dans l'eau, loin d'Annabelle.

Recommence. Utilise la corde.

Il la lança encore. Et encore. Et encore. Scarlet sembla avoir une idée de ce qu'il essayait de faire, parce qu'alors qu'Annabelle glissait lentement en aval, Scarlet suivit la rive, libérant Eric pour qu'il se concentre sur la corde. Celle-ci attira la vue périphérique d'Annabelle, et elle se tourna vers eux, essayant maintenant de nager vers Eric. Mais elle était trop épuisée, et se déplacer latéralement au courant ne fit que la faire glisser davantage en aval. Eric fut horrifié, mais Annabelle se redressa, faisant complètement face au courant de nouveau.

Bonne fille. Continue à nager, bébé. Allez.

Il lança encore. Et encore. Rata. Rata.

C'était tellement différent de lancer la corde quand la météo était bonne dans son arrière-cour. Tout était décalé. Il essaya de se corriger par rapport au vent, mais ne pouvait simplement pas lancer la corde suffisamment fort pour l'amener jusqu'à Annabelle, encore moins autour de son cou. Peut-être qu'elle n'était même pas assez longue ; elle ne cessait de rater sa cible. Il n'y arrivait pas.

Qui est-ce que je crois tromper ? Je ne suis pas John, et je ne suis pas Ben. Ben pourrait le faire. Il l'aurait déjà fait. Je ne suis pas assez bon. J'en suis loin. Elle va mourir, et ce sera parce que je suis inutile.

Amène Scarlet plus près, dans l'eau, mais pas trop profond. Reste calme. Lance la corde.

Quel ange était assis sur son épaule, Eric ne le savait pas. Mais une impression de paix le submergea. Il pouvait le faire. Ce n'était que de l'eau et ce n'était que de la pluie. Et utiliser un lasso n'était pas si dur que ça.

Il se redressa sur la selle, la corde dans ses deux mains, et serrant ses jambes, il se pencha en avant.

— Vas-y, Scarlet. Avance. Hah !

Scarlet trembla sous lui, mais elle fit un pas hésitant dans l'eau. Il continua à l'encourager de la voix et de ses ordres corporels. Et pas après pas, elle pénétra dans l'eau, réticente, probablement prête à s'emballer, mais elle le fit.

— Bonne fille, l'encouragea Eric. Tu t'en sors très bien. Continue. Bonne fille.

Jusqu'aux genoux, Scarlet était stable. Un autre pas, au-dessus de ses genoux.

Ne la laisse pas aller trop profond ou elle perdra aussi son appui.

Les yeux d'Annabelle roulèrent vers Scarlet.

Ne te retourne pas, Annabelle. Continue à nager juste là.

Eric arrêta Scarlet et lança le lasso au-dessus de sa tête. Il était plus près d'Annabelle maintenant. La corde pourrait l'atteindre s'il la lançait bien.

N'abandonne pas. Cette fois, c'était la voix de Jeremy dans sa tête. *N'a-ban-don-ne-pas.*

Eric lança à nouveau la corde. Par miracle, elle atterrit bien sur la tête d'Annabelle, derrière une oreille et devant l'autre, le bas du lasso sous son menton. Elle agita l'oreille, secoua la tête et la corde glissa autour de son cou.

Tu as réussi. Tu la tiens. Maintenant, fais ressortir Scarlet. Va lentement.

— Eric ! Oh mon Dieu, Eric !

C'était Trix. Le faisceau de sa lampe torche vacilla autour de lui depuis la berge.

— Reste là ! cria-t-il, n'osant pas quitter Annabelle des yeux. En arrière, dit-il à Scarlet.

Il enroula l'extrémité de la corde étroitement autour d'une main et récupéra les rênes de l'autre, puis tira en arrière.

Scarlet fit un pas en arrière, encore. Le lasso retourna Annabelle dans l'eau, et le bras d'Eric se tendit cruellement lorsque la tension dans la corde lutta contre la poussée du courant sur sa masse.

— En arrière ! répéta-t-il.

Scarlet recula. La traction de la corde était une résistance sur Scarlet, mais elle ne paniqua pas. Elle recula encore, tirant Annabelle avec eux.

Ce fut à ce moment-là que cela arriva. La lampe de Trix était fixée sur Annabelle et Janie, et sa faible lumière blanche montra la main de Janie qui lâchait la crinière d'Annabelle. Elle glissa plus loin sur le côté droit du cheval jusqu'à ce que seulement sa jambe soit visible. Eric ne pouvait pas voir l'autre côté du cheval, mais si Janie était inconsciente, elle était probablement sous l'eau maintenant, tête en bas. Elle se noyait. En ce moment.

Il n'y avait pas le temps pour parler, pas le temps d'envisager d'options, ou quoi que ce soit. Eric bougea.

Il enroula l'extrémité de la corde qu'il portait autour de la corne de la selle et l'attacha deux fois, aussi fort qu'il le put.

— En arrière, ordonna-t-il encore à Scarlet en glissant de la selle.

L'eau était d'un froid glacial et elle le tirait, mais il s'accrocha aux étriers.

— En arrière, Scarlet !

Il suivit la corde tendue dans l'eau, se dirigeant vers Annabelle.

Il sentit Scarlet reculer, attirant Annabelle un peu plus près.

De loin, sembla-t-il, il entendit Trix crier depuis la berge.

— En arrière, Scarlet ! Bonne fille ! Viens, Scarlet ! En arrière !

Eric se poussa en avant. Il donna des coups de pieds, essayant de nager. Mais les vêtements qu'il portait, le jean lourd, les bottes de cow-boy, résistaient contre lui.

Rejoins Janie.

Scarlet les tira tous un peu plus en arrière encore et encore. Eric rejoignit Annabelle. La pauvre petite chose. Elle avait tellement lutté. Il lui tapota le cou et essaya de l'apaiser en faisant le tour sur son autre flanc, une main s'enroulant sur le lasso autour du cou d'Annabelle pour s'empêcher de s'éloigner en flottant.

Janie était dans l'eau. Elle était sur le dos, mais ses yeux étaient fermés et l'eau clapotait en vagues sur son visage.

Les puissantes sensations de douleur-amour-terreur qu'Eric ressentit à sa vue étaient les plus profondes qu'il avait ressenties de sa vie. Gardant une main serrée autour de la corde qui tenait le cou d'Annabelle, il glissa son autre bras autour de Janie et la tira hors de l'eau puis la mit sur son épaule.

— Respire, Janie, respire. Je te tiens.

Elle ne montra aucun signe qu'elle l'avait entendu, son corps flasque et froid contre lui.

S'il te plaît, ne sois pas morte.

La corde tressaillit dans la main d'Eric lorsque Annabelle fut tirée en avant. Il abandonna cette partie-là – il le devait. Scarlet les sortirait. Trix était sur la berge ; elle les sortirait. Il devait se concentrer sur Janie.

C'était difficile avec une main sur la corde, mais il fit rouler Janie avec son biceps, la comprimant et la relâchant contre son torse, espérant la réveiller, encore et encore.

Elle toussa, et une main froide se tendit et se posa à plat sur son cou, et son cœur s'envola.

Merci, mon Dieu. Oh, merci.

QUELQUES minutes plus tard, Annabelle trouva appui sur le lit de la rivière et avança avec effort. Les pieds d'Eric touchèrent un sol solide. Mais il se sentait épuisé, et Janie pesait une tonne, donc il attendit qu'Annabelle soit presque hors de l'eau avant de lâcher la corde autour de son cou. Il mit ses deux bras autour de Janie et trébucha sur la berge.

Trix était là, et elle les entoura de ses bras tous les deux.

— Oh mon Dieu, Eric ! Est-elle… ?

— Elle est vivante.

Il frotta le dos de Janie d'une main ferme et sentit que sa main se serrait sur son cou.

— Elle respire ! dit Trix anxieusement.

Tous trois avaient leurs têtes rapprochées, et Trix frictionnait le bras de Janie.

— Janie ! Tu m'entends ?

— Maman.

Cette petite voix était peut-être la plus belle chose qu'Eric ait entendue de toute sa vie. Lui et Trix échangèrent un regard lorsque Janie commença à pleurer, comme si son épreuve venait seulement de lui revenir. Elle se cramponna à Eric, et Trix s'agrippa à eux. Eric réussit aussi à glisser un bras autour de Trix, tous trois se pressant étroitement les uns contre les autres.

Et il ne put empêcher les mots de sortir.

— Trix, je tiens tellement à toi et à Janie. Et si tu ne veux pas que je prenne une partie du ranch, je ne le ferai pas. J'ai seulement pensé... j'ai cru que si j'avais quelque chose à moi, tu pourrais me respecter. Je dirai à Billy d'oublier ça. Dis-moi seulement comment arranger ça.

— Oh, Eric, dit Trix en soupirant et en pleurant à moitié, et dans ces deux mots se trouvait tout ce qu'Eric aurait pu espérer entendre. J'ai été idiote. Je suis vraiment désolée.

Elle l'embrassa et posa la paume autour de son cou. La pluie s'était transformée en crachin, mais le vent fouettait encore autour d'eux. Eric ne sentait pas le froid, pas quand il embrassait Trix passionnément, la bouche de celle-ci ouverte et chaude.

Janie frissonna dans ses bras et Trix recula.

— Nous devons ramener ce bébé au ranch. Et Annabelle aussi.

Nous. Il aimait entendre *nous*. Il aimait que ce soit lui et Trix qui s'occupent de ce qui avait besoin d'être fait, qu'elle lui fasse confiance comme ça.

Soudain, cela le frappa – ils n'étaient pas le seul *nous* dehors.

— Où est Jeremy ? demanda-t-il en regardant autour de lui, mais il ne le vit nulle part. Trix ?

— Il était juste derrière moi !

Il n'était pas là maintenant. Eric sentit une légère inquiétude, mais sûrement que Jeremy allait bien. Peut-être qu'Apple avait décidé de retourner à la grange sèche et qu'il n'avait pas pu l'arrêter. Ou peut-être…

Lorsque Eric envoya le faisceau de la lampe vers le haut de la berge, il vit la forme d'un cheval venant vers eux et poussa un soupir de soulagement. Mais il fut de courte durée. Lorsque le cheval – Apple – trotta vers eux, jetant la tête en arrière, il devint clair qu'il était trempé. Et pas seulement à cause de la pluie. De l'eau coulait en ruisselets de sous son ventre, comme s'il était allé dans la rivière.

La selle était vide. Jeremy avait disparu.

CHRIS attendait anxieusement au ranch. Il regardait l'écurie par la fenêtre de la cuisine au cas où Janie reviendrait et irait là d'abord. Il y avait un projecteur au-dessus des portes à deux battants, et il voyait le bâtiment, à peine, à travers la pluie. La foudre fendit le ciel et le tonnerre fit trembler la fenêtre. Personne ne devrait être dehors lors d'une nuit pareille. Il avait le téléphone à la main, et il ne cessait de le regarder. Les barres de son réseau vacillaient entre une et deux barres, et pendant quelques minutes de panique, aucune. Pourtant, même quand il avait du réseau, aucun message n'apparaissait.

Il voulait appeler le Shérif Taylor, et il décida qu'il le ferait s'ils ne revenaient pas bientôt. Il regarda l'horloge et décida de leur donner dix minutes de plus.

Il était terrifié pour Janie, mais il n'aimait pas non plus le fait que Jeremy soit dehors, sur un cheval, dans cette tempête. Et s'il tombait et se blessait ? Et s'il attrapait une pneumonie ?

Une crise à la fois, se rappela-t-il. Jeremy n'était pas un enfant. Il pouvait prendre soin de lui.

Juste avant que l'heure limite qu'il s'était imposée soit passée, Chris vit du mouvement dehors devant l'écurie. Il saisit un des cirés sur le portant près de la porte d'entrée et y courut aussi vite que possible dans la boue glissante.

Quand il fit irruption dans l'écurie, il trouva Trix, Triumph, et Janie. Ils avaient tous l'air d'avoir traversé l'enfer, mais Janie était assise droite devant Trix, le visage pâle mais alerte.

Dans l'abri de l'écurie, Trix tendit Janie à Chris. La petite mit ses mains autour de son cou tandis que Trix mettait pied à terre et commençait à desseller Triumph.

— Oncle Chris ! Je suis allée rendre visite à Oncle Eric, seulement il pleuvait vraiment fort et j'ai été coincée dans la rivière !

— Oh, juste ciel ! dit Chris. Ça devait être effrayant.

Son cœur battait la chamade. Il ramena le regard vers les portes. *Où sont Eric et Jeremy ?*

Janie hocha la tête.

— Ça l'était. C'était vraiment une mauvaise idée, dit-elle franchement, comme si elle répétait comme un perroquet ce que ses aînés avaient dit.

— Oui, en effet, Microbe, dit Trix d'une voix forte, alors même qu'elle frottait Triumph avec une serviette.

— Mais j'ai trouvé Oncle Eric quand même. Il m'a sortie de la rivière !

Chris regarda Trix. Elle marqua une pause et croisa le regard de Chris. Elle secoua la tête, les yeux brillants d'inquiétude, les lèvres serrées.

— Où est Jeremy ? demanda Chris, une pierre logée dans la gorge.

— Je ne sais pas, Chris. Eric a sorti Janie de l'eau, et nous étions tous les deux occupés à ça, et quand on a regardé autour de nous, Jeremy avait juste… disparu. On a trouvé son cheval, dit-elle avant d'hésiter. Apple était tout mouillé. Chris, je pense que Jeremy a pu tomber dans la rivière.

Oh mon Dieu. S'il vous plaît non.

Chris mit une main sur sa bouche pour s'empêcher de crier ou de jurer à voix haute.

— Je devais la ramener à la maison, dit Trix en regardant Janie. Je dois appeler le Dr Borman pour qu'il vienne l'examiner, et… je pense que nous devrions appeler le shérif.

Chris se sentait engourdi, comme s'il regardait la scène d'en haut, au-dessus de l'action. Il n'arrivait pas à croire que cela se produisait, mais c'était le cas, et il devait faire quelque chose. Il fit quelques pas vers la porte de l'écurie, puis revint, se demandant s'il devait prendre un cheval.

— Il faut que je le retrouve.

— *Chris.*

Trix lui attrapa le bras et regarda son visage. Son front se plissa.

— Nous allons le trouver, lui dit-elle. Ne t'inquiète pas.

Mais les gens mouraient, non ? Les sauveteurs mouraient. Il y avait toujours ces histoires folles aux informations à propos d'hommes qui étaient allés dans une rivière ou sur la glace ou ailleurs pour sauver un chien et finissaient par mourir eux-mêmes. Il n'y avait pas toujours une fin heureuse. Une chose pareille – cela pouvait arriver tellement vite. Jeremy pourrait être mort à cet instant.

Les yeux de Chris lui semblaient chauds et il voulait frapper quelque chose.

— Tu tiens vraiment à lui, dit Trix.

Ce n'était pas une question.

Chris hocha la tête.

— Devrais-je prendre un cheval ? Il faut que j'aide.

Il avait l'impression de radoter.

Trix réfléchit un instant.

— Prends ta Jeep et descends jusqu'au Noximon Road Bridge. C'est seulement à environ un kilomètre et demi en aval. À la manière dont la rivière se déplace, s'il est dans l'eau, il descendra rapidement le courant. Eric chevauche dans cette direction sur la berge, donc il pourra te rattraper. Je vais appeler le shérif.

Ça avait l'air d'un plan convenable, et cela donna une autre idée à Chris.

— Appelle Ben et Joshua aussi. Leur maison est après Noximon Road. Ils pourront aller à la rivière et chevaucher dans cette direction au cas où il serait encore plus en aval.

— Bonne idée, dit Trix.

Chris se dirigeait déjà vers sa Jeep.

— Chris ! appela Trix.

Il se retourna et elle lui lança une grosse lampe torche, qu'il attrapa.

— Bonne chance.

Il y avait une expression sur son visage. Il pensait qu'ils se comprenaient – ce qu'elle ressentait pour Eric, ce qu'il ressentait pour Jeremy. Sans un mot, il courut vers sa Jeep.

JEREMY avait de sérieux problèmes. La rivière était gelée et mortelle. Il avait déjà été frappé par une branche d'arbre tombée qui l'avait heurté à l'arrière de la tête et s'était enfoncée dans son crâne. Le temps que Jeremy libère ses longs cheveux de l'obstruction et regarde la branche rouler en aval, il était épuisé, et sa main qui était à l'arrière de sa tête revint couverte de sang. Ça faisait un mal de chien et il se sentait vaseux.

C'est là que la réalité le rattrapa. Il était très possible qu'il ne survive pas à ça.

Son corps était emporté impitoyablement par le courant. Il avait essayé de nager jusqu'à la rive un certain nombre de fois, mais il avait échoué, et il savait que c'était un gaspillage du peu d'énergie qui lui restait. Peut-être qu'il pourrait trouver quelque chose auquel s'accrocher – une bûche qui le maintiendrait à flot, un rocher sur lequel il pourrait grimper. Quelque chose.

Est-ce qu'Eric s'était rendu compte de ce qui s'était passé maintenant ? Il le devait. Mais le trouverait-il à temps ?

Il avait été tellement stupide. Quand il avait chevauché derrière Trix et avait vu Eric luttant pour aller jusqu'à Janie dans l'eau, il était resté concentré complètement sur son frère. Il avait remonté la berge, se tendant en avant pour voir ce qui se passait. Apple avait dû interpréter ça comme un ordre d'aller dans la rivière, parce qu'il l'avait fait. Et le temps que Jeremy se rende compte qu'il avait de l'eau qui lapait ses bottes, Apple avait vu Annabelle et avait essayé de nager vers elle.

Lorsque les sabots de son cheval avaient quitté le lit de la rivière et qu'il avait commencé à nager, Jeremy avait su qu'il avait des problèmes. De gros problèmes. Il avait essayé de faire faire demi-tour à Apple avec les rênes, mais le cheval l'avait ignoré et avait nagé plus énergiquement vers Annabelle et Eric.

Puis soudain, le vieux cheval s'était arrêté de nager, haletant péniblement, et tous deux avaient été immédiatement entraînés en aval. Jeremy avait glissé du cheval, évitant à peine d'être frappé par ses sabots. La dernière fois qu'il avait vu Apple, le cheval sans cavalier nageait vers la rive. Quant à Eric et Trix, il les avait perdus de vue au moins une décennie plus tôt. Ou il en avait l'impression.

Survis, pensa Jeremy pendant que le courant le faisait tourner d'un sens et de l'autre.

Sa hanche frappa un rocher submergé, le faisant crier de douleur et avaler de l'eau. Son corps commença à tournoyer et il lutta contre le courant. Il devait garder les pieds pointés vers l'aval, où ils rencontreraient les ennuis en premier – et pas sa tête douloureuse. Il se briserait peut-être une cheville, mais au moins il vivrait.

Je veux vivre. S'il vous plaît, mon Dieu, laissez-moi vivre.

Il y avait tant de choses qu'il voulait faire. Bon sang, il avait à peine fait quoi que ce soit pour l'instant. Il avait passé ses années-lycée à se cacher de ses pairs, et les années depuis à se cacher dans la cuisine du *diner* de Nora, ou dans le mobile home de sa mère. Quand il s'était forcé à sortir de cette routine, regardez la chose incroyable qui était arrivée. Il avait rencontré Chris.

Il voulait davantage de temps avec Chris, davantage de baisers, davantage de sourires. Il voulait davantage du monde, point.

Laissez-moi vivre, et je ne me cacherai plus, promit-il, quant à savoir s'il le disait à Dieu ou à lui-même, il ne le savait pas.

Puis, devant lui à travers la pluie, il vit une grande forme dominant la rivière. *Un pont.* Il n'avait jamais vu le pont de cet angle, mais de gros piliers en pierre étaient enfoncés dans la rivière tous les six mètres environ. S'il pouvait se raccrocher à l'un d'eux...

Il fléchit ses doigts glacés et engourdis, essayant de les faire bouger. C'était son seul espoir. Il fallait que ça marche.

CHRIS arriva sur le Noximon Bridge et mit précipitamment sa Jeep au point mort. Il ouvrit la portière et sauta. Ne se donnant pas la peine de fermer la portière, il se mit à courir vers le côté du pont qui se trouvait en amont et alluma la lampe torche en direction de l'eau.

Il regarda. Et il regarda. Le faisceau était puissant, mais diffus à cette distance. Il le fit jouer lentement sur la surface de la rivière, cherchant quelque chose, n'importe quoi, et à moitié effrayé par ce qu'il trouverait.

Et s'il voyait le corps sur le ventre de Jeremy ? Il n'était pas sûr de pouvoir vivre avec ça.

Il sortit son téléphone. Il affichait une barre. Il appela Trix.

— Quelque chose ? demanda-t-il dès qu'elle décrocha.

— Non, dit-elle, difficilement audible. ... appelé le shérif... route. Joshua... Hé !

Puis à nouveau :

— Hé !

Le mot était faible, et il fallut un instant à Chris pour se rendre compte qu'il ne provenait pas du téléphone. Il le laissa tomber sur la route en asphalte et braqua de nouveau la lampe torche sur l'eau, balayant la surface qui bougeait rapidement. Il ne vit rien.

— Hé !

Il baissa les yeux. Jeremy se cramponnait à un des piliers du pont. Il y avait une section inférieure plus large qui dépassait par rapport à en haut, procurant un petit rebord large de peut-être trente centimètres. La rivière était si haute que ce rebord était pile au niveau de l'eau. Jeremy était assis sur ce bord étroit, se retenant au large pilier avec ses deux bras enroulés en partie autour. Il lâcha un bras suffisamment longtemps pour agiter la main vers Chris, glissa presque dans l'eau et attrapa à nouveau le pilier.

— Jeremy ! hurla Chris.

Jeremy inclina la tête à ce moment-là, peut-être épuisé par l'effort. Avec ses cheveux assombris par l'eau et sa chemise et son jean sombres, il fut presque à nouveau avalé par la nuit. Mais Chris pensa avoir vu du sang, plus sombre encore, collé à l'arrière de sa tête et tachant son pull léger.

Oh mon Dieu. Je dois le sortir de là.

— Jeremy ! Jeremy ! cria Chris, ayant besoin qu'il relève la tête.

Lentement, il le fit. Mais ses cheveux pendaient, ne laissant qu'une mince bande de peau pâle.

— Dégage tes cheveux de tes yeux ! cria Chris, ayant besoin de revoir le visage de Jeremy, de voir son expression, de voir s'il allait bien.

Jeremy se mit carrément à rire, son torse tremblait alors qu'il repoussait les cheveux de son visage avec son coude. Sa voix lui parvint.

— Tu me dis ça *maintenant* ?

Chris sortit à son tour un petit rire hystérique.

— Je ne peux voir que ta peau dans le noir, andouille !

Jeremy leva les yeux vers lui consciencieusement, son visage bien plus pâle que d'habitude – trop pâle. Puis il s'effondra contre le pilier, l'air fourbu.

Chris ne pouvait pas en être sûr, mais il pensait que la rivière montait encore. La pluie tombait encore suffisamment dru. Et si elle couvrait la petite partie où Jeremy était assis ? Et si Jeremy était encore emporté ?

Je dois le sortir de là.

Putain. Où était le téléphone ? Il le trouva sur le pont et, heureusement, il n'était pas cassé. Il rappela Trix. On aurait dit qu'elle avait décroché, mais la pluie et la rivière étaient tellement bruyantes, bon sang.

— J'ai trouvé Jeremy au Noximon Bridge. Il est dans l'eau, il se tient à un pilier. Nous avons besoin des sauveteurs-pisteurs maintenant !

— Je vais les appeler, dit Trix d'une voix audible.

Il remit son téléphone dans sa poche.

— Jeremy, tiens bon ! Les secours arrivent ! cria Chris par-dessus le pont.

La silhouette affalée de Jeremy bougea un peu une main pour montrer qu'il avait entendu. Il semblait avoir des difficultés à se tenir au pilier en ciment. Il était trop large pour qu'il ait vraiment une prise, c'était comme étreindre un mur. Son corps tremblait sous le froid.

Merde, combien de temps cela leur prendrait-il pour arriver ? Jeremy avait besoin d'aide maintenant. Chris courut à sa Jeep et regarda frénétiquement à l'arrière tout en fouillant. Il avait une vieille couverture de camping à carreaux, mais ça n'aiderait pas, à moins qu'il puisse la déchirer et en faire une corde. Même s'il pouvait déchirer le lourd feutre, elle ne serait probablement pas assez longue. Il y avait du matériel pour changer une roue, de l'eau en bouteille. Rien qui lui soit utile.

Il repartit en courant et pointa la lampe sur Jeremy, terrifié à l'idée qu'il ait disparu. Mais il était toujours là. Chris lui parla, lui dit que ça irait, de tenir bon. Il ne savait pas si Jeremy pouvait encore l'entendre à cause de la pluie.

Après quelques minutes qui lui parurent interminables, Chris entendit un bruit et se retourna. Il vit Eric sur le pont qui montait un cheval. L'homme comme la bête étaient trempés. La bouche du cheval écumait et son flanc se soulevait.

Quand il fut proche, Eric sauta au sol.

— Chris ?

— Il est en bas !

Chris pointa la lampe torche, et Eric regarda de l'autre côté.

— Jeremy ! cria Eric, le visage plein d'espoir.

Jeremy leva les yeux, mais seulement brièvement avant de plaquer de nouveau sa joue contre le pilier. Ses doigts glissaient sur le ciment humide. Son pull couleur crème avait l'air collé avec le sang qui coulait de sa tête.

— Nom de Dieu ! dit Eric.

— Je sais ! J'ai appelé Trix pour avoir des sauveteurs-pisteurs, mais je ne suis pas sûr qu'on puisse les attendre, cria Chris. Nous avons besoin d'une échelle ou d'une corde, quelque chose !

Eric courut vers son cheval et rapporta une corde avec un lasso à l'extrémité.

Chris la saisit.

— Est-ce assez long ?

— Voyons.

Eric lança le lasso par-dessus le pont. Mais alors qu'il tenait juste l'extrémité de la corde et qu'il se penchait sur le bord, il s'aperçut qu'elle pendait toujours et qu'il manquait un mètre vingt ou un mètre cinquante pour être à la portée de Jeremy.

— Jeremy ! cria Eric. Tu peux attraper la corde ?

Celui-ci leva de nouveau la tête, ses yeux tels deux trous sombres sur son visage pâle. Il leva le regard vers le lasso au-dessus de lui. Secoua la tête. Il n'essaya même pas de se lever.

— C'est trop haut ! dit Chris. Il ne peut pas l'atteindre. S'il essaie de sauter pour l'atteindre, il tombera dans la rivière.

Et soudain, il sut quoi faire.

— Descends-moi, dit Chris, tout en retirant sa veste.

Il allait devoir saisir Jeremy, et le tissu lisse n'aiderait pas. Ni sa peau mouillée. Heureusement, il avait des manches longues en coton – la chemise violette qu'il portait pour leur rendez-vous. Seigneur, était-ce vraiment que quelques heures avant ?

— Qu'est-ce que tu fais ? cria Eric.

Chris lui prit le bras et croisa son regard.

— Écoute. Je vais prendre la corde. Tu me retiens par les chevilles. Cela devrait rendre le lasso assez long pour atteindre Jeremy.

— Et ensuite, quoi ?

Eric avait l'air hésitant.

— Une fois que Jeremy aura saisi la corde, tu pourras nous remonter tous les deux.

Eric baissa les yeux vers Jeremy pendant un instant, les lèvres étroitement pincées.

— Tu devrais me descendre. C'est mon frère.

— Eric, c'est impossible que je puisse te retenir. Tu es bien plus massif que moi, et tu as les muscles pour nous remonter. Allez !

— C'est stupide et dangereux. On devrait attendre !

Mais Chris ne pensait pas que c'était une option et apparemment Eric non plus, parce qu'il lui tendit la corde.

Chris regarda autour d'eux encore une fois à la recherche d'un signe de lumières et de sirènes, mais ils étaient seuls dans la tempête.

— Pas le choix, marmonna-t-il, plus pour lui-même que pour Eric.

Jeremy n'était pas encore mort, et si Chris pouvait faire quelque chose, ça n'arriverait pas. Et s'il mourait dans le processus, eh bien, ce serait plus facile de pouvoir se regarder en face que s'il ne faisait rien.

Chris se hissa sur le parapet en béton rugueux.

C'ÉTAIT délicat, mais il se mit sur le ventre, corde à la main, et Eric lui attrapa les chevilles. Lentement, Chris avança et rampa sur le côté vertical du pont.

C'était terrifiant, bien plus effrayant qu'il l'aurait cru. Mais les mains d'Eric sur ses chevilles étaient solides, et les chaussures de Chris semblaient fournir un frein pour les empêcher de glisser. Il rampa avec ses mains. Puis il rejoignit l'endroit où le haut du pilier s'incurvait brusquement vers l'intérieur et il ne put plus utiliser ses mains. Il agita un bras, espérant qu'Eric comprendrait. Ce qui fut le cas. Il le descendit lentement sur quelques dizaines de centimètres.

Chris risqua un coup d'œil par-dessus son épaule. Les avant-bras d'Eric étaient appuyés sur le dessus du parapet. C'était le plus loin qu'il pouvait aller. Son visage affichait déjà de la tension. Alors, Chris prit une profonde inspiration.

— Jeremy ! Jeremy !

Lentement, le jeune homme releva la tête et le blanc de son visage apparut. Ses yeux s'écarquillèrent.

— Chris, non !

— Attrape la corde !

Chris enroula l'extrémité plusieurs fois autour de sa main et lança le lasso.

Jeremy le regarda. Il était à portée de main maintenant, mais il semblait avoir peur de lâcher le pilier.

— Essaie juste avec une main ! l'incita Chris.

Jeremy le lâcha d'une main, s'appuyant dessus aussi fort qu'il pouvait, et tendit la main vers le haut. Ses doigts se refermèrent sur la corde.

Oh, Dieu merci.

Tout de même, ils étaient tous dans une position précaire. Cela pourrait dégénérer à n'importe quel moment.

— Tu peux mettre le lasso sous tes bras ? cria Chris.

Lentement, se retenant d'une main et à la corde de l'autre, Jeremy se glissa le long du pilier, se mettant debout. Il vacilla et tira fort sur la corde. Chris sentit une brûlure dans sa main, et il sentait son poids tirer sur Eric. Mais Jeremy réussit à se relever et à glisser un bras et sa tête dans le passant. Il serra le nœud, la corde sous son bras droit. Il faudrait que ça suffise, Chris le savait. Jeremy ne pouvait pas lâcher son autre main.

Maintenant, d'une manière ou d'une autre, Eric devait les remonter tous les deux à la fois. Chris leva les yeux derrière lui. Le visage d'Eric était perdu dans les ténèbres, mais sa posture se tendait, alors Chris se rendit compte qu'il n'allait pas pouvoir remonter en même temps le poids mort que lui et Jeremy représentaient. Et s'il laissait tomber la corde et qu'Eric le remontait, ils ne seraient pas plus avancés qu'avant.

La prise d'Eric se déplaça un peu sur les chevilles de Chris. Ce dernier sentit sa main gauche trembler sous l'effort.

Chris ramena son regard sur Jeremy. Son visage était contre le pilier alors qu'il s'y accrochait de nouveau des deux mains aux doigts blancs.

Et là, pendu par-dessus le bord du Noximon Bridge au milieu d'une tempête, Chris sut.

— Je t'aime, Jeremy, dit Chris, avec une pénible résignation et un nœud dans la gorge.

Jeremy leva les yeux. Chris put voir ses lèvres s'incurver.

— Je t'aime, Chris.

— Ne t'inquiète pas. Je ne te laisserai pas.

La voix de Chris était voilée, mais il était sérieux. Maintenant, il sentait les deux mains d'Eric trembler sur ses chevilles. Devrait-il balancer son corps quand il tomberait ? S'assurer qu'il ne toucherait pas Jeremy ?

— Chris ! cria Eric d'une voix craintive. Je ne tiens plus !

— C'est bon, dit Chris, sans se donner la peine de quitter Jeremy du regard pour lever les yeux.

Jeremy lui lança un petit sourire.

— Laisse-le te remonter, Chris. Ça va aller.

— Non. Je ne te laisse pas.

Jeremy reposa sa joue contre le pilier, trop fatigué pour discuter.

C'est là que Chris entendit enfin les sirènes et, par-dessus tout ça, le bruit des chevaux courant au galop sur le pont.

Épilogue

Un an plus tard

C'ÉTAIT un trajet de douze heures de Denver à Clyde's Corner. Chris et Jeremy se relayaient pour conduire la Jeep pour rentrer à la maison pour le week-end du Quatre juillet. Il y avait quelqu'un qu'ils devaient rencontrer.

Jeremy ne suivait pas de cours pendant l'été. Il avait pris un travail à temps partiel et faisait tourner des steaks sur le grill dans un *diner* années cinquante parce qu'il refusait de vivre complètement sur les revenus de Chris, mais il se concentrait surtout sur un nouveau roman comme projet d'été. Il arrivait à peine à croire qu'il avait déjà terminé sa première année d'université.

Chris travaillait dans le marketing d'une société de motos tout terrain dans le centre-ville de Denver et avait obtenu quatre jours de congé alors ils avaient chargé la Jeep.

Ils avaient été invités à séjourner au Big Basin. Mais ils traversèrent d'abord la ville. Le temps qu'ils arrivent, il faisait sombre et le centre-ville de Clyde's Corner s'était paré de guirlandes lumineuses blanches, de drapeaux, et de bannières rouges, blanches et bleues à travers la rue, annonçant le défilé du Quatre juillet qui était prévu pour le lendemain. Ils se sentaient chez eux.

Ils étaient silencieux pendant que Chris roulait lentement à travers la ville. Jeremy lui serra la main. Il sourit lorsqu'ils dépassèrent Chez Nora. Il avait hâte d'y aller pour le petit déjeuner et de retrouver tout le monde, et il savait que Chris attendait avec impatience de revoir ses parents aussi. Son père avait complètement récupéré de son opération et était de retour à la gestion du Merc comme un général depuis peu. Chris prétendait que ça ne lui manquait pas du tout.

Quand ils arrivèrent au Big Basin, la maison était illuminée gaiement, et il y avait plusieurs voitures devant.

Jeremy sentit le bourdonnement du stress lorsque Chris gara la Jeep.

— Prêt ? lui demanda Chris, souriant.

Jeremy ouvrit la portière côté passager avec un soupir.

— C'est quand même un peu bizarre.

— C'est génial, putain. Viens.

Billy ouvrit la porte. Son visage rayonnait et son accueil fut enthousiaste.

— Hé, regardez qui est là ! Entrez ! Entrez !

Jeremy et Chris entrèrent et posèrent leurs sacs.
La maison entière était illuminée et il y avait l'odeur
de quelque chose d'incroyable – du chili et du pain de
maïs, devina Jeremy – qui provenait de la cuisine.

— Jeremy !

Mabe sortit de la cuisine avec les bras tendus.

— Hé, Maman.

Il la serra dans ses bras. Elle avait l'air différente et
était différente sous ses mains aussi. Elle avait encore
perdu au moins neuf kilos, et ses cheveux étaient
coupés plus courts et teints d'un rouge profond. Elle
portait un pull classe brun clair et un pantalon.

— Hé, Chris !

Elle l'étreignit aussi.

— Bonjour, Mme Crassen.

— Oh pour l'amour de Dieu, appelle-moi Mabe !

Billy souriait encore à tout le monde, et Mabe passa
son bras sous le sien d'une manière suspicieusement
familière.

— Le repas est dans la cuisine, mais vous voulez
peut-être entrer et dire bonjour d'abord. Une fois que
mon petit-fils aura sombré, il en aura pour la nuit. Tu
étais exactement comme ça, Jer ! Tu dormais six heures
par nuit dès le début.

Jeremy et Chris s'entre-regardèrent. Jeremy était
encore nerveux. Il n'était pas sûr de la raison. Il se
sentait simplement mal à l'aise près de Trix, même s'il
semblait qu'elle était heureuse avec Eric, et que lui était
heureux avec Chris. C'était simplement bizarre que son
petit ami soit sorti avec elle avant. Il avait appris qu'il
était du genre jaloux.

Mais quand Chris lui prit la main et le tira dans le
salon, tout ça sembla si trivial.

Trix était assise sur le canapé, jolie comme la reine du bal dans un pull blanc tout doux et un bas de pyjama. Elle souriait et regardait vers la fenêtre où se tenait Eric, tenant un minuscule nourrisson et se balançant d'avant en arrière. Eric était complètement concentré sur le visage du bébé.

Janie s'était pelotonnée et endormie, la tête sur les genoux de sa mère. Seigneur, elle avait grandi depuis que Jeremy l'avait vue pour la dernière fois !

Trix les remarqua enfin et son sourire s'élargit.

— Hé, Chris ! Jeremy ! Bienvenue au Big Basin !

Chris s'avança, embrassa Trix sur la joue, et lança un regard furtif et tendre à Janie.

— Comment vas-tu ? Est-ce que c'était la naissance d'une autre pastèque ?

Trix se mit à rire.

— Oh oui. C'est un grand garçon. Quatre kilos et demi ! J'ai pratiquement arraché le bras d'Eric durant le travail. Mais on s'en sort bien.

— Oui ?

— Oui. Je pense que tout le monde à Clyde's Corner est passé pour rencontrer le nouveau Stubben. La nuit dernière, Joshua et Ben sont venus et ils lui ont apporté la plus mignonne des petites tenues de cow-boy pour bébé ! Ils m'ont dit de vous passer le bonjour à tous les deux et qu'ils aimeraient vous voir pendant que vous serez en ville.

Chris sourit et échangea un regard ravi avec Jeremy. Peut-être qu'il pensait, comme lui, à cette nuit sur le pont où Ben et Joshua avaient aidé à les mettre tous deux en sécurité. Ils leur devaient beaucoup.

— Content d'entendre qu'ils vont bien. Comment Microbe gère l'intrus ? demanda Chris en touchant légèrement la tête de Janie.

— Oh, mon Dieu, on croirait qu'elle est la maman. Elle veut habiller et nourrir John tout le temps. Elle a dit à tous ses amis au cours d'été…

Jeremy laissa Chris discuter avec Trix et rejoignit son frère.

Eric lui lança un doux sourire, et Jeremy jeta un coup d'œil autour de lui pour pouvoir voir au-delà du bord de la couverture. Son neveu, John Frank Stubben, lui semblait minuscule, peu importe ce que disait Trix. Mais il était magnifique. Il avait de bonnes joues, un nez un peu aplati, une fossette sur le menton, d'épais cheveux bruns, et des yeux aussi bleus que des bleuets. Il fixa Jeremy droit dans les yeux, l'air bien plus sage que n'importe quel bébé.

— Regarde-le, chuchota Jeremy. Il est incroyable.

— C'est vrai, acquiesça Eric d'une voix satisfaite. Il a aussi de sacrés poumons. Tu devrais entendre ce qu'il pense de l'heure du bain.

Jeremy tendit le bras et caressa la toute petite main du bébé. Elle s'ouvrit et se referma sur un de ses doigts.

— Bon sang, il est fort.

— C'est sûr.

Jeremy et Eric partagèrent un regard. Un regard signifiant *arrives-tu à croire à ce truc incroyable, putain*. Jeremy n'avait jamais vu Eric aussi heureux.

— Tu développes un double menton, Frangin. La vie conjugale te réussit ?

Jeremy eut un sourire suffisant, parce qu'un petit frère ne pouvait pas devenir *trop* mièvre.

— C'est faux. Tais-toi, dit Eric.

CHRIS regarda Jeremy avec le bébé, sentant toutes sortes de chaleurs. Peut-être un jour… peut-être qu'un jour, ils pourraient avoir leur propre bébé. Peut-être même plus qu'un. Un provenant du sperme de Jeremy et un du sien, pensa Chris. Mais Jeremy voulait d'abord faire beaucoup de choses.

— Tu l'aimes, dit Trix, pragmatique.

Chris était perché sur l'accoudoir du canapé, et il baissa les yeux vers elle, un sourcil relevé.

— Oui. En effet. Et toi ?

Trix semblait un peu embarrassée.

— Je sais que je t'ai dit que je ne voulais pas remplacer John. Mais…

Elle regarda Eric qui tenait leur nouveau-né et ses yeux devinrent humides.

—… cette nuit-là à la rivière, quand Eric a risqué sa vie pour sauver Janie… Ça a l'air cinglé, mais j'ai senti John cette nuit-là. J'ai l'impression qu'Eric est un cadeau de John. Comme s'il nous l'avait envoyé pour qu'on l'aime, moi et Janie, parce qu'il ne pouvait plus être avec nous. Est-ce que c'est dingue ?

— Non, dit Chris honnêtement. Ce n'est pas dingue du tout.

Un homme massif entra dans la pièce avec un bol de chili et une bouteille de bière. Il s'assit dans un fauteuil avec un soupir et regarda Chris.

— Hé, Chris. Comment va ?

Il fallut un instant à Chris pour se rendre compte de ce qu'il voyait. Cet homme en face de lui était immense et remarquablement beau avec des cheveux bruns et des yeux bleus et – *merde*. C'était Henry Atkins. Il avait dû perdre vingt kilos et s'était rasé en plus.

— Hé, Henry, dit Chris, en essayant de ne pas rester bouche bée.

— Hé, Eric ! dit Henry. Tu veux allumer le match ? Il faut habituer le petit John au base-ball, mec. On n'est jamais trop jeune pour commencer.

— Est-ce que quelqu'un a dit base-ball ?

Billy sortit d'un pas nonchalant de la cuisine avec une bière.

Eric lança à Trix un regard mélancolique.

— Oh, allez-y, dit Trix en riant. Baissez juste le volume pour les oreilles de bébé. Je vais mettre Microbe au lit.

Elle se leva, l'air toujours un peu endolori, et encouragea Janie à en faire autant. La petite fille ensommeillée ne remarqua rien alors que Trix la guidait hors de la pièce.

Oh, eh bien, Chris pourrait lui dire bonjour demain.

Billy alluma la télé, et Eric s'installa sur le canapé avec le bébé. Mabe entra, aussi impatiente de voir le match que chacun d'eux. Jeremy et Chris allèrent chercher de la nourriture dans la cuisine.

Avant que Chris puisse plonger dans la large cuve de chili, Jeremy qui se trouvait derrière lui enroula les bras autour de sa taille et posa son menton sur son épaule.

— Est-ce que tu regrettes que ce petit bébé là-bas ne soit pas le tien ? demanda-t-il. Sois honnête.

Chris se retourna pour lui faire face, surpris.

— Non. Même pas un peu.

— Bien.

— Je pense que tout le monde a trouvé exactement sa place. Pas toi ?

— Si, dit Jeremy solennellement. Mais bon, je suis toujours le héros de mes histoires.

Chris se mit à rire.

— Eh bien, dans ce cas, les personnages secondaires s'en sont bien sortis aussi. Merci de m'avoir séduit, Jeremy Crassen.

— De t'avoir *volé*, dit Jeremy. Comme ça.

Et il se pencha pour l'embrasser.

www.ingramcontent.com/pod-product-compliance
Lightning Source LLC
Chambersburg PA
CBHW020252200626
46816CB00001BA/256